Grado im Regen

Andrea Nagele leitete über ein Jahrzehnt ein psychotherapeutisches Ambulatorium und ist mit Krimi-Literatur aufgewachsen. Neben dem Schreiben betreibt sie heute eine psychotherapeutische Praxis. Sie lebt mit ihrem Mann in Klagenfurt am Wörthersee und in Grado.

ANDREA NAGELE

Grado im Regen

EIN ADRIA KRIMI

emons:

Bibliografische Information der Deutschen Nationalbibliothek
Die Deutsche Nationalbibliothek verzeichnet diese Publikation
in der Deutschen Nationalbibliografie; detaillierte bibliografische
Daten sind im Internet über http://dnb.d-nb.de abrufbar.

© Emons Verlag GmbH
Cäcilienstraße 48, 50667 Köln
info@emons-verlag.de
Alle Rechte vorbehalten
Umschlagmotiv: © mauritius images/Alamy
Umschlaggestaltung: Nina Schäfer, nach einem Konzept
von Leonardo Magrelli und Nina Schäfer
Gestaltung Innenteil: César Satz & Grafik GmbH, Köln
Lektorat: Marit Obsen
Druck und Bindung: sourc-e GmbH, Köln
Printed in Europe 2025
Erstausgabe 2016
ISBN 978-3-95451-785-5
Ein Adria Krimi
5. Auflage

Unser Newsletter informiert Sie
regelmäßig über Neues von emons:
Kostenlos bestellen unter
www.emons-verlag.de

Diesen Krimi widme ich meiner Freundin Ursula
und Franco, il mio amico Gradese.

Prolog

»Alle auf den Boden. Niederlegen, auf den Bauch. Hände über den Kopf!« Er hielt die Waffe fest in seinen Händen. Seine Gesichtszüge waren unbeweglich, die Stimme glasklar. »Los, Daisy!« Donald Duck warf seinen Entenkopf zurück. »Die Frauen hinter dem Schalter sollen das Geld rausrücken.«
Wäre die Situation nicht so ernst, sie hätte laut losgeprustet. Aufgeregt unterdrückte sie ein hysterisches Kichern und hustete in sich hinein.
»Reiß dich zusammen«, zischte er ihr zu.
Es war still im kleinen Postamt. Jedes noch so leise Geräusch war zu hören. Sogar das Summen der Fliege vorne am Fenster. Die beiden alten Frauen hinter den Schaltern zitterten vor Angst. Der Postbote auf dem Boden hielt seine Hände über dem Kopf verschränkt. Ebenso der Arbeiter in seiner blauen Kluft.
Sie hatten das Postamt gut ausgewählt. Lange Zeit waren sie durch die Gegend gefahren, hatten alles ausspioniert. Als sie ihre kleine Idylle endlich gefunden hatten, waren sie in eine Art Glückstaumel gefallen. Sie hatten gejohlt und das Autoradio auf volle Lautstärke gedreht. Das Postamt lag nur wenige Kilometer von der grünen Grenze entfernt. Donalds Worte klangen immer noch in ihren Ohren: »Danach können wir uns in Österreich in den Bergen erholen.«
Bei ihm wusste sie nie, ob er nur Spaß machte oder es ernst meinte. Aber das musste sie auch nicht, denn er hatte alles im Griff. In jeder Situation. Bewundernswert. Solange er nur bei ihr blieb. Ohne ihn konnte sie sich ein Leben nicht vorstellen. Hätte er ihr die rosa Pillen nicht gegeben, sie könnte das hier niemals durchstehen. Ihr Entenmann wusste, was gut für sie war. Auf ihn war Verlass.
Über dem Eingang hing eine Überwachungskamera, doch das war ihnen egal. Die Aufnahmen würden nur Donald und Daisy Duck zeigen, die für Onkel Dagobert die Kröten holten. Falls jemand auf den Alarmknopf drückte, bliebe ihnen immer noch

genug Zeit zu flüchten. Der nächste Polizeiposten war über zehn Kilometer entfernt. Oft genug waren sie den Plan durchgegangen. Sie waren nur zu zweit, ohne lästigen Anhang. Später einmal würden sie ein Kind haben, vielleicht auch mehrere. Doch vorher musste sie mit dem Methadon aufhören. Sobald sie am Morgen den Saft trank, wurde es wirr in ihrem Kopf, und die Gedanken gingen durcheinander. Für Donald war es leichter. Ihn machte das Koks stärker, schneller und klüger.

»Mach schon«, schrie Donald, und Daisy hastete zum Schalter.

Die ältere der beiden Frauen streckte ihr mit bebender Hand ein Geldbündel entgegen. Auf ihrer Stirn standen Schweißtropfen, das Gesicht war aschfahl.

Daisy spürte Mitleid in sich hochsteigen. Dann kam die Angst. Donald durfte keine dieser Regungen bemerken.

»Die Kassette mit den Münzen und alle Scheine aus der Lade. Und zwar dalli.«

Nie hätte sie gedacht, dass ihre Stimme so streng klingen konnte. Sie wurde zornig auf die dumme Alte. Kapierte die denn nicht, dass die Zeit viel zu schnell verging?

Jede Sekunde zählte.

Während sie noch das Geld entgegennahm, spürte sie auf einmal eine Hand auf ihrem Daisy-Kopf und sprang zurück. Ein Arm schlang sich wie eine Klammer um ihren Körper, und sie bekam keine Luft mehr.

»Loslassen, sofort!«

Doch er ließ nicht los. Zwei blaue Arme drückten immer fester gegen ihren Brustkorb. Vor ihren Augen tanzten Punkte.

Der Postbeamte auf dem Boden hatte die Hände vom Kopf genommen und sich umgedreht. »Liese, drück den Alarm.«

Donald verpasste ihm einen Tritt ins Gesicht, und seine runde Brille segelte durch die Luft. Es gab ein Gerangel, ein Geschiebe und Gezerre.

Dann krachte es.

Die Arme lösten sich von ihrer Brust. Sie bekam wieder Luft. Etwas Rotes explodierte vor ihren Augen. Der Raum war jetzt voller Stimmen und Farben, und der Arbeiter im blauen Drillich lag wieder auf dem Boden. Dort, wo er hingehörte.

Eine ihrer hellen Haarsträhnen hatte sich gelöst und baumelte wie eine vergessene Girlande neben ihrer Daisy-Maske. Dann war da Donalds quietschgelber Schnabel und versperrte ihr den Blick auf das rot-blaue Farbenmeer.

»Nichts wie weg! Nimm den Rucksack mit den Münzen, ich habe die Scheine. Los, beeil dich, sonst bleibst du da!«

Doch das wollte Anette um keinen Preis der Welt, daher lief sie so schnell sie konnte hinter Rolf her.

Montag

1

Franziska beugte sich über die Brüstung. Das tiefgraue Meer unter ihr schäumte gegen die spitzen Steine, die Gischt warf schmutzig weiße Flocken auf den Fels. Das Toben des Sturmes vermischte sich mit dem monotonen Summen in ihren Ohren.

Kurz nach der Trennung von Tomaso hatte sie dieses Rauschen in ihrem Kopf zum ersten Mal wahrgenommen.

»Tinnitus. Eine Tinnitus-Attacke, ausgelöst durch Stress«, hatte Dottor Beltrame gemeint, als sie ihn gestern in seiner Praxis aufgesucht hatte, und sie unter seinen buschigen Augenbrauen prüfend angesehen.

»Aber ich leide doch nicht unter Stress«, hatte sie unsicher entgegnet.

»Signora Francesca, Trennungen können durchaus der Grund für Stress sein, für emotionalen Stress in diesem Fall. Außerdem«, hatte er hinzugefügt, »sollten wir Blut abnehmen. Sie sehen ein wenig blass und spitz um die Nase aus.«

Nun gut, dann litt sie eben unter Stress.

Warum wusste der Arzt von ihrem Zerwürfnis mit Tomaso?

Der überbesorgte Doktor hatte für Franziska einen Termin im Krankenhaus von Monfalcone ausgemacht.

Ein kühler Wind war aufgekommen und blies ihr die glatten, langen Haare ins Gesicht. Sie fröstelte und zog den rosa Pashmina enger um ihre schmalen Schultern. Der Wind peitschte Regentropfen gegen ihre Wangen.

Rasch ging sie zurück in die Wohnung und schloss die Terrassentür.

Im großen Raum war es stickig. Die Wohnung war von ihren Schwiegereltern vor vierzig Jahren im Stil der Siebzigerjahre eingerichtet worden, und Tomaso hatte seither nichts verändert. Das dunkle Holz und die hellbraunen Fasertapeten an den Wänden ließen das Zimmer düster aussehen.

Mit einem Streichholz ging sie von Kerze zu Kerze, bog die Dochte gerade und zündete sie an. Die warmen, flackernden Lichter malten Kreise an die Decke und tauchten das Zimmer in ein behagliches Licht.

Es war Zeit für einen Aperitif.

Franziska ging zum amerikanischen Kühlschrank und holte die Flasche Friulano und den Aperol heraus. Tomaso und sie hatten vor dem Abendessen gern einen Drink genommen.

Sie vermischte die zitronengelbe und die ziegelrote Flüssigkeit in einem bauchigen Weinglas mit sprudelndem Mineralwasser und lächelte wehmütig, als sie an den Kauf des Kühlschranks dachte. Zwei Jahre lang hatte sie sich so einen gewünscht, aber niemandem davon erzählt. Nach einem heftigen Streit war Tomaso mit ihr zu einem eleganten Möbelhaus in der Nähe von Udine gefahren. Zielstrebig hatte er einen der Edelstahlriesen angesteuert. »Den hier nehmen wir. Wie schnell kann er geliefert werden?«

»Woher wusstest du?«

»*Bella mia*, weil ich schon immer deine Gedanken lesen konnte.« Er hatte sie fest in seine Arme genommen. »Bitte verzeih mir noch ein letztes Mal. Ich werde mich ändern. Das verspreche ich dir.«

Sie konnte sich noch an ihr Erstaunen und die Freude erinnern, als wäre es gestern gewesen. Sie hatte ihm geglaubt, ihm verziehen und war, wie schon so oft davor, doch nur wieder von ihm enttäuscht worden.

Franziska strich eine Haarsträhne aus ihrem Gesicht und klemmte sie sich hinters Ohr. Sie wischte über ihre Augen, schnitt eine Scheibe von der Zitrone ab und steckte sie auf den Rand des Glases.

Ihr Magen begann heftig zu knurren, als sie an das in Burgunder geschmorte Kaninchen mit schwarzen Oliven und karamellisierten Schalotten dachte, das sie vor ein paar Wochen mit ihren Freunden Bibiana und Fabrizio in einer kleinen Trattoria im Karst gegessen hatte. Sie mochte die beiden, obwohl sie so taten, als wüssten sie nicht, was passiert war. Jeder in Grado hatte es mitbekommen.

Seufzend schmiegte sie sich in die weichen Kissen des Sofas. Der Regen prasselte gegen die Scheiben und lief in glitzernden, dünnen Streifen das Glas entlang. Weit draußen am Horizont konnte sie die Lichter der vorbeifahrenden Kreuzfahrtschiffe sehen.

Franziska nahm einen großen Schluck, als just in diesem Moment das Telefon zu klingeln begann. Sie zuckte zusammen.

»Francesca, *cara, ciao*.« Tomasos tiefe Stimme war ganz nahe an ihrem Ohr. »Darf ich dich Donnerstagabend zum Essen einladen?«
»Nun, ich weiß nicht. Ich glaube, das ist keine allzu gute Idee.«
»Ich möchte dich sehen, du fehlst mir.« Tomasos Stimme hatte diesen warmen Klang angenommen, dem sie sich so schwer entziehen konnte.
»Daran hättest du früher denken sollen. Ich brauche Zeit für mich und muss mir über vieles klar werden.«
»Heißt das, wir haben noch eine Chance? Bitte lass uns beim Abendessen bei Gianni darüber reden. Der Tisch ist für einundzwanzig Uhr bestellt.«
Anscheinend war er sich sehr sicher gewesen, dass sie zusagen würde. Franziska runzelte unwillig ihre hohe Stirn. »Gut, treffen wir uns dort«, gab sie schließlich nach.
Sie beendete das Telefonat und nahm einen Schluck von ihrem Getränk. Trotz der Klimaanlage war es schwül im Raum. Sie holte einen kleinen schwarzen Schirm aus der Kommode im Vorzimmer, schlüpfte in ihre grünen Gummistiefel mit den gelben Blumen und ging hinaus auf die Terrasse in den Regen. Ihre Wohnung lag im dritten Stock eines weithin sichtbaren schiefergrauen Hochhauses direkt an der Seepromenade. Es hatte seinen unvergleichlichen Charakter durch die nach beiden Seiten hin konkav geschwungene Form.
Der Regen hatte die Luft erfrischt. Es roch würzig, und Franziska schmeckte das Salz des Meeres auf ihren Lippen. Weit unter sich meinte sie wieder einmal, einen Kopf mit wallenden hellen Haaren in den Wellen zu erkennen. Er hüpfte auf und ab, tauchte unter, kam wieder hoch und kämpfte sich in Richtung der schmiedeeisernen Delphinskulptur vor.
Dieses Schauspiel wiederholte sich Abend für Abend. Eine Meerjungfrau trieb im Wasser und kämpfte gegen die Wellen an, mit silbernen Haaren, die wie Schlangen um den zarten Kopf züngelten. Franziska hatte jedoch an noch keinem der Abende jemanden von den Felsen unter ihrer Terrasse ins Wasser steigen sehen. Es war wohl doch nur eine der gelben Bojen, die da auf den Wellen trieb.
Ihr gefiel die Vorstellung, eine Meerjungfrau würde Abend für

Abend ans Ufer schwimmen und erfolglos versuchen, die Felsen zu erklimmen, um dann wieder zurück ins offene Meer hinauszutreiben.

Franziska lächelte, schob den Schirm nach hinten und hielt ihr Gesicht in den Regen. Wieder drängte sich Tomasos Bild vor ihre geschlossenen Augen. Tomaso, wie er ihr die Tränen von den Wimpern küsste. Fast meinte sie, seine Lippen auf ihren Lidern spüren zu können, so intensiv war die Erinnerung. Rasch öffnete sie die Augen, strich über ihre feuchten Wangen und warf einen letzten Blick auf das aufgewühlte Meer.

Von der Meerjungfrau war nichts mehr zu sehen.

Zurück in der Wohnung, schüttelte sie den Regen aus ihrem Haar, zog die Gummistiefel von ihren Füßen und stellte sie neben die Terrassentür. Dann tappte sie auf nackten Füßen ins Bad und rubbelte ihr Haar mit einem großen, flauschigen Handtuch trocken. Sie starrte in den Badezimmerspiegel und zog fragend die Augenbrauen hoch.

Wie sie so dastand mit ihrem zerzausten Haar, der gerunzelten Stirn, blass, kam sie sich unwirklich vor. Als wäre sie im falschen Film.

»Das bin ich ja wohl auch«, murmelte sie. »Bin irgendwo gelandet, wo ich nicht hingehöre. In einem fremden Land, einer fremden Wohnung, einem falschen Leben.«

Sie beschloss, nicht länger herumzusitzen, sondern sprang kurz unter die Dusche, schlüpfte in saubere Jeans und einen leichten Strickpullover und verließ die Wohnung. Ein Spaziergang würde ihr guttun.

Kaum im Treppenhaus, schwang wie von Geisterhand die Tür des Lifts auf, und Franziska trat in die Kabine. Eine junge Frau stand an die Rückwand gelehnt und blickte nicht auf. Sie erwiderte auch nicht Franziskas Gruß, sondern starrte weiter auf den Boden.

Hübsch war die Unfreundliche. Das lange silberblonde Haar, in dem eine bunt schillernde Schmetterlingsspange steckte, fiel offen über ihre Schultern, sodass es gleich einem glänzenden Tuch ihren zarten Körper umhüllte. Im Unterschied zu Franziska war sie klein. Sie hatte einen bunten Pareo um ihren zierlichen Körper geschlungen.

Der Lift blieb stehen, und die Unbekannte eilte hinaus. Sie hinterließ einen schweren Blumenduft. Franziska warf noch schnell einen Blick in den Spiegel und war unzufrieden mit dem, was sie sah. Während sie das Haus verließ, überlegte sie, dass die unerzogene Schönheit wahrscheinlich in einem der Ferienapartments wohnte. Draußen empfing sie ein Schwall dampfender Luft. Es roch nach den Piniennadeln, die überall auf dem Boden verstreut lagen. Auf der Straße begegneten ihr fremde Menschen, die sich an ihr vorbeidrängten. Franziska liebte diese abendlichen Wanderungen durch das alte Grado mit seinen verwinkelten Gassen. Das Rauschen des nahen Meeres übertönte in angenehmer Weise das Pfeifen in ihren Ohren.

»*Ciao, bella, ciao*«, riss sie eine vertraute Stimme aus ihren Gedanken. Stefano drückte ihr einen trockenen Kuss auf die Wange und zog sie in seine Bar. »*Cynar calda?*«

Ihr schmeckte dieses Getränk, es wärmte wunderbar den Magen. Tomasos Mutter hatte es ihr einmal bei Regen und Sturm gemacht. Seither nannte Franziska den erhitzten Artischockenlikör mit Zitrone ihren »Sturm-Drink«.

»Nein, besser nicht. Ich nehme Kamillentee.«

»Kamillentee?« Stefano verzog das Gesicht. »Du bist doch nicht krank?«

»Ich weiß nicht.«

Er sah ihr direkt in die Augen. »Was jetzt?«

Franziska hob etwas hilflos die Schultern, und ohne es zu wollen, erzählte sie Stefano, was sie belastete. »Dottor Beltrame, du weißt ja, wie er ist, also muss es nichts bedeuten ...«

»Was meinst du? Was soll nichts bedeuten? Jetzt mach es nicht so spannend, Francesca.«

»Er hat für mich einen Termin im Krankenhaus ausgemacht. Er schickt mich zu den Vampiren von Monfalcone, damit sie mir Blut abnehmen.«

Stefano war um die Theke herumgegangen und stand jetzt direkt vor ihr. »Mädchen, sag, was fehlt dir?« Er hatte seine schwarze Brille abgenommen.

»Mir ist in letzter Zeit manchmal übel. Ich habe Ohrensausen, Nasenbluten und bekomme ständig wegen nichts blaue Flecke.«

Stefano fuhr sich mit beiden Händer durch sein volles Haar. »Das klingt nicht gut«, sagte er ernst und sah Franziska dabei aufmerksam an.

»Na. Jetzt übertreib nicht.« Sie lachte nervös. »So dramatisch wird es schon nicht sein. Ich werde nicht gleich daran sterben.«

»Sterben? Das ist kein Spaß. Darüber gibt es nichts zu lachen. Was sagt Tomaso dazu?« Franziska kam sich einen Moment lang vor wie ein gescholtenes Kind.

Schroffer, als sie eigentlich wollte, fuhr sie ihn an: »Was hat er damit zu tun? Ihn geht das überhaupt nichts an.«

»Beruhige dich. Es scheint dir wirklich nicht so schlecht zu gehen, wenn du noch Feuer spucken kannst.«

Franziska schwang sich auf den Barhocker und beobachtete erstaunt, wie Stefano den Kamillentee in den Ausguss kippte und eine bauchige Flasche vom Regal holte.

»Das ist ein wirklich guter Tropfen.«

Franziska schüttelte ablehnend den Kopf.

»Keine Widerrede.« Stefano goss zwei Cognacschwenker halbvoll. »*Salute*.«

»*Cin cin.*« Sie nahm einen großen Schluck der bernsteinfarbenen Flüssigkeit und hustete. »Was ist das denn?« Sie sah ihn aus tränenden Augen fragend an.

»Bester alter Brandy.«

Langsam breitete sich eine wohlige Wärme in ihr aus, und sie begann, sich zu entspannen. Den ganzen Tag über hatte sie sich merkwürdig gefühlt. Erst jetzt, da sie mit Stefano darüber gesprochen hatte, war ihr klar geworden, dass es der morgige Termin war, der sie verunsicherte.

»Stefano«, fing sie an, doch als er aufblickte, sagte sie schnell: »Ach, nichts.«

Er fragte nicht nach und begann, die Gläser in die Geschirrspülmaschine einzuräumen. Franziska stieg der Cognac langsam zu Kopf. Stefano sah verdammt gut aus, fand sie, als sie ihm beim Einräumen zusah. Er hatte, obwohl er erst vierzig war, silbergraues Haar, das in unzähligen Wirbeln vom Kopf wegstand. Die strenge Brille betonte seine markanten Züge. Er trug ausschließlich schwarze Jeans mit grauen, weißen oder blau–weiß gestreiften

Oberteilen. Sein Bruder Daniele betrieb den Designer-Laden neben der Bar. Tomaso hatte ihr einmal erklärt, dass Stefano zu faul sei, seine Kleidung selbst auszusuchen, und daher sein Bruder diese Aufgabe für ihn übernommen hatte. Zu Stefanos Vorteil.

»Was siehst du mich so an?«, fragte er.

»Ich habe dich gerade mit Tomaso verglichen.«

»Ach.« Stefano fuhr mit dem Zeigefinger über die glänzende Edelstahlarmatur des Spülbeckens. »Und, wie schneide ich ab?«

»So habe ich das nicht gemeint«, murmelte Franziska, die fand, dass das Gespräch in die falsche Richtung ging.

»Wie hast du uns denn dann verglichen?« Er schmunzelte.

Franziska sprang vom Hocker und wäre fast gestürzt. Stefano, der schon bei der Tür stand, machte einen Satz auf sie zu und fing sie gerade noch auf.

»War wohl ein wenig stark, dein guter Tropfen.«

Er begleitete sie zur Tür. Als sie sich voneinander verabschiedeten, sagte Stefano: »Du kommst doch morgen bei mir in der Bar vorbei, wenn du im Krankenhaus fertig bist, und sagst mir, was los ist?«

»Ja, ja, ja, vielleicht«, gab Franziska unbestimmt zurück und zog die Tür hinter sich ins Schloss.

2

Angelina Maria Cecon war längst nicht so schön wie ihre Tochter. Auch sie hieß Angelina, sah ihr aber nicht ähnlich. Angelina Maria maß eins sechzig und war untersetzt. Ihre Tochter Angelina mit ihren schlanken ein Meter achtzig war von ergreifender Schönheit und eine berühmte Schauspielerin.

Obwohl sie seit Jahren in Rom lebte, besuchte sie ihre Mutter jede Nacht. Einerlei, wie interessant die Männer waren, die sie zum Abendessen einluden, gleichgültig, wie fern die Drehorte, nichts konnte Angelina daran hindern, in der Nacht zu ihrer Mutter zu kommen.

Die alte Frau stützte ihren schweren Kopf auf die runzelige Hand und seufzte wehmütig. Hoffentlich musste sie nicht wieder ins Krankenhaus nach Triest. Ihr Atem ging rasselnd, und das furchtbare Durcheinander in ihrem Kopf nahm täglich zu. Vielleicht sollte sie ihre Tabletten doch regelmäßiger einnehmen? Nur wurde dann alles um sie herum so kalt und grau. Die Ärzte hatten ihr erklärt, die Pillen könnten sie heilen. Früher hatte sie daran geglaubt. Doch ohne die Tabletten waren ihre Träume farbenfroher. Sie liebte es, eins zu werden mit diesen bunten, warmen Bildern. Dann hatte sie nichts zu befürchten. Ließ sie sich jedoch zu lange treiben, wurde sie von den Träumen verschlungen. Was froh und lebhaft gewesen war, präsentierte sich dann bedrohlich und tiefschwarz. Manchmal, so wie jetzt, kannte sie sich selbst nicht mehr aus. Alles verschwamm zu einer undurchdringlichen Masse, und sie musste aufpassen, in dem Sumpf nicht zu versinken.

Unzählige Male schon war sie in der Klinik gewesen.

Schwerfällig stand Angelina Maria auf und schlurfte zum Gasherd. Ein süßer, heißer Tee wäre jetzt genau richtig. Der würde sie ein wenig ablenken.

Draußen schüttete es. Die Regentropfen trommelten gegen die Fensterscheiben. Wie in jener schrecklichen Nacht.

Ein Schauer ging durch ihren Körper, als sie sich erinnerte, sofort wurde sie unruhig. Ihre Hand zitterte, als sie den schweren Topf auf die Flamme stellte. Während sie darauf wartete, dass das Wasser kochte, öffnete sie die Tür zur Terrasse und atmete tief die salzige Meerluft ein.

»Wäre es doch nur das Meer, in dem ich zu versinken drohe«, flüsterte sie und starrte hinaus auf die wilden Wellen.

Es war schon zu spät und auch zu stürmisch für Nixen. Seit einiger Zeit schwamm des Abends ein junges Nixlein unter ihr im Meer herum. Immer dann, wenn die Zeit nicht früh und nicht spät war, wenn das Licht zwischen hell und dunkel pendelte, spielte die Meerjungfrau wie ein junger Delphin mit den Wellen, ritt auf ihren schäumenden Kämmen, tauchte tief hinab in die brausenden Fluten.

Heute hatte sie dieses Schauspiel verpasst. Sie sah verschwommen, wie sich das Dunkel des Meeres mit dem Grau des Regens vermischte. Weit draußen tanzten grelle Lichter auf und ab.

»Verlorene Seelen«, flüsterte Angelina Maria und schlurfte beklommen zurück zum Herd.

Hoffentlich würde die Furcht sie nicht umklammern. Der stete Kampf gegen die Dämonen und Bestien machte sie müde.

Sie goss das kochende Wasser in die Tasse und beobachtete, wie sich der Beutel Kräutertee mit der Flüssigkeit vollsog und immer schwerer wurde. Dann setzte sie sich an den Tisch und umklammerte die heiße Teetasse mit beiden Händen. Tief in Gedanken versunken, spürte sie erst nach geraumer Zeit die Hitze in ihren Handflächen. Erschrocken ließ sie die Tasse los.

Ein heißer Strom schoss durch ihren Körper. Sie drohte zu verbrennen. Angstvoll hielt sie den Atem an, damit das Feuer die schlafenden Dämonen nicht aus ihren Träumen riss.

Als der Schmerz langsam verebbte und keines der Ungeheuer erwacht war, zog sie den Tee vorsichtig zu sich heran. Ihr Blick versank in der trüben Flüssigkeit. Bild um Bild stieg aus dem Dampf auf und schickte sie immer tiefer in ihre Erinnerung hinab.

Tränen brannten in ihren Augen. Sie durfte ihr Geheimnis nicht preisgeben. Vor langer Zeit hatte sie einer jungen Ärztin auf der Station davon erzählt. Aber sie hatte sie nicht verstanden. Seither blieb ihr Mund verschlossen.

Angelina Maria schluchzte auf und nahm einen großen Schluck vom immer noch heißen Tee. Die Wärme brannte in ihren rissigen Lippen.

3

Stefano konnte nicht einschlafen. Aufgebracht schleuderte er das Kissen zu Boden und setzte sich mit einem Ruck im Bett auf. Aus Erfahrung wusste er, dass hier nur sehr guter Sex oder eine ausgiebig lange und siedend heiße Dusche helfen konnten. Da Sex für ihn derzeit kein Thema war, blieb nur der Weg ins Badezimmer.

Als er den wohltuenden Strahl in seinem Nacken spürte, begann er, sich zu entspannen. Unter dem Prasseln des Wassers lösten und lockerten sich die Verkrampfungen. Stefano atmete erleichtert durch. Er dachte an Francesca. Eigentlich hatte er sie *vor* Tomaso kennengelernt. Sein Gesicht verzog sich zu einem schiefen Grinsen, als er daran dachte. Nacht für Nacht war sie mit einer Freundin in seiner Bar aufgetaucht. Stefano war es so vorgekommen, als würde sie das Gradeser Leben studieren. Damals hatte sie noch kein Wort Italienisch verstanden. Als Stefano sie zum Abendessen einladen wollte, hatte sich Tomaso dazwischengedrängt.

Stefano öffnete das andere Ventil und schüttelte sich wie ein junger Hund, als eiskaltes Wasser auf seine Schultern traf und ihm über Brust und Rücken lief. Mit einem Ruck drehte er den Hahn zu und sprang aus der Duschkabine. Der Regen hämmerte mit unverminderter Heftigkeit gegen die Scheibe des Badezimmerfensters. In ein Handtuch gehüllt, starrte er hinaus in die Nacht. Seine Wohnung lag über der Bar im zweiten Stock, mit einem weiten Blick bis hin zum dunklen Kanal. Er liebte die Geräusche des Hafens: das Knarren des Holzes, das Bimmeln der Glöckchen und das Rauschen des Windes in den Segeln der Schiffe.

Während er gedankenverloren dastand und der Regen Schlieren auf die Scheibe malte, fragte er sich, was bloß mit Francesca los war.

Sie war heute seltsam gewesen. Schon vor geraumer Zeit waren ihm ihr trauriger Ausdruck und die ungewöhnliche Blässe aufgefallen. Als sie vorhin so matt auf dem Barhocker saß, schien sie ihm zerbrechlicher denn je zu sein.

Da Tomaso offenbar nicht bemerken wollte, wie schlecht es Francesca ging, würde eben er sich um sie kümmern.

Auf seinem besorgten Gesicht machte sich ein zuversichtliches Lächeln breit. Er ging zum Kühlschrank und schenkte sich ein kühles Bier ein.

Dienstag

1

Laura hob den Gurt ihres Schulrucksacks an. Er war eindeutig zu voll, die Träger schnitten ihr in die Schultern. Ungeduldig wischte sie eine ihrer schwarzen, widerspenstigen Locken aus der feuchten Stirn. Es war aber auch heiß heute, obwohl die Sonne nirgends zu sehen war. Sie beschleunigte ihren Schritt, bog rasch um die nächste Ecke. Fast wäre sie in eine Gruppe Vorsaison-Touristen hineingelaufen, die lärmend aus der Trafik kam. Mit gesenktem Kopf murmelte sie: »Entschuldigung«, und hastete weiter. Sie überquerte die breite Hauptstraße und blieb oben auf der Brücke über dem Kanal stehen, der die Isola della Schiusa vom Zentrum Grados trennte. Mit den Ellbogen stützte sie sich auf dem Geländer ab und legte ihr Kinn in die Handflächen. So stand sie eine Zeit lang und betrachtete das bunt schillernde Leben auf dem Wasser unter sich. Seit sie lesen gelernt hatte, entzifferte sie die Schriftzüge auf den Booten: »Mona Lisa«, »Arielle«, »Möwe«, »Carissima«, »Venezia«, »Sternchen«, »Fortuna«, »Meeresbrise«, »Claudia«, »Antonella«, und stellte sich Geschichten zu den Namen vor.

Nach einigen Minuten waren dunkle Wolken aufgezogen, und die Luft fühlte sich schwer an. Laura löste sich aus ihrer Versunkenheit, warf einen prüfenden Blick auf die Pinien, die den Kanal säumten, und ging rasch weiter. Wahrscheinlich würde es regnen, denn die Nadeln der Pinien schillerten metallisch. Schon oft hatte sie beobachtet, wie sich die Farbe der Laub- und Nadelbäume dem Wetter anpasste, den Wolken und dem Himmel. Manchmal drehten sich die grünen Blätter um, zeigten ihre graue Rückseite, und der Baum bekam einen eigenartigen Glanz. Ein untrügliches Zeichen, dass Regen bevorstand.

Laura schlenderte ein Stück am Hafen entlang, bevor sie in Richtung des Ambulatoriums abbog. Sie hätte auch über die Promenade am Meer gehen können, aber da wäre sie sicher Nicola, der Tochter der Gemüsefrau, über den Weg gelaufen.

Am liebsten war Laura allein und bastelte Pappmaschee-Puppen aus alten Zeitungen oder las aufregende kleine Geschichten über berühmte Leute in den Hochglanzmagazinen, die ihre Mutter manchmal aus dem Hotel mitbrachte.

Das Haus, in dem sie wohnten, war von zwei Seiten zugänglich. Ihr gefiel der Wohnblock mit der abblätternden rostroten Farbe und den schmalen Balkons. Sie fand die bunte Wäsche auf den Leinen lustig, die wie Fahnen im Wind flatterte und knatternde Geräusche von sich gab. Gegenüber ihrer Schule auf der Isola della Schiusa war das Altersheim. Manchmal verirrte sich ein Bewohner und lief ziellos in der Gegend umher. Manche wussten nicht, in welcher Zeit sie lebten, und vergaßen sofort wieder, was man ihnen sagte. Ein paar der alten Frauen mit den struppigen weißen Haaren erinnerten sie an Angelina Maria aus der Villa am Meer. Laura gruselte sich ein wenig vor der alten Frau mit dem wirren Haar.

Als sie die ersten Regentropfen spürte, ging sie rasch ins Haus. Sie mochte es, am Fenster zu sitzen und den Tropfen zuzusehen, wie sie gegen die Scheibe klopften. Außerdem freute sie sich, dass sie mit ihrer Einschätzung des Wetters recht gehabt hatte.

Das Treppenhaus roch muffig nach ungelüfteter Wäsche und ranzigem Öl. Sie sprang die letzten Stufen zu ihrer Wohnung hoch. Als sie vor der Tür stand und nach dem Schlüssel kramte, breitete sich ein unangenehmes Gefühl in ihrem Bauch aus. Ihre Mama sollte zur Sprechstunde in die Schule kommen. Was wollte die Klassenlehrerin bloß von ihr?

Um sich abzulenken, dachte sie schnell an die süßen Croissants aus der Bäckerei. Mit dem imaginären Geschmack von Hagelzucker auf ihren Lippen schloss sie die Wohnungstür auf.

2

Die Busfahrt nach Monfalcone war anstrengend gewesen. Das Gesicht gegen das Fenster gelehnt, hatte Franziska versucht, ihr Unwohlsein zu kontrollieren, doch die winzigen Streichholzbäume, die an ihr vorbeiflitzten, hatten ihren Schwindel gesteigert. Das surrende Geräusch in ihren Ohren war auch vom Brummen des Motors nicht übertönt worden.

Trotz der Kopfschmerzen musste sie lächeln, als ihr Stefano

einfiel. In letzter Zeit war es ihr zur Gewohnheit geworden, auf ein paar Worte bei ihm vorbeizuschauen. Sie mochte ihn, weil er sie zum Lachen brachte. Seit dem Tag, an dem sie sich kennengelernt hatten, herrschte zwischen ihnen eine besondere Art von Vertrautheit, auf die Tomaso fürchterlich eifersüchtig gewesen war. Immer wieder hatte sie ihm erklärt, dass zwischen ihr und Stefano nichts war. Trotzdem hatte er den Kontakt zwischen ihnen nicht gefördert. Nur wenn es sich nicht umgehen ließ, hatten sie bei Stefano einen Stopp eingelegt.

Die Hitze brütete über der staubigen Stadt. Wenn es im Juni schon so drückend schwül war, wie würde dann erst der August werden?

Franziska blieb kurz stehen und wunderte sich über ihre Kurzatmigkeit. Ihre Brust hob und senkte sich rasch. Es kam ihr vor, als flatterte in ihrem Innern ein aufgeregter Vogel auf und ab. Sie schnappte gierig nach Luft, um dieses beklemmende Gefühl loszuwerden. Über ihr segelten düstere Wolken, und dann spürte sie auch schon die ersten Regentropfen. Innerhalb kürzester Zeit entleerte sich der Himmel über der Stadt, und die Nässe spritzte bei jedem ihrer Schritte hoch zu ihren Waden. Bis sie endlich den Eingang zur Poliklinik gefunden hatte, waren Hosenbeine und Sandalen durchnässt.

Als sie im kahlen Gang vor dem Untersuchungszimmer ungeduldig darauf wartete, aufgerufen zu werden, stellte sich ein Gefühl der Verlassenheit ein. Drei ältere Frauen saßen in ihrer Nähe auf einer Holzbank. Sie kannten einander wohl, denn sie waren in ein lebhaftes Gespräch vertieft. Keine von ihnen schien Franziska auf ihrem weißen Plastikstuhl zu bemerken.

Als Franziska zehn Minuten später ihren Namen im Lautsprecher hörte, öffnete sie bang die Tür. Der Raum war groß und roch nach Chemikalien. Durch das beschlagene Fenster sah man auf einen langen Durchgang, der zwei Gebäude miteinander verband.

Sie wurde gebeten, Platz zu nehmen. Ein junger Arzt mit einem sternförmigen Leberfleck auf der Wange setzte sich ihr gegenüber. Über den Brillenrand hinweg musterten seine hellen Augen sie aufmerksam. Er sprach freundlich und zeigte Interesse an ihren Symptomen. Seine Stimme übte eine beruhigende Wirkung auf sie aus.

Gründlich beantwortete Franziska jede Frage. Das Blut, das anschließend aus ihren Venen in die schmalen Fläschchen floss, kam ihr hellrot und durchscheinend vor. Der Doktor hatte an der Farbe aber wohl nichts auszusetzen, denn er lächelte sie unbeirrt freundlich an. Nachdem ihr Röhrchen um Röhrchen abgezapft worden war, musste sie sich auf Geheiß eines energischen Pflegers, der von ihr unbemerkt das Behandlungszimmer betreten hatte, etwa dreißig Minuten auf einer Liege ausruhen.

Sie war dabei, einzudösen, als seine Stimme sie unsanft aus einem beginnenden Traum riss: »Sie können jetzt aufstehen, Signora. In zwei Stunden erwarten wir Sie zurück. Dann sind die ersten Befunde da.«

Kaum stand sie auf ihren Füßen, drehte sich auch schon das Zimmer in wilden Kreisen um sie. Sie klammerte sich ans kühle Plastik der Liege, atmete tief und gleichmäßig ein und aus und ging dann langsam, bewusst auf jeden ihrer Schritte achtend, aus der Tür auf den Gang.

Draußen auf der Piazzale Aldo Moro schlug ihr ein Schwall feuchter Luft entgegen. Es hatte aufgehört zu regnen. Über dem Gehsteig dampften milchig weiße Schwaden. Franziskas Haare waren inzwischen getrocknet und standen in wirren wollenen Löckchen um ihr blasses Gesicht.

Helle Wolkenfetzen, wild und watteweich, jagten über den düstergrauen Himmel. Franziska kam es wie ein Stummfilm vor. Das Ausbleiben der hohen, schrillen Schreie der Möwen und des jähen Geflatters weißer Flügel irritierte sie. Beides war für sie längst Teil ihrer Stadt am Meer geworden.

Sie suchte in den unbekannten Straßen einige Zeit nach einer Bar. Als sie schließlich fündig wurde, ließ sie sich erschöpft auf einem der kleinen Messingstühle in der Nähe des Tresens nieder. Gierig verschlang sie ein *tramezzino* mit Thunfisch und trank dazu eiskalte Orangina.

Versteckt hinter den raschelnden rosafarbenen Blättern der Tageszeitung breitete sich allmählich ein behagliches Gefühl der Wärme in ihr aus und verdrängte die Unruhe. Es würde schon alles gut gehen. Sicher waren ihre Erschöpfungszustände nur eine Folge der Anspannung der letzten Monate.

Sie blätterte noch eine Weile in einem der herumliegenden Journale, ohne das Geschriebene wirklich wahrzunehmen, und machte sich dann auf den Weg zurück zum Krankenhaus.

Die schwüle Hitze draußen vor der Tür ließ sie benommen zurückprallen. Innerhalb von Sekunden war das Gefühl angenehmer Frische, das sie eben noch in der Bar gehabt hatte, verflogen.

Die Unruhe kehrte zurück.

Entweder lief sie in Panik vor dem Befund davon, sprang in den nächsten Bus zurück nach Grado, oder sie stellte sich der Situation. Der Schweiß stand ihr auf der Stirn, die Knie fühlten sich weich an, der Magen flau. Angespannt stolperte sie die glühend heißen Gehsteige entlang, bis schließlich das graue Gebäude des *ospedale* im feuchtheißen Dunst vor ihr auftauchte. Unheimlich sah es aus, wie eine Betonburg mitten in der Wüste.

»Jetzt mach dich nicht verrückt und steigere dich nicht so hinein«, murmelte sie, als sie auf dem weißen Plastikstuhl erneut darauf wartete, aufgerufen zu werden.

Diesmal war sie in Gesellschaft eines jüngeren Mannes im Rollstuhl, der ihr neugierige Blicke zuwarf. Von den drei älteren Frauen war nichts mehr zu sehen. Hin und wieder durchquerte eine Krankenschwester den Flur.

Nervös trommelte Franziska mit ihren Fingerspitzen einen schnellen Rhythmus auf die Lehne des Stuhls. Erst als sie den strafenden Blick ihres Gegenübers wahrnahm, hörte sie damit auf.

Ob sie die Patienten hier noch mit Äther betäubten wie in früheren Zeiten? Ihr fiel der Cartoon im Wartezimmer ihres Zahnarztes ein, auf dem ein verängstigter Mann zu sehen war, dem die Assistentin ein Ätherfläschchen unter die Nase hielt, während der Arzt sich mit einer Riesenzange in der Hand über den eiternden Backenzahn des erbärmlichen Opfers hermachte.

Sie hatte gerade beschlossen, sich einen Eistee aus dem Automaten zu ziehen, da öffnete sich die Tür des Untersuchungszimmers, und ein älterer Arzt rief ihren Namen.

Zögernd erhob sie sich von ihrem Sitz.

3

Als Maddalena Degrassi vor dem Grab ihres Vaters stand und auf den grauen Stein mit seinem Namen starrte, spürte sie den übermächtigen Wunsch, ihren Schmerz über diesen Verlust laut hinauszuschreien. Was, überlegte sie, würden wohl die alten Weiber hier auf dem Friedhof denken, wenn ich diesem Verlangen nachgäbe? Wahrscheinlich, dass Maddalena keine von ihnen war. Die über die Gräber gebückten Betschwestern mit ihren kohlrabenschwarzen Kleiderschürzen waren die übergroßen Krähen ihrer Kindheit.

Obwohl Maddalena sich eng verbunden fühlte mit dem Karst und ihrem alten Fischerdorf, Santa Croce, das gut zweihundert Meter über dem Meer am Fels kauerte, hatte sie immer schon jene tiefe Kluft in sich gespürt, die sie von den anderen hier trennte.

Ihr Vater hatte ihrem Drängen schließlich nachgegeben und sie in das Europagymnasium in Udine eingeschrieben. Die Jahre dort hatten all ihre romantischen Vorstellungen vom freien, selbstbestimmten Internatsleben über den Haufen geworfen. Anders als die Internatsschulen, die Maddalena aus ihren Mädchenromanen kannte, wurde dieses Institut von einer ehrgeizigen Direktorin mit strenger Hand geführt. Für die wilden Streiche und Abenteuer, die in Maddalenas Phantasie eine große Rolle spielten, blieb neben den vielen Hausaufgaben und der begrenzten Freizeit weder Energie noch Raum.

Von Udine war es nach dem Abitur nur ein kurzer Weg nach Rom gewesen, wo sie die nächsten Jahre damit verbracht hatte, sich als Polizistin ausbilden zu lassen. Nach Hause war sie nur noch in den Ferien gekommen.

»Ach, Papa, lieber Papa«, sagte sie traurig und strich mit der Handfläche liebevoll über den heißen Grabstein.

Sie vermisste ihn so sehr, diesen außergewöhnlichen Mann mit dem wilden grauen Haar, den feingliedrigen Händen und den strahlend blauen Augen, die sie an das Meer unter Santa Croce erinnerten. Mit ihrer Mutter, einer strengen Frau, hatte sie nie viel verbunden. Mit ihm dafür umso mehr. Und nun lag er hier, auf dem schönsten Friedhof der Welt, hoch über dem Funkeln der Wellen. Sah sie hinunter ins gleißende Azurblau, war ihr jedes Mal so, als würde sein intensiver Blick sie mitten ins Herz treffen. Wie gern hätte sie sich jetzt an ihn gelehnt, ihm von den Verwirrungen der letzten Monate erzählt und ihn um Rat gefragt.

Nach dem plötzlichen Tod ihres Vaters vor einem Jahr hatte Maddalena erfahren, dass ihre Eltern nicht ihre leiblichen Eltern waren. In einer stürmischen Winternacht war sie den beiden vor die Tür gelegt worden, im Alter von ein paar Wochen, halb erfroren und nur eingehüllt in ein graues Wolltuch. Maddalena hatte vor Kummer beim Notar laut aufgeschrien, war vom Stuhl gesprungen und zu ihrer Mutter gelaufen, die die ganze Zeit über bleich und schweigend, ohne eine Miene zu verziehen, dagesessen hatte.

»Warum, zur Hölle, habt ihr mich die ganze Zeit über angelogen, warum hat mir niemand etwas davon erzählt?«

»Kind, dein Vater wollte es so.«

»Vater?«

»Maddalena.« Die Frau, die sich ihre Mutter nannte, hatte sie in einer seltenen Gefühlsanwandlung fest in die Arme genommen. »Du warst immer unser Kind, und wir haben dich vom ersten Moment an geliebt. Glaube mir, die Entscheidung, dir das zu verheimlichen, ist uns nicht leichtgefallen.«

Der Notar hatte sich zurückgezogen und Maddalena in den Armen ihrer Mutter weinen lassen. Nach und nach erfuhr sie die ganze Wahrheit.

Dieses Gefühl der Fremdheit lag also doch nicht nur in ihrer schwierigen Pubertät begründet. Wer war sie bloß, und woher kam sie, wo waren ihre Wurzeln?

Als der Notar zurückkam, hatte er ihr eröffnet, dass sie neben einer nicht unbeträchtlichen Summe Bargeld das geliebte Motorrad ihres Vaters, eine wunderschöne Moto Guzzi, geerbt hatte. Schon zu seinen Lebzeiten war Maddalena häufig mit dem Motorrad gefahren. Ihre Mutter, die bei Vaters täglichen Motorradfahrten von Santa Croce nach Triest vor Angst fast vergangen war, hatte sorgenvoll den Kopf geschüttelt.

»Nicht auch noch du«, hatte sie gemurmelt. »Ich will dich nicht verlieren, Maddy.«

Maddalena seufzte tief, wischte sich eine Träne aus dem Augenwinkel und warf einen letzten Blick auf die purpurfarbene Rose, die sie ihrem Vater gebracht hatte. Ohne sich noch einmal umzudrehen, schlenderte sie an den Gräbern vorbei zum Ausgang. Der Boden war aufgeweicht vom Regen der letzten Tage, und der würzige Duft der Zypressen vermischte sich mit dem modrigen Geruch nach verwelkten Blumen und feuchter Erde.

Als sie durch das schmiedeeiserne Tor zur Kirche ging, begannen die Gedanken an das bevorstehende Treffen mit Franjo in ihrem Kopf zu kreisen. Sie würde sich duschen und umziehen müssen, da sie direkt aus dem Nachtdienst von Grado hierhergekommen war. Vorher wollte sie sich noch einen Caffé macchiato und eine Zigarette in der einzigen Bar im Ort genehmigen.

Angesichts der behaglichen Stille, die dort herrschte, rückte sie sich auf der Steinveranda zur Straße einen kleinen Metallsessel zurecht. Fröstelnd zog sie ihre Lederjacke enger um die Schultern. Im Karst blies ein kühler Wind.

Ein Sonnenstrahl durchbrach die graue Wolkenbank und ließ das Glas Wasser vor ihr auf dem Tisch kristallklar funkeln. Maddalena schloss die Augen und hob ihr Gesicht dem Licht entgegen, bis die Zigarette aufgeraucht und die Sonne wieder hinter den Wolken verschwunden war.

Als sie kurze Zeit später, frisch geduscht und umgezogen, die chromblitzende Moto Guzzi aus der Garage schob, fiel ihr wieder ein, was Max über sie gesagt hatte. Sie hatte den pubertierenden Schüler vor gut zehn Monaten bei Ermittlungen kennengelernt. Es war Maddalenas Debüt als Kommissarin in Grado gewesen. Damals hatte der Junge ihr ernst erklärt, dass sie ihn eher an eine Rockerbraut als an eine Polizistin erinnerte, weshalb er nicht allzu viel Vertrauen in ihre Fähigkeiten setzte, seine Schwester zu finden. Ganz unrecht hatte er damit nicht gehabt.

Maddalena verspürte ein Gefühl der Unbeschwertheit, als sie jetzt mit ihrem Motorrad durch die engen Gassen brauste. Erst auf der Hauptstraße stülpte sie den Helm über ihre dunkelbraunen Locken. Sie liebte den Wind in ihrem langen Haar und verbot es sich, an die drohenden Gefahren und die vielen Unfälle, zu denen sie gerufen wurde, zu denken.

Immer wieder war sie fasziniert von der kargen Landschaft des Karstes. Schon im Juni war hier alles ausgedörrt und das frische

Grün des Frühlings durch das charakteristische Graubraun des Sommers abgelöst. Sie raste vorbei an abgeblühten Fliederbüschen, Hecken und Kastanienbäumen, an niedrigen Steinmäuerchen und hölzernen Gattern, über sich die Endlosigkeit des grauen Himmels. Es hatte zu nieseln begonnen, und an einer Weggabelung vor Opicina schob Maddalena das Visier des Helms vor ihr Gesicht. Auf der Weiterfahrt erschien die Landschaft verwaschen. Wie in einem Aquarell ließ der Regen die Farben weich zerfließen. Trotz der schlechten Straßenverhältnisse beschleunigte Maddalena. Der österreichisch-ungarische Militärfriedhof, die Abzweigung zum Leuchtturm Vittoria, Bäume und Sträucher flogen nur so vorüber. Jetzt wurden die Mauern höher und die Straße breiter. Verlassene Kasernen, spärlich besuchte Campingplätze rechts und links, dann war da auch schon Opicina. Bei schönem Wetter und klarer Sicht konnte man hier einen wunderbaren Panoramablick über die Bucht genießen.

Nicht so heute.

Ihre Gedanken waren so sehr beim Treffen mit Franjo, dass sie die richtige Abzweigung nach Slowenien beinahe verpasst hätte.

Wie immer, wenn sie durch diese karge Gegend fuhr, fühlte sie sich in die Vergangenheit zurückversetzt. War das der Grund, weshalb sie hier ihren Helden gefunden hatte, zwischen Steinmauern, hinter denen sich endlose buckelige Wiesen dehnten? Der Karst erinnerte Maddalena an die Weite englischer Landschaften. Ja, genau so war das: Franjo war ihr Mr. Darcy. Und jetzt hatte sie ihn verloren, was wohl daran lag, dass sie ihrerseits meilenweit davon entfernt war, eine Elizabeth Bennet zu sein. Leider.

Maddalena spürte den Kloß in ihrem Hals und bemühte sich, die aufsteigenden Tränen zurückzudrängen. »Fehlt ja noch«, schrie sie grimmig gegen den Fahrtwind an, »dass ich in meinem verdammten Helm ersaufe. Der verfluchte Regen draußen reicht schon.«

Die Straße hinunter nach Rupingrande, vor ihr die sanften Hügel des ehemals streng bewachten Grenzgebietes, und wieder hinauf nach Col mit seinen schroffen, abweisenden Felsen, dann überquerte sie erwartungsvoll den aufgelassenen Grenzübergang.

Gleich würde sie Franjo sehen. Nur noch durch das bewaldete Stück vor Dol pri Vogljah, und schon kam die Biegung vor dem

Bach in Sicht, die zu Franjos Gasthaus führte. Eigentlich war es das Elternhaus. Seine Mutter hatte hier eine kleine Buschenschenke betrieben und vorbeikommende Wanderer oder Radfahrer mit Schinken und Käse versorgt. Sie war es gewesen, die Franjo die Leidenschaft fürs Kochen vermittelt hatte. Schon als Kind hatte er nichts lieber getan, als bei ihr in der kleinen Küche zu stehen und in die Töpfe zu schauen. Nach seinen Lehrjahren in Laibach und Triest als Koch war er in seinen Heimatort zurückgekehrt und hatte aus der Buschenschenke ein gut gehendes Gasthaus gemacht. Maddalena und er kannten einander aus Triest, wo er in einem Restaurant am Meer gearbeitet hatte. Ihr Vater war dort regelmäßig in seiner Mittagspause eingekehrt, um eine der köstlichen Fischsuppen zu essen, für die dieses Lokal bekannt war.

Mit Schwung nahm sie die Kurve vor dem Gasthaus und bremste dann scharf ab.

Auf der Veranda stand Franjos Kellner Miroslav, der die meiste Zeit über so tat, als könnte er nicht bis drei zählen. Maddalena nickte ein kurzes »Salve« in seine Richtung und warf einen suchenden Blick an ihm vorbei.

»Ach, wen haben wir denn da?« Franjo, der plötzlich in der Tür stand und mit seiner Statur fast den Rahmen ausfüllte, grinste über das ganze Gesicht. »Die Lebensmittelpolizei?«

Sofort spürte Maddalena, wie ihre Knie weich wurden. Einen Moment lang war sie überrascht, dass Franjo ihr Zusammentreffen – im Gegensatz zum letzten Mal – so locker aufnahm. Den Helm in der Hand, stieg sie die Stufen zu ihm hinauf. Die Lederkluft quietschte bei jeder Bewegung.

»Nein, keineswegs. Ich komme vom Finanzamt«, sagte sie betont lässig und hauchte einen kühlen Kuss auf seine Wange.

»Na, dann kommen Sie besser herein und lassen sich mit einem kräftigen Essen von mir bestechen.«

»Nichts lieber als das.« Maddalena, die von der Fahrt durch den Regen fröstelte, lächelte.

Sie warf ihre schwarz-rote Lederjacke und den Helm über einen der Haken im Vorraum und stieg hinter Franjo die Holztreppe hinauf in den ersten Stock. Hier, im Extrazimmer, waren sie unter sich. »Franjo ...«, begann sie und starrte auf seine Brust.

Fast hatte sie vergessen, wie groß er war und wie gut er aussah. Sie selbst war nicht klein, reichte ihm aber gerade bis zum Kinn. Bevor sie weiterreden konnte, sagte er hastig: »Mach es dir erst einmal gemütlich, ich hole uns etwas zu trinken und eine Kleinigkeit zu essen.«

Sie wollte etwas erwidern, spürte aber im selben Moment, dass ihr Magen zu knurren anfing. Außerdem war sie froh über den Aufschub. Franjo kam mit einem Tablett und reichte ihr Brotkorb und Sektflöten. Maddalena mochte den Prosecco aus dem Karst, er war bernsteinfarben und schmeckte wie Champagner. Sie leerte das Glas und spürte sofort die entspannende Wirkung des Alkohols.

»Schütt das Zeug nicht so in dich hinein«, Franjo zog die dunklen Augenbrauen hoch, »sonst kannst du danach nicht mehr fahren und musst hierbleiben.« Er zögerte kurz und ergänzte: »Nicht dass es mir etwas ausmachen würde. Trotzdem ist das keine allzu gute Idee.« Seine Stimme klang verändert.

Maddalena brummte ein verlegenes »Hmm« und biss rasch vom Weißbrot ab. Es schmeckte köstlich nach Knoblauch und Kräutern. Dazu hatte Franjo einen Teller mit getrüffeltem Ziegenkäse für sie aus der Küche mitgebracht.

»Herrlich, wie eh und je.« Maddalena klopfte sich zufrieden auf den Bauch. »Du bist ganz eindeutig der Koch meines Herzens.«

Aus seinen dunklen Augen, die in seltsamem Kontrast zu seinem hellen Haar standen, warf Franjo ihr einen düsteren Blick zu. Maddalena hätte sich ohrfeigen können.

»Franjo«, sie sah ihn entschuldigend an und nahm all ihren Mut zusammen, »lass uns doch wenigstens Freunde sein. Es tut mir leid. Ich wollte dich nicht verletzen. Bitte«, sie schluckte, »bitte verzeih mir.«

Franjo beugte sich über den Tisch, legte seine Hand auf ihren Unterarm und sagte mit ernster Stimme: »Maddalena, es gibt nichts zu verzeihen. Du hast eine Entscheidung getroffen, als du mich mit Tomaso betrogen hast. Eine Entscheidung gegen uns.«

»Ich weiß doch selbst, dass es dafür keine Entschuldigung gibt. Aber glaub mir, es ist einfach so passiert. Es hatte nichts zu bedeuten.«

»Das ist es ja gerade. Wenn es einfach so passieren konnte, obwohl wir heiraten wollten …«

Maddalena sah den Kummer seine Augen noch dunkler machen.

Am liebsten wäre sie aufgesprungen und hätte sich in seine Arme geworfen, sich fest an ihn gepresst und seinen einzigartigen Geruch nach Pfeffer, Waldhonig und Harz in sich aufgesogen. »Ich wollte, ich könnte es rückgängig machen.« Sie fuhr sich mit der Hand durch das Haar und warf Franjo einen vorsichtigen Blick zu. »Das hättest du dir früher überlegen müssen. Jetzt ist es zu spät. Verstehst du denn nicht? Ich wollte dein Mann sein, deshalb können du und ich niemals Freunde werden. Außerdem«, er sah sie bedeutungsvoll an, »habe ich gehört, dass seine Frau ihn verlassen hat. Er ist also frei.«

»Scheiße, Franjo, hast du es denn noch immer nicht kapiert? Ich will ihn nicht.«

»Doch. Ich hab es kapiert. Nur ändert das rein gar nichts. Du bist keine Prinzessin, die nach einigen Irrungen und Wirrungen auf einem weißen Pferd zu ihrem Prinzen reitet, verstehst du? Du bist eine Kriminalkommissarin, die über Monate eine heimliche Affäre mit jemandem hatte, der sowohl verheiratet als auch in einen deiner Fälle verwickelt war.«

»Tomaso war nicht in den Fall verwickelt. Ihm beziehungsweise seiner Mutter gehört bloß das Hotel, in dem die Familie mit dem verschwundenen Kind gewohnt …« Maddalena biss sich auf die Zunge, bis es wehtat, und fügte dann leise hinzu: »Du hast ja recht. Und trotzdem …«

»Dann wäre ja alles geklärt«, unterbrach Franjo sie schroff. »Espresso?« Schon war er aus der Tür, ohne ihre Antwort abzuwarten.

Maddalena schluckte die Tränen hinunter und wischte sich mit dem Ärmel ihres Shirts über die Nase. Sie würde ihm nicht den Gefallen tun zu weinen. Die Luft im Raum erschien ihr mit einem Mal muffig. Sie öffnete beide Fenster. Draußen waren schwere Wolken aufgezogen, und es sah so aus, als würde es jeden Moment zu schütten beginnen.

4

Heute hatte es den ganzen Tag über immer wieder geregnet. Die Luft klebte vor Feuchtigkeit, und Angelina Marias Knochen schmerzten von der Gicht und dem Rheuma.

Als die Kleine am Morgen die *panini* vorbeigebracht hatte, war es ihr nicht möglich gewesen, das Bett zu verlassen. Dabei hätte sie dem Mädchen gern eine hübsche Muschel geschenkt. Angelina Maria wickelte einen langen Schal um ihren Körper und öffnete die Tür zur Terrasse. Ein Blick auf das tiefgraue, aufgewühlte Meer genügte, um zu wissen, dass es noch längst nicht genug geregnet hatte. Der Horizont war verschwunden. Wo sonst die helle Linie leuchtete, die den Himmel vom Meer trennte, befand sich jetzt eine einzige, gespachtelt wirkende Masse, die sie an die raue Oberfläche eines Ölgemäldes erinnerte.

Sie rückte ihre Liege zurecht, schlurfte noch einmal zurück ins Zimmer, um die Wolldecke zu holen, und setzte sich ächzend auf die harte Unterlage.

Das tiefe Durchatmen brachte nicht den gewünschten Erfolg. Statt dass es ihre Lungen ausreichend mit frischer Luft füllte, wurde ihr schwindlig, und der Druck auf ihre Brust nahm zu. Schwer lehnte sie sich zurück, stützte sich vorsichtig mit den runzeligen Ellbogen ab. Die Schreie der Möwen klangen seltsam gedämpft in ihren Ohren. Es war, als würde sie tief am Meeresgrund tauchen.

Früher war sie für ihr Leben gern draußen am Ende der Mole kopfüber ins Meer gesprungen und mit ihrer Zwillingsschwester um die Wette zum Plateau geschwommen. Mit weit aufgerissenen, vom Salz geröteten Augen hatten sie die Welt unter sich bestaunt. Wie Wunderwesen waren sie sich vorgekommen, wie verzauberte Nixen in einer märchenhaften Unterwasserwelt. Vielleicht war sie deshalb so fasziniert von der Meerjungfrau, die Abend für Abend zur Delphinskulptur schwamm, durch die geschwungenen Verstrebungen tauchte und mit den Wellen Fangen spielte. Weil sie einen Hauch der Erinnerung an eine fast vergessene Zeit aufkommen ließ.

Damals war Angelina Marias Leben noch in Ordnung gewesen. Die Sommertage waren erfüllt von Meer, Sonne und Wind. Und auch der Winter, den sie beide dicht aneinandergedrängt mit Büchern vorm Kachelofen verbrachten, hatte sie mit seinen glitzernden Eisblumen an den Fenstern und der Ahnung von tief verschneiten Bergen weiter oben im Norden verzaubert.

Sie waren unzertrennlich gewesen, bis zu dem Tag, an dem sie Giuseppe kennengelernt hatten. Dieser interessante, große, schlanke Mann hatte sich sofort in ihre Schwester verliebt. Angelina Maria war immer schon ein bisschen eifersüchtig auf sie gewesen. Ihre Zwillingsschwester war einen halben Zentimeter größer, anmutiger, tat sich in der Schule leichter, und dann hatte sie auch noch vor ihr den Mann fürs Leben kennengelernt.

»Ich verstehe nicht, wie euch alle verwechseln können. Ihr seht euch zwar ähnlich, aber in eurem Wesen seid ihr völlig unterschiedlich.«

Seine Worte klangen immer noch in ihrem Ohr. Auch wenn sie es zu Beginn erfrischend gefunden hatten, einmal nicht miteinander verwechselt zu werden, bekam das Ganze für Angelina Maria bald einen bitteren Beigeschmack. Was, fragte sie sich, hatte die Schwester, das ihr fehlte?

Auch sie liebte Giuseppe. Doch er hatte nur Augen für ihren Zwilling.

Giuseppe hatte ein Händchen für schnelles, leicht verdientes Geld gehabt. Die Schwester hatte ihr gegenüber einmal angedeutet, dass es um unsaubere Geschäfte ging, aber so genau hatte Angelina Maria das gar nicht wissen wollen. Was zählte, war, dass Giuseppe in ihr Leben getreten war. Seither hatten sie sich um Geld keine Sorgen mehr machen müssen.

Sie seufzte kummervoll auf und hievte sich umständlich von ihrer Liege hoch. Würden ihre Glieder und Gelenke bloß nicht so schmerzen! Es war grauenvoll, einsam, allein und verlassen alt zu werden. Aber sie sollte sich nicht selbst bemitleiden, des Nachts war sie immer in Gesellschaft. Da konnte sie mit ihrer wunderschönen Tochter an ihrer Seite alles aufholen, was sie tagsüber entbehrte.

Jetzt musste sie sich beeilen, wollte sie die Nixe nicht versäumen. So schnell es ihre müden Beine erlaubten, stand Angelina Maria auf und schlurfte zum Geländer. Mit den Händen umklammerte sie die Brüstung, kniff ihre Augen fest zusammen und starrte ins aufgewühlte Meer.

Heiße Freude durchzuckte sie, als sie tief unter sich den Kopf mit den schimmernden Haaren in den Wellen auf und ab hüpfen sah.

»Da bist du ja, kleine Meerjungfrau«, murmelte sie zufrieden ins wogende Grau der hereinbrechenden Abenddämmerung.

5

Franziska strich sorgenvoll über ihre Stirn. Irgendwo hinter ihren Augen hämmerte der Schmerz. Sie stand auf, um sich einen Teller Suppe zu kochen. Außer dem Thunfischbrötchen in Monfalcone hatte sie heute noch nichts in den Magen bekommen. Aber allein der Gedanke an Essen brachte sie zum Würgen.

Irgendetwas arbeitete in ihrem Unterbewusstsein, drängte neben den Kopfschmerzen an die Oberfläche. Stefano, fast hätte sie ihn vergessen. Sie sollte zu ihm in die Bar, um vom Krankenhausbesuch zu berichten.

Inzwischen war die Minestrone aus dem Päckchen heiß geworden, und Franziska befüllte eine bunte Müslischale zur Hälfte mit der dampfenden Suppe. Sobald der intensive Gemüsegeruch ihre Nase erreichte, stieg wieder Übelkeit in ihr hoch. Lustlos stocherte sie in der trüben Flüssigkeit, fischte schließlich einige Stückchen Blumenkohl heraus und kaute widerwillig darauf herum. Den Rest der Suppe schüttete sie in den Ausguss und ging ins Badezimmer.

Wieder war sie zu schnell aufgestanden, und das Zimmer drehte sich um sie. Die Armaturen hinterließen einen chromfarbenen Schweif, der sich mit dem klaren Weiß des Waschbeckens vermischte. Das Sausen und Pfeifen in ihren Ohren wurde immer lauter, schwoll an, bis es kaum mehr zu ertragen war. Dann war alles still.

Franziska setzte sich mühsam auf. Verwirrt blickte sie auf das mattgraue Abflussrohr des Waschbeckens.

Wie zum Himmel war sie unter das Waschbecken geraten?

Die angenehme Kühle des Marmorbodens täuschte nicht darüber

hinweg, dass sie ihr Badezimmer von unten sah. Kalter Schweiß stand auf ihrer Stirn. Franziska biss die Zähne zusammen und erwischte dabei ein Stück Unterlippe. Am metallenen Geschmack in ihrem Mund erkannte sie, dass sie blutete. Als sie mit der Zunge über die Innenseite strich, fühlte sie eine leichte Schwellung. Was war eigentlich passiert?

Das Pochen in ihrem Kopf konzentrierte sich jetzt auf eine Stelle knapp über ihrem Nacken. Als sie in der Absicht, den Schmerz damit zu besänftigen, mit den Fingern dagegendrückte, spürte sie, dass ihr Haar dort nass und klebrig war. Erschrecken zog sie die Hand zurück und sah erstaunt auf ihre blutverschmierten Finger. Sie tastete vorsichtig über die Stelle und fühlte eine leichte Erhebung.

Anscheinend war sie ohnmächtig geworden und hatte sich am Heizkörper den Kopf aufgeschlagen. Bei meinem momentanen Glück, dachte Franziska resigniert, wird die Beule innerhalb kürzester Zeit so groß wie ein Hühnerei.

Vorsichtig stemmte sie sich hoch, hielt sich am Rand des Waschbeckens fest und starrte sekundenlang erschrocken in die verschleierten Augen einer unheimlichen Person.

»Oh, mein Gott«, flüsterte sie alarmiert.

Sie sah grauenvoll aus. Bleich, mit dunkelvioletten Ringen unter den Augen. Franziska drehte den Wasserhahn auf. Minutenlang presste sie einen nassen Waschlappen auf ihr Gesicht. Dank der durchdringenden Kälte spürte sie, wie sich allmählich ihre Lebensgeister zurückmeldeten. Sie musste schleunigst an die frische Luft.

Wie eine Seekranke taumelte sie durch das Wohnzimmer auf die Terrasse, hinaus in den Regen. Hätte sie sich vor einem Monat so gesehen, wäre sie besorgt gewesen. Nun stand sie in der Nässe, barfuß, und starrte ins Meer, das sich fast so schwarz wie der wolkenbedeckte Abendhimmel unter ihr ausbreitete.

Und da war er wieder, der Kopf der Meerjungfrau, der in der hellen Gischt der Wellen tanzte. Er hüpfte auf und ab, tauchte unter. Franziska beugte sich vor und sah angestrengt ins Wasser, um mehr zu erkennen. Ganz sicher war das keine der gelben Bojen, sondern ein weiblicher Körper, ihre kleine Meerjungfrau eben.

Lächelnd ging sie zurück ins Wohnzimmer, trank ein paar Schlucke eiskaltes Wasser und machte sich daran, die Wunde am

Hinterkopf zu säubern. Sie klappte den Badezimmerspiegel auf und stellte ihn schräg, sodass sie den Cut, der inzwischen zu bluten aufgehört hatte, genauer betrachten konnte. So schlimm, wie es sich im ersten Moment angefühlt hatte, war es nicht. Alarmierender war eindeutig der Umstand, dass sie einfach so, ohne nachvollziehbaren Auslöser, in Ohnmacht gefallen war. Sie rieb einige Male mit dem nassen Waschlappen über die Beule, bürstete vorsichtig ihr Haar und steckte es mit ein paar kleinen Spangen hoch. So, jetzt war die Verletzung nicht mehr zu sehen.

Im Vorzimmer zog sie ihre rosa Baumwolljacke über und schlüpfte in helle Ballerinas. Inzwischen musste es zu regnen aufgehört haben. Durch die geöffnete Terrassentür hörte sie nur noch das Rauschen des Meeres.

Im Treppenhaus war es dämmrig. Vorsichtig stieg sie die Treppe hinab. Die Bewegung tat ihrem Kreislauf gut.

Als sie im zweiten Stock angekommen war, baute sich mit einem Mal ein Schatten vor ihr auf. Franziska blickte hoch und sah einem blonden Mann ins Gesicht. Anscheinend ebenfalls überrascht von der unerwarteten Begegnung, machte er hastig einen Schritt zurück, besann sich dann aber und kam mit einem breiten Lächeln auf sie zu. »So allein im dunklen Treppenhaus?«

»Ich wohne hier«, gab Franziska knapp zurück. Nach kurzem Zögern fügte sie hinzu: »Was geht es Sie überhaupt an? Ich kann gut auf mich aufpassen.«

»Nun, ich habe nur gemeint, weil es schon spät ist und man hier kaum etwas sieht.«

Er lächelte entschuldigend und wollte schon weitergehen, als Franziska, der ihre unhöfliche Reaktion inzwischen unangenehm war, ihn ihrerseits entschuldigend ansah. »Tut mir leid, aber Sie haben mich erschreckt«, gestand sie.

»Ist schon gut«, antwortete der Fremde und ging mit einem freundlichen Nicken an ihr vorbei nach oben.

Im Foyer angekommen, hielt Franziska kurz inne. Auf ihren nackten Beinen hatte sich Gänsehaut gebildet, und es war ihr nicht klar, ob dieser kalte Schauer von ihrer Schwäche herrührte oder von der Erkenntnis, dass ihre Ehe zerbrochen war. Sie atmete tief durch, sog die Luft geräuschvoll durch ihre Nase ein, stemmte sich gegen die Eingangstür und prallte im Hinausgehen unerwartet gegen einen Widerstand.

»Uff«, machte sie und sah geradewegs in Stefanos besorgtes Gesicht.

»Mein Gott, bist du bleich.« Er zog sie fest an sich.

»Das liegt bloß daran, dass du so braun bist«, schnappte sie und stemmte sich weg. Inzwischen fand sie es unangenehm, immer wieder auf ihre Blässe angesprochen zu werden. »Ich wollte gerade zu dir in die Bar gehen«, setzte sie etwas aufgeräumter nach, als sie den zerknirschten Ausdruck auf seinem Gesicht sah.

»Ich dachte schon, sie hätten dich im Krankenhaus behalten. Nein, sag jetzt nichts«, wehrte er ab, »ich habe mir Sorgen gemacht, weil du danach nicht wie vereinbart zu mir gekommen bist.«

»Also wirklich.« Sie packte ihn am Arm und zog ihn hinaus in die Nacht. »Du weißt genau, dass ich zuverlässig bin. Ich halte mich immer an Verabredungen.«

»Ja?« Stefano lächelte sanft und hielt sie auf Armeslänge von sich weg, sodass er sie direkt ansehen konnte. »Wir haben also eine Verabredung? Ein Date?«

Franziska, der das spitzbübische Funkeln in seinen blauen Augen nicht entgangen war, antwortete übermütig: »Klar doch. Natürlich haben wir ein Date«, und hakte sich, nun viel besser gelaunt, bei ihm unter.

»Gut. Und jetzt erzähl mir, was heute los war«, forderte Stefano sie auf, während sie den Weg in Richtung Hafen einschlugen.

Der Vollmond stand hoch am Himmel und tauchte alles in ein milchig weißes Licht.

»Mir scheint, ich bin jetzt auch noch mondsüchtig.« Franziska fühlte sich seltsam beschwingt.

»Das klingt gut. Wirklich gut.« Stefano blieb stehen. »Wir könnten das Motorrad nehmen und in die Lagune zum Pub nach San Lorenzo fahren. Hast du Lust?« Er hielt kurz inne und setzte dann etwas zögerlich nach: »Ich meine, weil das jetzt doch ein Date ist.«

»Aber ja, das ist genau das, was ich jetzt brauche. Ein bis zum Bersten volles Bierlokal mit grölenden Betrunkenen.« Franziska musste lachen, als sie sein enttäuschtes Gesicht sah. »Nein, ich habe das ernst gemeint. Los, lass uns zum Pub fahren.«

Während Stefano die Sturzhelme aus dem Hinterzimmer der Bar holte, betrachtete Franziska versonnen den im dunklen Wasser des Hafens tanzenden Mond. Immer wieder schoben sich dunkle Wolken über die helle Scheibe. Wie ein zerlaufenes Bild aus Wasserfarben sah der hübsche kleine Hafen mit seinen Segelbooten dann aus.

Das hohe Klingen der Schiffsglocken übertönte das unangenehm schrille Surren in ihren Ohren. Der Ton erinnerte sie an die Windspiele vor chinesischen Pagoden. Im Jahr, bevor sie in Grado gelandet war, hatte sie mit ihrer Freundin Lisa eine Asienreise unternommen. Die vielen Eindrücke, Farben und Gerüche waren für sie heute noch jederzeit abrufbar, durch einen bestimmten Ton, ein Gewürz, eine Stimmung. So wie jetzt.

Lisa. Was wohl aus ihr geworden war?

Obwohl Franziska sich auf ihrer Asientour ständig über die Rücksichtslosigkeit ihrer Freundin geärgert hatte, verreisten sie auch im nächsten Sommer zusammen. Ihre letzte gemeinsame Unternehmung, denn Franziska war in Grado geblieben, hatte Tomaso geheiratet, und Lisa war ganz einfach aus ihrem Leben entschwunden.

»Hier, sitz auf.«

Gleich darauf saß sie fest an Stefano geklammert auf dem Motorrad und fuhr mit ihm durch die Nacht. Bäume, Hecken, Sträucher flogen an ihnen vorbei, die Kanäle glitzerten. Als sie schließlich anhielten, nahm Stefano den Helm von seinem Kopf und fuhr sich durchs Haar.

Franziska stieg vom Motorrad. Obwohl sie festen Boden unter den Füßen hatte, schwankten die dunklen Bäume bedrohlich auf sie zu.

»Hey. Was ist los?« Stefano warf ihr einen prüfenden Blick zu.

»Nichts. Ist schon gut«, wehrte sie ab. »Lass uns hineingehen.«

Als er die Tür öffnete, kam ihnen eine Gruppe lachender Menschen entgegen. Mitten unter ihnen sah sie zwei bekannte Gesichter.

»Bibiana, Fabrizio!«, rief sie erfreut und umarmte ihre Freunde. Es tat gut, die beiden zu sehen.

»Francesca … Stefano.« Fabrizio grüßte Stefano mit einem Nicken und wandte sich dann wieder Franziska zu. »In der Außenbeleuchtung wirkst du so grün wie das Monster aus einem Horrorfilm.«

»Danke.« Franziska sah unangenehm berührt auf.

»Mein Mann war schon immer ein Charmeur«, sagte Bibiana, um die Situation zu entschärfen, und nahm Franziska erneut in den Arm. »Ich ruf dich morgen an. Verlässlich.«

Drinnen stand die Luft dick im Raum. Der Boden war übersät mit Erdnussschalen, die unter jedem ihrer Schritte knirschten. Vor einem messingfarbenen Bierkessel blieb Franziska stehen. »Der gefällt mir.«

»Mir auch, aber besser noch gefällt mir das Bier, das wir gleich bekommen werden«, gab Stefano gut gelaunt zurück.

Sie fanden einen freien Platz an der Theke, und dicht aneinandergedrängt prosteten sie sich zu. Als das kühle, prickelnde Bier durch ihre Kehle rann, begann Franziska, sich zu entspannen.

»So«, stellte Stefano ernst fest, »und jetzt erzählst du mir, wie es in Monfalcone war.«

»Ach«, erwiderte Franziska vage, und auf einmal war die ganze Entspannung wieder fort.

»Also?« Stefano warf ihr einen aufmunternden Blick zu.

»Shit.« Sie spürte, wie ihr die Tränen in die Augen schossen. Stefano nahm ihre Hand. Das Wandlicht hinter der Theke wurde von den Gläsern seiner schwarzen Brille reflektiert. »Ich lasse mich nicht abwimmeln. Los jetzt, erzähl schon!«

All das, was sie den ganzen Tag über erfolgreich zu verdrängen versucht hatte, brach auf einmal aus ihr heraus. Sie stürzte das Bier mit großen Schlucken hinunter und schnappte gierig nach Luft. »Stell dir vor«, japste sie, während ihr die Tränen über die Wangen liefen, »die Ärzte dort glauben, dass ich wirklich ernsthaft krank bin. Scheiße, Stefano, ich habe Angst.«

»Was ...«, begann Stefano. Er kam aber nicht weiter, da Franziska sich in seine Arme warf und bitterlich in seinen Pullover zu weinen begann.

»Sie sagen, mit meinem Blut stimmt etwas nicht«, schniefte sie. »Ich muss in drei Tagen noch einmal ins Krankenhaus, aber nicht nach Monfalcone, sondern nach Triest. Dort gibt es einen

Spezialisten, der sich alles genau ansehen wird. Dazu müssen sie mir eine weitere Ladung Blut abnehmen. Bestimmt finden sie dann auch etwas.«

»Jetzt beruhige dich«, raunte Stefano in ihr Ohr, fischte eine Serviette von der Theke und trocknete ihr die Tränen. »Ich komme am Freitag mit dir nach Triest. Egal, wie sehr du dich dagegen wehrst. Du musst da nicht allein hin.«

Franziska lächelte ihn unter Tränen dankbar an. Sie merkte erst jetzt, wie groß ihre Angst gewesen war, abermals allein zu den Untersuchungen zu müssen. »Danke«, murmelte sie und starrte auf das leere Bierglas in ihrer Hand.

Inzwischen war der Lärm in der Bar so angeschwollen, dass sie einander nicht mehr verstehen konnten. Aber es gab auch nicht mehr viel zu sagen, nachdem die Neuigkeit raus war, und mit diesem seltsam zufriedenen Gefühl lehnte Franziska sich an Stefano.

Ihre quälenden Gedanken lösten sich im überfüllten Raum nach und nach auf, vermischten sich mit dem brausenden Lärm und schwebten schließlich über Franziskas Kopf hinweg zum Fenster hinaus.

Mittwoch

1

Laura lief die Straße entlang zum Hafen. Außer ein paar Pendlern war so früh am Morgen kaum jemand unterwegs. Die Touristen auf ihren Booten schliefen noch. Mit einem Blick auf die Armbanduhr stellte sie fest, dass sie pünktlich sein würde. Die Schiffe lagen ruhig auf dem Wasser, und es roch nach Fisch.

Im Haus auf der anderen Straßenseite war eines der Fenster erleuchtet. Dort wohnte der Mann aus der Bar darunter. Um diese Zeit war er meistens wach. Tatsächlich stand er im gelben Schein der Lampe und hob grüßend die Hand, als er sie sah. Wahrscheinlich sagte er etwas, denn seine Lippen bewegten sich. Sie konnte ihn aber nicht verstehen, da sein Fenster geschlossen war.

»Guten Morgen!«, rief sie durch die leere, stille Gasse und bemerkte erschrocken, wie laut ihre Stimme klang.

Endlich hatte sie die Bäckerei erreicht. Signor Pasquale kam gerade die Straße entlang. Er nickte ihr kurz zu und sperrte die Tür auf. Laura schlüpfte in den Laden. In der Backstube brannte Licht, und es roch nach frischem Gebäck.

Signor Pasquale schenkte ihr jeden Tag ein Kuchenstück für ihre Jause. Heute war es eine Nussecke. In der Backstube bekam sie eine große Tragetasche und die Liste der Kunden, die sie beliefern sollte.

Mittlerweile kannte sie ihre Route auswendig.

Sie schulterte die große Tragetasche und lächelte Signor Pasquale und den Bäckern zu. Schon war sie wieder vor der Tür und hastete die Fußgängerzone hinauf in Richtung Meer. Sie hatte nur eine Stunde Zeit, um allen ihr Frühstück zu bringen.

Ihre Tour begann in der Altstadt. Hier lebten ein paar Frauen, die es nicht mehr selbst zur Bäckerei schafften.

»Uff, erledigt.«

Weiter ging es zum alten Strand. Die Sonne stand tieforange über dem Meer, das heute grün schillerte. Es würde ein wunderschöner Tag werden, und sie freute sich darauf, am Nachmittag mit ihrer Mutter zum Strand zu gehen.

So, jetzt war es Zeit für den Rückweg. Außer zur alten Villa musste sie noch in das hohe Haus am Meer, und danach war sie fertig.

Die Leute erzählten sich, dass Angelina Maria aus der Villa nicht ganz richtig im Kopf war. Ein wenig fürchtete Laura sich deshalb vor ihr, obwohl die Alte sie stets freundlich empfing und ihr gern ein paar Münzen extra zusteckte. Die Kinder aus ihrer Klasse schlichen oft um das alte Haus herum und riefen mit Schimpfwörtern nach der Frau. Wenn sie sich herauswagte, zeigten sie ihr eine lange Nase, wackelten mit den Ohren und liefen davon. Eigentlich sah Angelina Maria nur komisch aus. Aber auch nicht anders als die Leute im Altersheim auf der Isola. Steinalt eben, schwabbelig dick und mit wirrem Haar. Die merkwürdigen Blusen, die sie trug, rutschten immer aus den Röcken.

Wie beinahe jeden Morgen stand die Alte schon an der Tür und hielt Ausschau nach ihr.

»Guten Morgen, Kleine«, nuschelte sie.

»Guten Morgen«, gab Laura fröhlich zurück. »Hier sind Ihre Brötchen.«

Angelina Maria tat, als hätte sie eine Tochter, die ein berühmter Filmstar war und ebenfalls Angelina hieß. Deshalb musste Laura ihr immer Frühstück für zwei bringen. Aber jeder wusste, dass sie sich das nur einbildete.

»Wird heiß heute«, murmelte die Alte undeutlich.

»Ja, ich weiß. Tolles Badewetter.« Vergnügt winkte sie Angelina Maria zu und sprang weiter.

Heute hatte sie nichts von ihr bekommen. Keine Muschel, keinen Buntstift, keine Münze.

Jetzt gab es nur noch vier Kunden zu beliefern. Das graue Haus war ihr Lieblingshaus. Es sah toll aus, wie ein Raumschiff, und hatte außerdem einen Lift.

Zuerst lief sie zu der Familie mit den beiden Kindern. Das ältere, ein Junge, besuchte die Klasse über ihr, und Laura fand es peinlich, ihm zu begegnen. Heute öffnete ihr zum Glück die Mutter und lächelte Laura freundlich an.

Als Nächstes musste sie zu einem alten, bärbeißigen Mann, der ihr noch nie einen Cent Trinkgeld gegeben hatte.

Geschafft. Nun kam der andere dran, der große Blonde mit dem Muttermal über der linken Augenbraue, den sie so interessant fand.

Gerade als sie um die Ecke bog, wurde seine Wohnungstür

aufgerissen. Laura hielt erstaunt inne. Eine wunderschöne Frau mit langen Haaren stand auf der Schwelle. Ihre Haare glitzerten und glänzten im Licht des Flurs. Sie trug ein zartes Schleierkleid und goldene Sandalen. Laura starrte sie mit offenem Mund an. Die Prinzessin bemerkte sie, drehte sofort um, als hätte sie einen Geist gesehen, und verschwand wieder in der Wohnung. Zögernd ging Laura den Gang entlang und kaute nachdenklich auf ihrer Nagelhaut. Sie hatte immer gedacht, dass der Mann mit dem eigenartigen Dialekt allein hier wohnte, und sich vorgestellt, dass er in Grado Urlaub von seiner Familie machte, um sich auf die Dreharbeiten zu seinem neuen Film vorzubereiten. Jetzt war sie überrascht. Niemals hätte sie vermutet, dass er eine Freundin hatte. Laura legte die Papiertüte mit dem Frühstück auf die Fußmatte, klingelte und lief dann hastig zum Lift.

Nun kam sie zu Francesca Tosoni, der letzten Station auf ihrer Runde. Francesca mochte sie am liebsten von allen Kunden. Sie war immer sehr freundlich zu ihr. Heute kam sie nicht zur Tür, wahrscheinlich schlief sie noch. Dafür öffnete sie morgen sicher wieder, das war immer so. Wenn sie einmal die Zeit übersehen hatte, erschien sie das nächste Mal mit einem kleinen Geschenk. Laura legte die Papiertüte behutsam auf die Matte vor der Tür.

Fröhlich pfeifend verließ sie das Gebäude. Ihr kleiner Kopf war voller Abenteuer und spannender Geschichten. Tief atmete sie die kühle Morgenluft ein. Die Straße war mittlerweile voller Menschen, die zur Arbeit hasteten oder in die Schule liefen. Auch sie musste sich beeilen.

2

Franziska wurde von einem lauten Hämmern geweckt. Schlaftrunken setzte sie sich im Bett auf.

»Ja, ja! Ich komme schon!«

Sie vermutete das kleine Mädchen vor der Tür. Hastig öffnete sie und stand einer eleganten älteren Dame in Weiß gegenüber.

»Francesca, wie siehst du denn aus? Ach du meine Güte.« Ihre

Schwiegermutter starrte sie unter getuschten Wimpern und sorgsam gezupften Augenbrauen entgeistert an.

Donna Rosa war trotz ihres Alters eine beeindruckende Erscheinung, stets gepflegt, nach der neuesten Mode gekleidet und mit tadellosem Make-up. Ihr feines graues Haar sah immer so aus, als käme sie gerade vom Frisör.

»Zuerst einmal guten Morgen.« Franziska spürte, wie Ärger in ihr hochwallte.

Anstatt zu antworten und die Wohnung zu betreten, machte Tomasos Mutter einen Schritt zurück und musterte Franziska von oben bis unten. »Du hast doch nicht bis jetzt geschlafen, meine Liebe?«

»Doch, du hast mich geweckt.«

Ihre Schwiegermutter kam auf sie zu und streckte ihr auffordernd die Wange entgegen. Franziska berührte mit ihren Lippen widerwillig die nach Gesichtscreme duftende Haut.

»Hier.« Sie reichte Franziska ein Päckchen.

»Oh, danke.« Erstaunt nahm sie es ihr ab.

Allzu oft war es nicht vorgekommen, dass Tomasos Mutter ihr etwas geschenkt hatte.

»Nein, nein, das kommt nicht von mir. Es lag vor deiner Tür.«

Jetzt erst bemerkte Franziska, dass es ihre Frühstückscroissants waren. »Hättest du gern Kaffee oder Orangensaft?«

»Um diese Zeit? Es ist schon nach zehn Uhr. Nein. Danke, ein Glas Wasser reicht mir.«

»Gut, dann wird es dich ja auch nicht stören, wenn ich mich inzwischen frisch mache?«

»Keineswegs, meine Liebe. Ich sehe mich währenddessen ein wenig um.«

»Ja, mach es dir ruhig gemütlich.«

»Was ist das denn für Firlefanz?«, fragte Donna Rosa mit erhobener Stimme, als Franziska gerade die Badezimmertür öffnete. Irritiert drehte sie sich um und sah, dass ihre Schwiegermutter auf die Sandbehälter mit den weißen Kerzen zeigte. Kopfschüttelnd biss Franziska sich auf die Unterlippe und ging schweigend weiter.

Kurz darauf stand sie unter der Dusche. Sie genoss das Plätschern des Wassers. Es übertönte das unangenehme Sausen in ihren Ohren und lenkte sie ein wenig von dem ungebetenen Gast in ihrem Wohnzimmer ab. Neben den unerklärlichen Beschwerden plagte sie jetzt auch noch dieser Besuch ihrer Schwiegermutter! Ja, es stimmte, sie war ihr in höchstem Maße unwillkommen. Das lag daran, dass Donna Rosa sich oft und im Laufe der Zeit immer häufiger in ihre Beziehung eingemischt hatte.

Franziska frottierte sich rasch ab, zog ein rosa-weiß gestreiftes Leinenkleid über ihren Kopf, wobei sie bemerkte, dass die Beule kleiner geworden war, schlüpfte in ihre Flip-Flops und warf sich im Spiegel ein betont munteres Lächeln zu.

Als sie die Wohnzimmertür öffnete, zuckte Donna Rosa ertappt zurück, hatte sich aber sogleich wieder gefangen. »Soll ich dir eines der Stubenmädchen aus dem Hotel schicken?« Sie fragte das betont liebenswürdig.

Franziska konnte ein brüskiertes Auflachen nicht unterdrücken, ersparte sich aber eine Antwort. Stattdessen nahm sie ihr Frühstück aus dem Päckchen, schenkte sich ein Glas Ananassaft ein und begann hungrig zu essen.

»Lass es dir schmecken, du bist sichtlich unterernährt. Dabei weißt du doch, dass du jederzeit zum Essen ins Hotel kommen kannst.«

Franziska, die das zwar nicht gewusst, darauf aber so oder so keine Lust gehabt hätte, winkte freundlich ab. »Ich komme schon zurecht. Trotzdem danke, das ist nett von euch.«

Nachdem sie ein halbes Croissant gegessen hatte, schob sie den Teller zurück und stand auf.

»Warte, meine Liebe, es gibt da etwas, worüber ich mit dir reden möchte.«

Sie hatte ja geahnt, dass dieser Besuch nicht bloß eine seltene Freundlichkeitsgeste war.

»Ach?« Franziska zog die Augenbrauen in die Höhe und spürte im selben Moment, wie das Pochen in ihrem Kopf wieder einsetzte.

»Wir werden nicht länger zusehen, wie unser Sohn durch dein Verhalten leidet.«

»Durch *mein* Verhalten?« Franziska warf ihrer Schwiegermutter einen ärgerlichen Blick zu.

»Genau. Durch deine unversöhnliche Art. Tomaso bereut, was er getan hat, er versucht seit deinem Auszug, es wiedergutzumachen. Und du? Du zeigst ihm weiterhin die kalte Schulter.«

»Ihr meint also, euer Sohn darf mich unzählige Male betrügen, wenn er es nur hinterher bereut? Das reicht aus, um alles zu vergessen?«

»Na, wenn du das so polemisch formulierst, klingt es nicht richtig, Francesca. Natürlich war falsch, was er getan hat. Aber er ist eben ein Mann. Ja, glaubst du denn, ich hatte es immer leicht in meiner Ehe? Da hilft nur eines: wegschauen und das Beste draus machen. Es geht uns Frauen doch allen gleich. Du bist da keine Ausnahme.«

Franziska spürte, wie der Zorn sich langsam verflüchtigte und einem Gefühl der Resignation wich. »Trotzdem werde ich mich nicht damit abfinden. Außerdem weiß ich nicht, ob ich ihn überhaupt noch liebe.«

»Du kannst aber nicht einfach davonlaufen und Tomaso die ganze Arbeit allein machen lassen.« Donna Rosa bedachte sie mit einem anklagenden Blick. Dann seufzte sie. »Und Liebe? Um Liebe geht es dabei doch nicht. Werd endlich erwachsen und hör auf zu träumen. Ihr seid verheiratet. Du hast zu deinem Mann zurückzukommen und zu ihm zu stehen. Es geht dabei nicht nur um dich.«

»Natürlich nicht, es geht dabei vor allem um ihn. Holt doch diese Polizistin, diese Maddalena oder wie sie heißt. Vielleicht will sie Tomaso im Hotel helfen. Sie ist ihm ja auch sonst recht eifrig zur Hand gegangen.«

»Jetzt wirst du geschmacklos, meine Liebe. Signora Degrassi ist eine tüchtige und äußerst erfolgreiche Kommissarin.«

»Du weißt aber schon noch, dass Tomaso mit ihr mindestens zwei Monate lang eine Affäre gehabt hat?«

»Und wenn schon, er will dich und nicht sie. Du gehörst zu ihm ins Hotel. Dort ist dein Platz, bei deinem Ehemann, und nicht hier, in dieser staubigen Wohnung, in der ihr zu Beginn eurer Ehe gelebt habt.«

Franziska wandte sich ab. Der Schmerz über den Betrug, den sie schon überwunden geglaubt hatte, meldete sich unerwartet heftig zurück. Heiße Tränen stiegen in ihre Augen, und sie machte einen Schritt in Richtung Terrasse. Geblendet von der Helligkeit blinzelte sie und spürte, wie die Tränen sich von ihren Wimpern lösten und die Wangen hinabliefen.

Heute war es so schön und klar. Ein tiefblauer, wolkenloser Himmel spannte sich über das besänftigte Meer, in dem die Sonnenstrahlen alle möglichen Farbtöne zum Glitzern brachten. Sie nahm das Bild in sich auf, schluckte zweimal, trocknete ihre Tränen und wandte sich dann langsam wieder ihrer Schwiegermutter zu.

»Ich möchte jetzt nicht weiter darüber sprechen, es ist noch alles zu frisch«, sagte sie mit brüchiger Stimme.

Überrascht erkannte sie in sich den Wunsch, von dieser unnachgiebigen Frau in den Arm genommen und getröstet zu werden. Doch ihre Schwiegermutter schien weit entfernt von einer solchen Regung zu sein. Sehr gerade stand sie vor Franziska, die roten Lippen fest zusammengepresst.

»Nun, immerhin ist es jetzt schon ein paar Monate her, dass du ausgezogen bist. Aber du musst selbst wissen, was das Beste für euch ist.«

Franziska nickte stumm.

»Also dann, wir sehen uns. Denk bitte nach über das, was ich zu dir gesagt habe. So viel Zeit, wie du vielleicht glaubst, hast du nicht. Wie ich meinen Sohn kenne, wird er dir nicht mehr allzu lange nachweinen.«

»Danke für deinen Rat. Bis bald«, murmelte Franziska und ließ ihre Schwiegermutter zur Tür hinaus.

Benommen setzte sie sich auf das Sofa und begann gedankenverloren, ihre Nägel zu feilen. Sie nahm nichts anderes mehr wahr als das gewaltige Hämmern hinter ihren Schläfen. Was bildete sich diese alte Hexe eigentlich ein? Aber vielleicht war das ja ihre Art zu zeigen, dass sie ihre Schwiegertochter mochte.

3

Stefano riss den Mund sperrangelweit auf und gähnte, bis seine Kiefer knackten. Gleichzeitig verschränkte er seine Finger inein-

52

ander, drehte sie nach außen und streckte seine Arme so weit es ging vom Körper weg.

»Ahh«, machte er zufrieden. Er war müde. Zuerst hatte er nicht einschlafen können. Nach einem gut gefüllten Glas Scotch war es ihm gelungen, Francesca mit in seine Träume zu nehmen. Doch viel zu früh war er wieder aufgewacht, mit unruhigen Gedanken und einem pelzigen Geschmack vom Alkohol auf der Zunge. Nach einer erfrischenden Dusche war er, in ein dickes Badetuch gehüllt, ans Fenster getreten und hatte den Hafen beobachtet. Je nach Wetter verwandelte sich das nächtliche Schwarz am Morgen zuerst in ein dämmriges Grau, um dann wenig später die wildesten Farbtöne von Hellrosa über Zartlila und Gelb gesprenkelt bis hin zum tiefsten Purpurrot auf den Himmel zu zaubern. Von den unterschiedlichen Blauschattierungen liebte er die hellen, mit weißen, flauschigen Wolkenfetzen durchzogenen besonders.

Inzwischen hatte er das Mittagsgeschäft hinter sich, die meisten der *tramezzini* und *bruschette* waren verkauft. Die Bar war eine kleine Goldgrube, vor allem seit er draußen einige Tische aufstellen durfte. Neben den Tagestouristen und den Bootsbesitzern kamen die Einheimischen gern auf ein schnelles Frühstück, einen Toast oder am Abend auf einen Aperitif bei ihm vorbei, manche auch einfach nur auf einen ausgedehnten Plausch. Heute war er allein. Wie gestern sollte Luisa ihn auch übermorgen wieder vertreten, wenn er mit Francesca ins Krankenhaus fuhr. Er wollte sie gerade anrufen, da schrillte das Telefon.

Mit Tomaso hatte er jetzt am allerwenigsten gerechnet.

»Was denkst du dir eigentlich dabei, eng umschlungen mit meiner Ehefrau im Pub herumzulungern?«

»W… wie bitte?« Sofort stellte sich sein schlechtes Gewissen ein.

»Jetzt steh wenigstens dazu«, sagte Tomaso erbost.

»Zwar muss ich mich vor dir nicht rechtfertigen, aber wenn du es genau wissen willst: Ich habe Francesca nicht umschlungen. Wir haben bloß ein Bier zusammen getrunken.«

»Finger weg von meiner Frau. Ich meine das ernst.«

»Dann kümmere dich besser mal um sie. Weißt du überhaupt, dass sie krank ist?«, gab Stefano wütend zurück, aber da hatte

Tomaso schon aufgehängt. »Vollidiot, verdammter, hirnverbrannter Vollidiot«, schimpfte er ihm nach.

Kurz entschlossen wählte er die Nummer seiner Aushilfe und bat Luisa, für ein paar Stunden in die Bar zu kommen. »Es wäre dringend.«

»Klar doch. Bin gleich bei dir.«

Fünfzehn Minuten später war Stefano auf dem Weg zum alten Strand. Er schlenderte, mit den Füßen bis zu den Knöcheln im lauwarmen Wasser, über die abgerundeten Steine, die Sonne schräg vor sich.

Eine Weile saß er auf seinem Badetuch und starrte hinaus aufs Meer. Heute schillerte es grün, weiter draußen tanzten weiße Schaumkronen auf der Oberfläche.

Manchmal hatte er Angst, dass sein Leben immer so weitergehen würde. Eingekeilt zwischen Arbeit und Eintönigkeit, nur hin und wieder unterbrochen von kurzen Ausfahrten mit seinem Motorrad. Er war beileibe nicht unglücklich. Nur verspürte er in letzter Zeit eine zunehmende Unzufriedenheit, vergleichbar mit dem Gefühl, etwas Entscheidendes verpasst zu haben. Seine Freundschaft mit Francesca hatte sicher auch etwas damit zu tun. Das Gefühl, wie sie hinter ihm auf dem Motorrad gesessen hatte, die Arme fest um seinen Körper geschlungen, ließ ihn nicht mehr los. Er nahm die Brille ab und wischte über seine Augen.

Die Hitze brütete über dem Strand, die Luft war schwer vor Feuchtigkeit, und Stefano wickelte Handy und Brille in sein Handtuch. Auf einmal hatte er große Lust zu schwimmen. Durch die aufkommende Flut musste er nicht allzu weit hinauswaten, bis das Wasser tief wurde. Es kühlte herrlich, prickelte frisch auf seiner glühenden Haut und ließ die Sorge um Francesca von ihm abgleiten.

Längere Zeit kraulte er durch die Wellen, bis er sich auf einmal direkt unter Francescas Wohnung wiederfand. Er hielt inne und ließ sich auf dem Rücken treiben, sah hoch zu den Terrassen, aber er konnte sie nirgends sehen. Enttäuscht tauchte er unter, wendete und schwamm einige Zeit mit offenen Augen unter Wasser. Prustend tauchte er auf, kraulte zu einem der Felsen und zog sich mit seinen kräftigen Armen auf den Stein hinauf. Dort saß er eine Weile mit dem Gesicht zur Sonne und schloss die Augen. Unter ihm klatschte die Brandung an die Felsen.

Stefano blieb sitzen, bis er zu frösteln begann. Anstatt denselben Weg zurückzuschwimmen, schlenderte er gemächlich die Promenade entlang zum Strand. Außer dem Heranrollen der Wellen und den Schreien der Möwen war nichts zu hören.

4

Da war er wieder, der Traum von Giuseppe. Mit wem war er verheiratet? Manchmal zerflossen die Bilder ihrer Erinnerung, und sie wusste nicht mehr, was damals geschehen war.

Heute war es besonders schwierig, dabei hatte alles so gut begonnen. Am Morgen hatte sie mit der Kleinen vor der Tür geplaudert. Aber wie immer, wenn sie das Mädchen sah, hatte es ihr die Kehle zugeschnürt, und eine bittere, verzweifelte Sehnsucht war in ihr hochgestiegen.

Danach hatte sie den ganzen Tag ächzend auf dem Sofa gelegen und sich gegen die Dämonen gewehrt. Im *ospedale* erklärte man ihr bei jedem Aufenthalt, dass die Dämonen nur in ihrem Kopf existierten und nicht außerhalb ihres Körpers. Sie seien angeblich keine Ungeheuer, Geister oder Scheusale, sondern Irrlichter ihrer Phantasie – vergleichbar mit Alpträumen. Sie habe einen Überschuss eines bestimmten Botenstoffes im Gehirn, behaupteten die Ärzte. Trotzdem kamen die Dämonen beinahe täglich zu ihr und quälten sie so real und wahrhaftig, dass Angelina Maria an ihrer Existenz keinen Zweifel hegte.

Nun, da der Abend nahte, wurden die gehässig schimpfenden Stimmen leiser, und die Wesen zogen sich in die Schatten der Villa zurück.

Als ihr Magen laut knurrte, dachte sie im ersten Moment, das Grollen käme aus einer der finsteren Ecken im Raum.

Giuseppe hatte seine Stiefel und den Regenschirm immer in die Ecke des Vorzimmers gestellt. Beim Gedanken an diese Angewohnheit sah sie ihn so deutlich vor sich, dass sie erschrak. Er blickte sie grimmig an, dabei war ihre Liebe zu ihm auch jetzt noch größer, als es die ihrer Schwester jemals gewesen war.

Nie würde sie den Hochzeitstag vergessen. Als Giuseppe seine Braut zum Altar geführt hatte, wäre ihr fast das Herz in der Brust zersprungen.

Heute war sie sich sicher, mit ihm vor dem Traualtar gestanden zu haben. Die unheimlichen Stimmen irrten, wenn sie flüsterten, ihre Schwester sei die Braut im strahlenden Weiß gewesen. Die Musik der Orgel dröhnte noch immer in ihren Ohren, und auch die tiefe Stimme des Pfarrers konnte sie hören, als stünde er direkt vor ihr. Selbst der Duft der wunderbaren Blumen hatte die Jahrzehnte überdauert und war ihr hierher in die Villa gefolgt.

Unruhig wischte sie mit der Handfläche über die raue Tischplatte. Dann stand sie unter Schmerzen auf und holte einen Suppenteller aus dem Küchenregal. Sie tauchte das alte Weißbrot vorsichtig in Olivenöl. Ein wenig Salz auf das Brot, und schon verschwand der weiche Bissen in ihrem Mund. So war es gut.

Nach einer Weile hörte ihr Magen zu knurren auf. Ihre Glieder, die sie den ganzen Tag über geplagt hatten, schmerzten nicht mehr. Sie wischte sich ihre Hände umständlich an der Kleiderschürze ab und schlurfte auf die Terrasse.

Es war schon dunkel. Nur ganz hinten war über dem Meer ein heller Streifen zu sehen. Und still war es. Die Dämonen schwiegen, und die Möwen hatten aufgehört zu kreischen.

Ein heftiger Regenguss hatte die Spaziergänger von der Promenade vertrieben. Jetzt war die Luft schwer von Feuchtigkeit. Sie rückte den Holzstuhl zurecht und setzte sich aufrecht hin. Erwartungsvoll sah sie aufs schwarze, leicht gekräuselte Wasser hinaus. Hoffentlich hatte sie die kleine Meerjungfrau nicht verpasst. Seit Wochen war ihr dieses Schauspiel bei Anbruch der Dunkelheit zur lieben Gewohnheit geworden.

Da war sie. Unverkennbar.

Ein freudiger Funke belebte die alte Frau innerhalb von Sekunden. Schwerfällig zog sie sich an der Brüstung hoch.

Das helle Haar der Nixe breitete sich auf dem dunklen Wasser aus wie ein Schleier, dann wurde es von der nächsten heranrollenden Welle verschlungen. Gleich würde der Kopf wieder in die Höhe schießen, nur um erneut für Sekunden im Meer zu versinken.

Und genau so war es auch, der Nixenkopf tauchte auf.

Aber irgendetwas stimmte nicht.

Hilflos streckte die Meerjungfrau ihre elfenbeinfarbenen Arme dem Himmel entgegen, als versuchte sie, nach den vorübereilenden Wolkenfetzen zu greifen.

Angelina Maria hörte Schreie, die immer lauter wurden und dann abrupt verstummten.

»Hilfe, Hilfe!«, schrien die Dämonen gellend.

Angelina Maria starrte aufgeregt auf das Meer, das jetzt still und weich wie Samt dalag. Sie klammerte sich an die Brüstung, beugte sich vor, so weit es nur ging, und suchte nach dem silbernen Schleier.

Aber von der kleinen Meerjungfrau war nichts mehr zu sehen.

Oder zu hören.

Als der Alten dämmerte, was eben passiert war, schrie sie verzweifelt in die Nacht: »Hilfe! So helft doch! Eine Frau ist untergegangen!«

Aber das Meer blieb still und schwarz.

Und niemand hörte sie.

5

Hinter Franziskas Schläfen baute sich ein pochender Druck auf, und eine Welle der Müdigkeit überkam sie. Gleichzeitig schlingerte ihr Magen, als wäre sie bei hohem Seegang weit draußen auf dem Meer. Sie öffnete den Kühlschrank und holte ein Fläschchen Campari Soda heraus.

»Kein Land in Sicht«, murmelte sie und dachte trotzig: Die Schmerztabletten helfen ohnehin nicht mehr, da kann ich gleich Alkohol trinken.

Sie lehnte sich an die Theke und stürzte den Campari in zwei großen Schlucken hinunter. Die kühle Flüssigkeit prickelte angenehm in ihrer Kehle. Gedankenverloren starrte sie vor sich hin und ließ ihre Fingerkuppen über das gerillte Glas des Fläschchens wandern.

Ihr wurde bewusst, dass sie sich nicht mehr daran erinnern konnte, wann sie zum letzten Mal glücklich gewesen war. Sie suchte in ihrem Gedächtnis und versuchte angestrengt, etwas anderes wegzudrängen. Glücklich? In letzter Zeit ging alles drunter und drüber. Allmählich verlor sie die Kontrolle. Mit einem Schritt war sie wieder beim Kühlschrank und öffnete ein weiteres Fläschchen Campari Soda. Diesmal goss sie die rote Flüssigkeit, von der Tomaso einmal behauptet hatte, sie würde aus reiner Ameisensäure bestehen, in ein tiefes Glas und kippte etwas zerstoßenes Eis dazu. Dann schlenderte sie zu den Sandbehältern mit den Kerzen. Ihr gefielen sie, auch wenn ihre Schwiegermutter die Nase über diesen »Firlefanz« gerümpft hatte. Behutsam bog sie die Dochte gerade, nahm das Feuerzeug vom Couchtisch, und noch während sie die Kerzen eine nach der anderen entzündete, wich die dunkle Kühle des Zimmers einer warmen goldenen Behaglichkeit.

Der Tag heute war grauenvoll gewesen. Nach dem unliebsamen Zwischenspiel mit ihrer Schwiegermutter hatte sie sich noch mal hingelegt. Sie war sofort in einen tiefen, traumlosen Schlaf gefallen, aus dem sie etwa zwei Stunden später hochschreckte. Danach hatte sie den ganzen Tag über kaum einen Bissen hinuntergebracht. Das, was sie noch zu essen im Haus hatte, konnte ihren Appetit nicht anregen, und für den geplanten Großeinkauf fehlte ihr die nötige Energie. So hatte sie die meiste Zeit über hinter geschlossenen Jalousien verbracht und war unruhig von Zimmer zu Zimmer gewandert, unfähig, sich mit etwas zu beschäftigen. Zuerst begann sie lustlos, die Wäsche im Kasten neu zu sortieren, ließ aber bald wieder davon ab. Später versuchte sie, Bad und WC zu putzen, musste aber nach fünf Minuten damit aufhören, weil der scharfe Geruch des Scheuermittels sie zum Würgen brachte und ihre Augen tränten. Unzufrieden mit sich selbst hatte sie sich schließlich aufs Sofa geworfen und Löcher in die Luft gestarrt.

Womit hatte sie früher bloß ihre Zeit verbracht?

Während sie überlegte, hatte sie unschlüssig eine ihrer blonden Strähnen zwischen den Fingern gedreht, sie gegen das Licht gehalten und den Spliss bemerkt, der ihr Haar ungesund und ungepflegt aussehen ließ. Sie musste dringend zum Frisör. Auf einmal war ihr die Staffelei eingefallen. Sie hatte sich aufgesetzt und an der Kante des Sofas abgestützt. Wieder war ihr schwindlig geworden, und das Pfeifen in ihren Ohren hatte sich ins Unerträgliche gesteigert. Sie kam sich vor, als wäre sie auf dem Bahnhof, Seite an Seite mit dem Stationsvorsteher, der mit wilden Pfeiftönen den sich nähernden Zug begrüßte. Franziska hatte ihren Kopf von einer Seite zur anderen geneigt, aber die unangenehmen Geräusche hatten sich nicht verändert.

Schulterzuckend war sie ins Schlafzimmer gegangen und hatte den Seitenschrank geöffnet. Sofort war ihr der charakteristische Geruch getrockneter Farbe entgegengeweht, und zum ersten Mal an diesem unerfreulichen Tag hatte sich ein Lächeln auf ihrem müden Gesicht ausgebreitet. Sie hatte das Gestell mit dem halb fertigen Bild herausgezogen und es eingehend betrachtet.

Vor vierzehn Tagen hatte sie wieder zu malen begonnen. Inspiriert von den ständig wechselnden Farben des Meeres, des Himmels und den einsamen Stunden hatte sie sich eines Abends die Staffelei auf die Terrasse geholt und eine rasche Skizze der silberhaarigen Meerjungfrau, wie sie durch die Delphinskulptur tauchte, aufs Papier geworfen. Durch die lange Untätigkeit hatten ihre Finger den Stift zuerst etwas ungelenk geführt, dann aber zu ihrem gewohnten Rhythmus zurückgefunden.

Letzten Endes war sie nicht weit gekommen. Eine Weile hatte sie, den Kopf in die Handflächen gestützt, über dem Aquarellkasten gebrütet, unterschiedliche Farbtöne gemischt, ein paar blaue und silberne Kleckse aufs Papier gepinselt, um schließlich – unzufrieden mit dem Resultat – die Staffelei wegzuschieben und sie für die kommenden zwei Wochen erneut im Schrank einzusperren.

Bis heute Nachmittag.

In Franziska war auf einmal eine erwartungsvolle Freude aufgestiegen. Das war es: Heute Abend, wenn die Meerjungfrau ihr übliches Spiel mit den Wellen aufnahm, würde sie das Bild fertigstellen. Belebt von diesem Vorsatz, hatte sie das Holzgestell mit beiden Händen gepackt und es auf die Veranda getragen, den pudrigen Geruch der Farben einatmend.

Franziska nahm ihr Glas und nippte am Campari. Sie hatte noch etwas Zeit, bis die Meerjungfrau sich zeigen würde. Diesmal trank sie langsam, sinnend.

Das Schrillen des Telefons ließ sie zusammenzucken.

»Bibiana«, sagte sie erfreut.

»Ich wollte dich schon die ganze letzte Woche anrufen, aber es kam immer etwas dazwischen. Die Arbeit, du weißt ja.« Ihre sonst überschäumende Freundin klang schuldbewusst.

»Mach dir nichts draus. Die Tage vergehen wie im Flug.«

»Ja, ja, bei mir schon. Jetzt, wo die Touristen langsam hier einmarschieren.« Sie lachte. »Aber davon lebt es sich ganz gut. Und du, was treibst du jetzt eigentlich die ganze Zeit über so? Womit beschäftigst du dich? Ich meine natürlich, außer mit Stefano ins Pub zu gehen.«

Alarmiert hielt Franziska das Telefon ein Stück von sich weg, und ihre Schwiegermutter fiel ihr ein. Bisher hatte Bibiana das Thema ihrer Trennung nicht berührt. So getan, als wüsste sie nicht Bescheid. Franziska hatte gern mitgespielt. Und jetzt dieser Seitenhieb.

»Nun, in den letzten drei Monaten war ich viel allein ...« Sie zögerte.

»So habe ich das nicht gemeint«, wandte Bibiana hastig ein. »Ich weiß doch, dass Stefano ein alter Freund von Tomaso ist. Fabrizio und ich denken viel an dich, an euch. Wollen wir beide uns nicht bald mal treffen und in aller Ruhe darüber reden?«

Die Anteilnahme ihrer Freundin berührte etwas in Franziska. Vielleicht sollte sie sich ja wirklich auf ein Getränk mit ihr verabreden. Zumindest hätte sie ein wenig Abwechslung, käme aus der Wohnung. Andererseits war es ihrem Gefühl nach noch zu früh, darüber zu sprechen, und sie war geschwächt wie vor dem Ausbruch einer Grippe.

»Danke, das wäre schön. Doch im Moment ...« Sie schluckte die aufsteigenden Tränen hinunter. Allein die Vorstellung, die quirlige Bibiana zu treffen, versetzte sie in Unruhe.

»Ich verstehe schon, Francesca. Aber so leicht lasse ich nicht locker. Du kennst mich ja. Was hältst du davon, mit mir zum Pilates zu gehen? Ich fände es großartig, es brächte dich auf andere

Gedanken. Und für den Körper tut man auch etwas. Schaden kann es also nicht.«
Pilates war so ziemlich das Letzte, worauf Franziska zurzeit Lust hatte. »Keine schlechte Idee. In ein paar Wochen fange ich damit an«, zog sie sich halbherzig aus der Affäre und verabschiedete sich.

Obwohl sich der Himmel heute die meiste Zeit über in einem frischen Blau gezeigt hatte, vermutete Franziska, dass der Abend Regen bringen könnte. Nach Jahren des Lebens hier vertraut mit den häufig wechselnden Wetterlagen, legte sie das Smartphone beiseite und stellte die Staffelei zur Sicherheit unter den überdachten Teil der Terrasse, neben die Sonnenliege.

Für die Meerjungfrau war es immer noch zu früh.

Die Leute schlenderten gut gelaunt die Uferpromenade unter ihrer Terrasse entlang, plauderten, lachten und freuten sich aufs Abendessen. Franziska holte den Kurzgeschichtenband, in dem sie zurzeit gelegentlich las, aus dem Wohnzimmer und streckte sich auf der Liege aus. Das Rauschen des Meeres besänftigte sie und ließ die nervöse Unruhe langsam von ihr abgleiten. Das aufgeschlagene Buch auf der Brust, die Arme dicht am Körper, lag sie da und betrachtete die über den Himmel jagenden Wolken. Das satte Gelb der Markise verblasst allmählich, stellte sie fest und fiel in einen tiefen Schlaf.

Nichts von dem, was um sie herum passierte, drang mehr in ihr Bewusstsein. Nicht einmal der kurze, heftige Regenguss konnte sie wecken. Sie träumte von einer weit entfernten Insel, wo sie am Strand unter Palmen saß, einen Cocktail schlürfte und auf die Nixe wartete, die in dem grün schillernden Wasser lebte, das die Insel umschloss. Die Sonne schien auf ihre Beine, und der goldene Sand kitzelte ihre Zehen. Sie war rundherum glücklich, bis Stefano plötzlich zu schreien begann.

»Hilfe! Eine Frau ist untergegangen!«

»Stefano!«, rief sie ihm zu. »Beruhige dich. Hier gibt es niemanden außer uns.«

Aber Stefano schrie weiter, bis Franziska schließlich hochfuhr und benommen um sich blickte.

»Stefano?«

Aber sie war allein.

Auch von der Meerjungfrau war nichts zu sehen.
Franziska rieb sich die Augen und stellte überrascht fest, dass es geregnet hatte. Allmählich wurde ihr diese ungewöhnliche Müdigkeit unheimlich.

Die Promenade unter ihr war jetzt menschenleer und das Meer tiefdunkel. Franziska ärgerte sich, dass sie die Meerjungfrau verpasst hatte.

Ihr Magen fing zu rumoren an, und sie beschloss, sich ein paar Eier mit Speck zu braten.

Donnerstag

1

Angelina Maria hatte am Abend mehrfach die Polizei angerufen. Keiner der Beamten schien sich für ihre Geschichte zu interessieren. Dabei kannte sie einige seit deren Kindheit. Verärgert musste sie feststellen, dass man sie nicht ernst nehmen wollte. Nach dem zehnten Anruf hatten ihr die Polizisten verboten, sich nochmals auf dem Revier zu melden.

Daraufhin hatte Angelina Maria nicht einschlafen können. Wohl waren die Dämonen nicht aus den Schatten der Ecken hervorgetreten, aber ihr Kreischen wurde so laut, dass sie ein Ritual nach dem anderen vollziehen musste, um sie zu besänftigen.

Sie hatte sich auf den Holzboden gekniet und drei Gebete gesprochen, von denen jedes vier Strophen umfasste. Dann, um Mitternacht, hatte sie eine Grabkerze aus dem Küchenregal geholt und sie auf den Küchentisch gestellt. Mit beiden Zeigefingern fuhr sie so lange durch die heiße Flamme, bis ihre Haut nach verbranntem Fleisch roch. Schmerz hatte sie dabei keinen empfunden.

Mit Pfefferminzteesäckchen, die sie zuvor aufgeschnitten hatte, damit der Tee herausrieseln konnte, war sie von Zimmer zu Zimmer geschlurft und hatte jede Ecke gesegnet. Als sie merkte, dass sie auch damit die Dämonen nicht besänftigen konnte, war sie auf ihr Bett gesunken und hatte das Gesicht in ein dickes Kissen vergraben.

Sofort waren die Bilder in ihren Kopf zurückgekehrt und hatten Angelina Maria mit Gerüchen und Stimmungen überschwemmt. Da half es auch nicht, den Kopf zu schütteln, bis das dunkle Zimmer um sie herum zu schwanken begann.

Die Vergangenheit hatte die Gegenwart besiegt. Die Dämonen kicherten in den Ecken und erzählten mit schrillen Stimmen die Geschichte ihres Verhängnisses.

Bald nach der Hochzeit war Angelina Maria mit ihrem Zwilling und Giuseppe bei einem Konzert in Rom gewesen. Er hatte sie beide zu ihrem fünfunddreißigsten Geburtstag in die Hauptstadt eingeladen. Die Schwestern feierten ihren Geburtstag immer gemeinsam. Seit der Hochzeit fürchtete Angelina Maria sich jedoch davor, dass Giuseppe eines Tages sagen könnte, er wolle den Geburtstag allein mit seiner Ehefrau feiern.

Rom war vom ersten Moment an großartig gewesen. Die Stadt mit ihren vielen beeindruckenden Sehenswürdigkeiten, den sanftgrünen Parkanlagen und dem glitzernd blauen Fluss hatte sie verzaubert. Im Hotel wohnten sie Zimmer an Zimmer und unternahmen fast alles gemeinsam. Jeden Tag zogen der fremde Geruch, die veränderte Umgebung und die außergewöhnliche Situation, losgelöst von der Vertrautheit ihres Zuhauses, Angelina Maria mehr in ihren Bann. Beschwingt schlenderte sie durch die Straßen und sog alles gierig in sich auf.

In einer der teuren Dessous-Boutiquen in der Via dei Condotti hatte sie ihrer Schwester ein Spitzennachthemd gekauft. Heimlich zeigte sie es Giuseppe und freute sich über das Lachen auf seinem Gesicht.

Die Zwillinge waren dunkelhaarig, mit blassen Gesichtern, aber, wie Giuseppe betonte, Rundungen an den richtigen Stellen. Manchmal legte er die Arme um beide, küsste sie abwechselnd auf die Wangen und erklärte lauthals, er würde beide Schwestern lieben und hätte die eine nur genommen, da sie ihm fünf Minuten früher über den Weg gelaufen war. Sonst hätte es genauso gut die andere sein können.

Angelina Marias Schwester antwortete dann mit einem glockenhellen Lachen und entgegnete:»Giuseppe, mein Liebster, was glaubst du denn, warum ich dir zuerst über den Weg gelaufen bin? Weil dein Blick von mir angezogen wurde, obwohl meine Zwillingsschwester nur einen Zentimeter entfernt neben mir stand.«

Was so leicht dahingesagt war, bohrte sich jedes Mal schmerzhaft in Angelina Marias Herz.

Ihre Liebe zu Giuseppe war mit der Zeit immer heftiger und leidvoller geworden. Manchmal glaubte sie, den Verzicht nicht überleben zu können. Die Zwillingsschwester, die ihr einst so nahe, fast mit ihr verschmolzen gewesen war, bemerkte nichts von dieser Seelenqual. Es war, als hätte sie sich in ein ihr völlig unbekanntes Wesen verwandelt. In eine Person, die nun unabhängig von Angelina Maria existierte und einen neuen Mittelpunkt gefunden hatte.

Das leise Kichern, das Angelina Marias Erinnerung begleitet hatte, war auf einmal verschwunden, und das beunruhigende Tuscheln aus den Zimmerecken schlug in ein bedrohliches Kreischen um. Die Dämonen unterhielten sich jetzt mit spitzer Zunge über sie. Was, wenn sie gerade ein Urteil fällten? Würde sie lebenslänglich bekommen?

Die Stimmen schwollen an und wurden so laut, dass Angelina Maria beide Hände auf die Ohren presste.

Doch die Dämonen kannten kein Erbarmen. In rascher Abfolge spannten sie einen glühenden Bilderbogen von einer Zimmerwand zur anderen, und die Alte konnte nicht anders, als den Kreuzweg ihres Lebens Station um Station auf blutigen Knien zu durchbeten. Erst durch das Auftauchen ihrer Tochter wurde sie erlöst. Angelina Jolie, die Strahlende, schwebte wie ein funkelnder Stern durch das dunkle Zimmer auf sie zu. »Mutter«, sagte sie sanft. »Lass mich dich in meine Arme nehmen.«

Und Angelina Maria barg ihren schweren Kopf im Schoß ihrer Tochter. »Nie«, kam es erstickt, »nie könnte ich dich verlassen.« Dann sank sie zurück in die dunkle Tiefe, die ihr für eine Weile Vergessen bot.

Als die Morgendämmerung den Raum mit kaltem, grauem Licht erfüllte, fuhr Angelina Maria erschrocken hoch und suchte mit zitternden Händen das Bett ab. Sie war allein, und kein Abdruck auf dem Kissen erinnerte mehr an die nächtliche Anwesenheit ihrer schönen Tochter.

2

Die Regentropfen prasselten auf Lauras Schirm. An manchen Stellen der Straße war das Regenwasser so tief, dass sie bis zu den Waden darin versank. Der schwarze Asphalt auf der Brücke schimmerte feucht. Hier konnte das Wasser zu beiden Seiten abfließen. Die Bäume und Sträucher entlang des Kanals glänzten. Die Luft war dunstig und legte sich wie ein trüber Schleier über alles. Auf dem Boden klebten Blütenblätter, rosafarbene und gelbe. Laura hüpfte in großen Sprüngen darüber. Außer ihr war niemand auf der Straße, und auch der Mann aus der Bar stand heute nicht am Fenster.

Wieder hatte sie ihren Schulrucksack gegen die große Tragetasche mit dem frischen, herrlich duftenden Gebäck eingetauscht. Signor Pasquale hatte mit mürrischem Unterton zu ihr gesagt: »Heute ist Zahltag. Ich hoffe, du weißt, was das bedeutet?« »Ja, ich muss aufpassen, dass ich von allen das Geld bekomme.« »Genau. Du darfst dich nicht abwimmeln lassen, Kleine.« »Sie können sich auf mich verlassen.« »Jetzt mach dich auf den Weg und achte darauf, dass nichts nass wird«, hatte er eine Spur freundlicher entgegnet.

Beschwingt lief Laura durch den Regen. Der Wind riss ihr fast den Schirm aus der Hand, drehte wild die Innenseite nach außen. Es wurde immer schwieriger, die Tasche mit dem Gebäck und den glitschigen Griff des Schirmes gleichzeitig festzuhalten, damit alles trocken blieb. Eine willkommene Herausforderung.

»Das macht richtig Spaß«, schrie sie gegen den Sturm und spürte, wie ihr Gesicht nass wurde.

Sie leckte an den Tropfen und schmeckte, dass der Regen das Salz des Meeres mit sich führte.

So allein war sie doch nicht. Verschwommen sah sie weiter vorne eine schwankende Gestalt. Sie verlangsamte ihren Schritt und dachte kurz daran, umzudrehen, aber da stand Angelina Maria schon vor ihr.

»Kleine«, wisperte sie. »Auf dich habe ich gewartet.«

Richtig gruselig sah die Alte aus. Die Kleidung klebte an ihrem Körper, und die weißen Haare hingen nass herunter, statt wie sonst in alle Richtungen von ihrem Kopf abzustehen.

»Ja, heute ist Zahltag. Aber deshalb hätten Sie doch nicht in den Regen hinausgehen müssen«, erwiderte Laura beklommen. Sie fürchtete sich vor der Alten, wie sie da so vor ihr stand, mit diesen glitzernden Augen und den fahrigen Bewegungen.

»Ach, an das Geld habe ich gar nicht gedacht. Es ist noch im Haus. Du bekommst es morgen. Aber das ist jetzt unwichtig, darum geht's nicht. Es ist etwas Schreckliches passiert. Eine Frau ist ertrunken. Stell dir bloß vor, Kleine, meine Meerjungfrau, die Nixe, ist untergegangen. Ich habe die Polizei schon gestern Abend verständigt.«

»Aber ich dachte, Nixen können nicht untergehen? Arielle lebt doch auf dem Meeresgrund«, antwortete Laura mit piepsiger

Stimme. Inzwischen wollte sie nichts wie weg, denn die Alte wurde ihr von Minute zu Minute unheimlicher.

Als Angelina Maria vorschlug, zusammen das Geld in der Villa zu holen, wehrte Laura rasch ab:»Nein danke. Ich komme morgen wieder«, und hastete mit einem bangen Gefühl weiter.

Was, wenn wirklich jemand ertrunken ist?, überlegte sie und erinnerte sich daran, dass das bisher in jedem Sommer vorgekommen war. Zum Glück hatte sie noch keine der Wasserleichen gesehen, und das sollte auch so bleiben.

Vielleicht gab es gar keine Ertrunkene, und Angelina Maria bildete sich alles bloß ein?

Die Alte war doch wahnsinnig, erzählten die Leute. Irgendwie beruhigte sie diese Überlegung.

Die trockene Kühle des grauen Raumschiff-Hauses verstärkte ihr Gefühl der Geborgenheit. Auf die vier Wohnungen hier in ihrem Lieblingshaus freute sie sich besonders.

Heute öffnete der Junge aus ihrer Schule die Tür und gab Laura mit einem schäbigen Grinsen das Kuvert mit dem Geld.

»Da. Wir sehen uns in der Schule.«

»Hoffentlich nicht«, nuschelte Laura verlegen, presste den Umschlag mit dem Geld fest an sich und spürte, wie ihr die Schamesröte ins Gesicht stieg.

»Aber klar doch, und dann erzähle ich den anderen, dass du in der Bäckerei arbeiten musst, weil ihr so arm seid. Ich wusste nicht, dass man das mit fünf Jahren schon darf.«

»Ich bin elf Jahre alt!«, rief sie erbost.

Ohne sich noch mal umzudrehen, hastete sie weiter den dunklen Gang entlang, hin zu dem alten Mann, vor dessen Tür das Kuvert mit dem Geld schon auf sie wartete.

Sie hoffte auf eine Begegnung mit dem großen Blonden, dem tollen Filmstar aus Hollywood. Leider ließ er sich wieder nicht blicken. Niemand öffnete die Wohnungstür, weder er noch seine Freundin.

Laura zauderte und klopfte dann erneut, diesmal etwas heftiger. Es war ihr unangenehm, nicht das gesamte Geld bei Signor Pasquale abliefern zu können. Verärgert darüber, dass das Licht im Flur ausgefallen war, legte sie nach kurzem Abwägen das Papiersäckchen mit den Croissants auf den Fußabstreifer.

Geistesabwesend fuhr sie mit dem Aufzug einen Stock tiefer. In der Kabine roch es muffig. In einer der Ecken lehnte eine offene Bierdose, die bei jedem Ruck bedrohlich schwankte. Laura grinste sich im Spiegel zu.

Nun kam Francesca dran. Kaum hatte sie die Lifttür aufgestoßen, sah sie Francesca am Ende des Flurs. Hier war das Licht nicht ausgefallen. Die Neonröhren flackerten und warfen eigentümliche Schatten an die Mauer zwischen den Wohnungstüren.

»Hallo, du nasses Mäuschen.« Francesca machte einen Schritt auf sie zu.

»Guten Morgen. Hier ist Ihr Frühstück. Heute ist übrigens Zahltag«, erwiderte Laura.

Francesca warf ihr einen forschenden Blick zu. »Komm erst einmal herein, du bist ja völlig durchnässt. Ich mache dir einen guten, heißen Kakao.«

Ohne zu zögern, nahm Laura dieses freundliche Angebot an. Auf einmal merkte sie, wie hungrig sie war. Nachdem sie ihre schmutzigen Stiefel vor der Tür und den nassen Regenmantel im Vorzimmer gelassen hatte, stieg sie erleichtert auf den Barhocker in der Küche.

»Kennen Sie den Mann, der über Ihnen wohnt?«

»Ich weiß nicht, wer das sein soll?« Francesca sah sie fragend an und goss lauwarme Milch über das Kakaopulver in der Tasse.

Laura mochte den hellblauen Becher mit den Micky-Maus-Figuren. »Den großen Blonden mit der Freundin, die wie eine Märchenprinzessin aussieht. Er hat ein Muttermal über der Augenbraue und ist sicher ein berühmter Schauspieler.« Gewissenhaft rührte sie mit dem Löffel in der dicken Flüssigkeit, bis sich das letzte Körnchen aufgelöst hatte.

»Ach«, sagte Francesca gedehnt, »jetzt weiß ich, wen du meinst.«

Laura nahm einen großen Schluck von dem Kakao, während Francesca ein Croissant in der Mitte auseinanderbrach und ihr eine Hälfte reichte. »Oder möchtest du lieber ein ganzes?«

»Aber ich kann doch nicht ...«, wehrte Laura ab.

»Doch, du musst sogar«, beharrte Francesca lächelnd.

Dankbar biss Laura in ihr Hörnchen.

Francesca stand an die Theke gelehnt und sah sie aufmerksam

an. »Warum glaubst du, dass der Blonde ein Filmstar ist und eine Freundin hat?«

Laura dachte kurz nach. »Weil ich ihn vorher schon einmal gesehen habe. Ich weiß nur nicht, wo.« Im gleichen Moment, als sie das sagte, erinnerte sie sich, dass sie sein Gesicht aus einer ihrer Zeitschriften kannte.

»Verstehe. Und die Freundin? Hast du die auch schon im Kino gesehen?«

»Nein, es war nicht im Kino, sein Foto war in einer Zeitung.«

»Ich habe unlängst im Lift eine hübsche Frau gesehen. Vielleicht war das ja seine Freundin«, überlegte Francesca laut und lachte. »Eigentlich ist das unwichtig, und obendrein darf man nicht so neugierig sein. Ich hole dir jetzt das Geld für das Gebäck.«

Zufrieden trank Laura ihren Kakao aus und zog dann den Regenmantel über.

»Kleine, es tut mir leid, aber ich habe nur hundert Euro.«

»Oje. Ich kann nicht wechseln.« Laura biss sich auf die Unterlippe.

»Komm bitte morgen wieder, dann bekommst du das Geld. Sag, wie heißt du eigentlich?«

»Laura.« Sie wollte schon gehen, als ihr etwas einfiel. »Eine Frau ist ertrunken. Gestern Nacht.«

Francesca warf ihr einen erschrockenen Blick zu. »Ertrunken? Wo?«

»Das hat Angelina Maria mir nicht gesagt.«

»Ach so.« Francesca sah erleichtert aus. »Von ihr weißt du das also? Dann wird wohl nicht viel dran sein. Sie redet manchmal wirres Zeug.«

Laura fühlte sich jetzt ebenfalls erleichtert, kräuselte ihre Nase und lächelte zurück. »Ja. Ich weiß. Sie ist schon im Irrenhaus gewesen und bildet sich alles Mögliche ein. Aber ich habe ihr wirklich geglaubt, dass eine Frau ertrunken ist, weil sie sogar die Polizei angerufen hat.«

»Man sagt Psychiatrie und nicht Irrenhaus. Außerdem muss noch lange kein Unglück passiert sein, nur weil die alte Frau die Polizei verständigt hat.«

Laura lachte nervös. »Ja, eh. Aber ich muss jetzt los, sonst komme ich zu spät zur Schule.«

Auf dem Weg zur Tür erregte etwas ihre Aufmerksamkeit. Sie machte einen Schritt zurück ins Wohnzimmer und zeigte auf die Staffelei, die in der Ecke zum Vorzimmer lehnte »Das sieht aber schön aus. Haben Sie das gemalt?«

»Ja, aber es ist noch nicht fertig.«

»Sie können richtig toll zeichnen und malen. Wer ist denn das?«

»Eine Meerjungfrau.«

»Eine echte Meerjungfrau, so wie Arielle?«

»Mehr so eine Art Nixe der allgemeinen Art.«

Laura, die nicht verstand, was Francesca meinte, sagte höflich und ein bisschen enttäuscht: »Ach so. Sie hat jedenfalls genauso schöne silberne Haare wie die Freundin vom Schauspieler. Jetzt muss ich aber wirklich los.«

Francesca warf ihr einen nachdenklichen Blick zu. »Na, ich weiß nicht so recht. Aber ich freue mich, dass dir mein Bild gefällt. Bis morgen dann, Laura.«

Laura winkte Francesca zum Abschied zu und stieg in den Lift. Die wenigen Stufen zur Halle sprang sie beschwingt hinab. Francesca war wirklich nett und ihre Wohnung toll. Außerdem machte sie einen richtig guten Kakao. Sie freute sich darauf, sie wiederzusehen. Vielleicht durfte sie dann auch ein Bild malen?

Durch die Glasscheiben der Eingangstür sah die Welt draußen gespenstisch aus. Der Wind peitschte den Regen vor sich her. Dunkelgrau, als hätte der Morgen noch nicht begonnen, verschwamm die Nässe mit dem Asphalt des Platzes. Das Unwetter tobte durch die Stadt, und der Sturm hatte bereits einige Äste von den Pinien gerissen.

Laura hielt den Griff des Schirms fest umklammert und lief durch die Pfützen zurück zur Bäckerei.

3

Flavio kickte mit der Spitze seines Cowboystiefels gegen die rote Plastikschaufel auf dem sandigen Boden der Hütte. Er hasste seinen unterbezahlten Job, den er damals nur angenommen hatte, weil

Antonella innerhalb von achtzehn Monaten zum zweiten Mal schwanger geworden war. Nicht dass er Kinder verabscheute. Er war ein begeisterter Onkel seiner Nichten und Neffen. Nur die bittere Wirklichkeit mit den eigenen Kindern, der eigenen Familie, die war viel zu schnell über ihn hereingebrochen. Dabei hatte alles so sagenhaft begonnen. Seine Antonella sah aus wie Briatores Ex. Sie war zwar nicht so blond und durchtrainiert wie Heidi Klum, aber dafür hatte sie größere Brüste und vollere Lippen. Briatore hätte seine Antonella sicher auch nicht von der Bettkante gestoßen. Und darauf war Flavio stolz.

Doch leider war er nicht Flavio Briatore, sondern Flavio Musso, einer der Bademeister vom goldenen Strand in Grado. Und so konnte er seinen Namensvetter verehren, wie er wollte, die sandige Wirklichkeit seiner Existenz kam ihm immer wieder in die Quere.

Von all seinen Kollegen mochte er Benedetto am wenigsten. Mit ihm zu arbeiten war eine einzige Qual. Wenn der Süditaliener nicht lautstark Heimatlieder zum Besten gab, saß er eingebunkert in der muffigen Badehütte und zeichnete, statt zu arbeiten. Die Wände waren gepflastert mit seinen Abscheulichkeiten: lila Sonnenuntergänge, rosa Sonnenaufgänge, das strahlend blaue Meer, weiße Segelboote und gelbe Sandstrände. Der Umstand, dass sie beide in etwa gleich groß waren, dichte dunkle Haare hatten und die gleiche Bademeisterkleidung trugen, machte aus ihnen keine Zwillinge, wenn andere auch gern mal so taten. Nichts hasste er mehr, als mit Benedetto verwechselt zu werden. Allein beim Gedanken daran stellten sich seine Nackenhaare auf. Wieder verfluchte er still sein verpfuschtes Leben.

Dabei konnte er Benedetto nicht böse sein. Er hatte das Gemüt eines arglosen Kindes, ging auf keine seiner unzähligen Provokationen ein und kam der Arbeit kritiklos nach.

War Benedetto ein Engel, machte das aus Flavio einen Satansbraten. Er kam regelmäßig zu spät, knallte den Touristen die Liegebetten vor die Füße und spannte ihnen fluchend die Sonnenschirme auf. Seine große Leidenschaft war es, Gäste ausfindig zu machen, die ohne gültigen Bon eines der Strandbetten besetzten. Da kannte Flavio kein Pardon, das war ein richtiges Freudenfest für ihn. Und auch an den anderen Badegästen ließ er seine schlechte Laune mit Vorliebe aus. Letztes Jahr hatte es so viele Beschwerden über ihn gegeben, dass er zur Strafe den gesamten Mai über vor den Badehütten herumkriechen musste, um schadhafte Stellen im Bodenbelag mit ätzendem Mörtel auszubessern. Sich dagegen zu wehren wäre sinnlos gewesen und hätte ihn wahrscheinlich endgültig seinen Job gekostet. Benedetto hatte ihm natürlich seine Hilfe angeboten, aber er hatte nur höhnisch gelacht und behauptet: »Blödmann. Das kannst du nicht. Die haben mich ausgewählt, weil sie einen Fachmann dazu brauchen.«

Das hatte ihm zumindest etwas Befriedigung verschafft.

Und nun sollte er zu allem Überfluss auch noch den Strand nach einer Wasserleiche absuchen. Dabei wusste doch jeder, dass die alte Angelina Maria durchgeknallt war. Wahrscheinlich hatte sie eine der Bojen im Wind trudeln sehen und die Polizei angerufen.

»Hilfe, Hilfe, eine Frau ist ertrunken!«

Und die dummen Bullen hatten der hysterischen Alten auch noch geglaubt. Die Kommissarinnen-Ziege aus Triest hatte sogleich veranlasst, dass alle nach der angeblich Ersoffenen suchen mussten. Und das bei strömendem Regen und Sturm.

Fluchend schob Flavio eine leere Bierflasche hinter einen am Strand vergessenen Badekübel und öffnete die Tür. Wütend trottete er zur ersten Brücke.

Der Regen durchnässte ihn innerhalb von Minuten. Die anderen Bademeister gingen mit suchenden Blicken durch die Gegend, aber er würde nicht nach einer eingebildeten Leiche Ausschau halten.

Das Meer donnerte mit voller Wucht gegen die Brückenpfeiler, und Flavio musste an sich halten, nicht vor Ärger mit dem Fuß aufzustampfen. Das würde im Morgengrauen wieder eine Schweinearbeit werden, den ganzen Schmutz, die angetriebenen Äste und den Seetang wegzukarren.

Vielleicht hat ja eine der Strandbars geöffnet, dachte er und kämpfte sich gegen den Sturm in Richtung Steinpromenade vor. Wäre Flavio Briatore an meiner Stelle, würde er sich jetzt sicher einen doppelten Whiskey genehmigen. Dann fiel ihm ein, dass sein Vorbild wegen einer schweren Krankheit keinen Alkohol mehr trinken durfte.

»Nichts ist mehr so, wie es sein sollte. Verdammte Scheiße aber auch«, brummte er und stapfte verdrossen weiter.

4

Mit der vollen Einkaufstasche in der Hand hastete Stefano durch den strömenden Regen. Es roch nach Friedhof. Überall auf dem Boden lagen die vom Sturm von den Bäumen gerissenen Äste der Pinien. Sein Schirm bog sich, und ihm fiel die Geschichte vom fliegenden Robert ein, der eines Tages mit seinem Schirm im Wind davongesegelt war. Seine österreichische Großmutter hatte ihm und Daniele abends in den Ferien gerne den »Struwwelpeter« vorgelesen. Die beiden Brüder verstanden zwar kein Wort Deutsch, aber die *nonna* hatte die herrlich gruseligen Geschichten Wort für Wort für sie übersetzt. Am liebsten mochte Stefano den fliegenden Robert. Immer wenn dieser mit Schirm und Hut am Himmel angestoßen war, hatte Stefano gelacht. Nun war er selbst ein sich am Schirmgriff festklammernder Robert, der aufpassen musste, nicht davonzufliegen.

Mit der Schirmspitze voran bahnte er sich einen Weg durch das Chaos herumwirbelnder Blätter.

»Au!«, rief ihm plötzlich eine vertraute Stimme zu. »So pass doch auf. Du erstichst mich noch.«

Francesca stand knapp vor ihm, und dann war sie auch schon unter seinem Schirm.

»Woher …«, setzte er an, wurde aber sofort unterbrochen.

»Vom Frisör. Sieht man das denn nicht?«

Stefano konnte ihren warmen Atem an seiner Wange spüren.

»Lass uns einen *cynar caldo* trinken«, schlug Francesca vor. Sie stockte kurz und ergänzte: »Ich meine, natürlich nur dann, wenn du Zeit hast.«

Auf einmal fühlte er sich beschwingt und frei, fast so wie der fliegende Robert am Beginn seiner Reise zum Himmel. »Zeit? Klar doch. Luisa ist in der Bar. Kein Problem.«

Sie beschlossen, zu den »Patriarchen« zu gehen, einem Café, das mit seiner Höhlenatmosphäre genau zu diesem Wetter passte, und Francesca hakte sich bei Stefano unter. Obwohl dabei nur Wolle Leinen berührte, durchzuckte ihn der unerwartete Körperkontakt wie ein Blitz.

Gegen die momentane Verwirrung ankämpfend, konzentrierte er sich darauf, den Schirmgriff zu umklammern, die Einkaufstüten nicht allzu sehr der Nässe auszusetzen und sie beide zur Bar zu lotsen. Kaum dass sie das schützende Innere der Bar betreten hatten, wurden sie von allen Seiten begrüßt. Fabrizio stand bei einem Espresso an der Theke und winkte ihnen zu.

»*Ciao!* Pause?«, rief Stefano.

»Freistunde, aber leider schon fast um. Muss gleich zurück«, antwortete Fabrizio und blätterte weiter im rosafarbenen Sportjournal.

»Schwül hier.« Francesca steuerte auf den einzig freien Tisch zu und ließ sich auf die Holzbank fallen. »Der Raum riecht nach nassem Hund.« Sie schmunzelte und schälte sich unbeholfen aus ihrer grünen Army-Jacke.

Stefano schnüffelte und wusste, was sie meinte. »Wenn du lieber woanders hinmöchtest?«

Für einen kurzen Moment trafen sich ihre Blicke, dann senkte Francesca leicht den Kopf. »Nein, es passt mir hier ausgezeichnet.«

Verlegen schob Stefano seine Brille auf die Stirn und ließ sie zurück auf die Nase fallen.

Paolo, der Sohn des Besitzers, sah ihn vom Tresen her fragend an. »Zweimal Espresso?«

Stefano wollte gerade die beiden Cynar bestellen, da meinte Francesca mit einer wegwerfenden Handbewegung: »Ich habe es mir anders überlegt. Es ist zu heiß hier für einen *cynar caldo*. Bestellst du mir ein Bier?« Sie blinzelte. »Aber bitte in der Flasche, gut gekühlt.«

Als kurz darauf das Bier zwischen ihnen auf dem Holztisch stand, warf Stefano Francesca einen forschenden Blick zu.

»Na, wie lange dauert es noch, bis du draufkommst?«, fragte sie amüsiert.

»Worauf?« Er betrachtete sie aufmerksam. »Ah. Du hast dein Haar schneiden lassen. Ziemlich kurz sogar.«

Francesca lächelte zufrieden. Das weizenblonde Haar wippte um ihr zartes Gesicht.

Sie hat jeansblaue Augen, dachte er, als er sie sagen hörte: »Wurde auch langsam Zeit. Ich meine, dass du es bemerkst.«

So gefiel sie ihm schon besser. Der kecke Ton war erfrischend und erinnerte ihn an die alte Francesca.

»Du kommst doch morgen wie vereinbart um neun Uhr zu mir, damit ich dich ins Krankenhaus begleiten kann?«

»Klar.« Nachdenklich strich sie mit dem Finger über den feuchten Hals ihrer Bierflasche. »Ich möchte jetzt nicht darüber reden. Lass uns einfach nur belanglos plaudern.«

Ein warmes Gefühl stieg in Stefano auf, und er legte spontan seine Hand auf ihre. Kurz tanzte ein überraschter Ausdruck in Francescas Augen, dann zog sie abrupt die Hand weg. »Stefano ...«, begann sie schroff.

»Bitte sag jetzt nichts«, unterbrach er sie schnell. »Ich mache mir eben einfach Gedanken wegen der Untersuchung.«

»Das musst du nicht, es ist alles in Ordnung.« Sie begann, mit ihren Fingerknöcheln einen unruhigen Rhythmus auf die Tischplatte zu klopfen, und wie um ihre Worte Lügen zu strafen, begann ihre Nase plötzlich zu bluten. Bis Francesca es bemerkte, hatte sich das feine rote Rinnsal den Weg zu ihren Lippen gebahnt. Sie leckte mit der Zunge darüber und versuchte erschrocken, mit der Hand das Blut wegzuwischen.

So unvermittelt, wie das Nasenbluten begonnen hatte, hörte es auch wieder auf.

Wortlos reichte Stefano ihr sein Stofftaschentuch und stand auf, um ein Glas Wasser zu holen. Als er zurückkehrte, lehnte sie am Holzbalken und starrte in die Luft.

»Danke«, flüsterte sie und tauchte das Taschentuch ins Wasser.

»Komm, lass mich dir helfen.« Er nahm Francesca das feuchte Taschentuch aus der Hand und wischte ihr sanft über das Gesicht.

Sie setzte sich ruckartig auf.

»Geht schon«, sagte sie brüsk. »Bin sofort wieder da. Ich mache mich nur ein wenig frisch.«

»Du siehst wirklich übel aus, richtig krank«, sagte Stefano leise, als sie einige Minuten später von der Toilette zurückkam.

»Stefano, ich habe dir gesagt, ich will jetzt nicht darüber reden. Morgen wissen wir mehr.«

Er starrte verlegen durch die beschlagene Fensterscheibe, wischte mit dem Ärmel seines Wollpullovers eine Stelle frei und sah, dass der Regen unvermindert vom Himmel prasselte. »Gestern Nachmittag war ich im Meer unter deinem Fenster schwimmen. Ich hatte gehofft, dich zu sehen«, sagte er.

»Ach?« Francesca sah ihn überrascht an, stockte, als wäre ihr eben etwas Wichtiges eingefallen, und fragte atemlos: »Stefano, hast du schon von der angeblich ertrunkenen Frau gehört?«

»Ja, klar. In der Bar reden alle nur darüber. Sie glauben, dass die verrückte Alte die Polizei mit ihrer Story zum Besten hält.«

Francesca atmete erleichtert aus. »Ich habe jedenfalls nichts bemerkt. Angeblich soll sie direkt unter meinem Fenster ertrunken sein. Die Villa von Signora Cecon grenzt ja direkt an unser Haus. Und es gibt da seit einigen Wochen eine junge Frau. Ich habe sie abends oft beobachtet, wie sie durch die Delphinskulptur getaucht ist. Es wird ihr doch nichts passiert sein?« Sie begann unvermittelt zu husten.

»Hier, nimm einen Schluck.« Stefano reichte ihr die Bierflasche, doch sie winkte ab.

Als sie sich beruhigt hatte, räusperte sie sich einige Male und nahm ihm dann die Bierflasche aus der Hand. Sie setzte sie an ihre Lippen und trank sie zügig aus.

»Sag …«, begann Stefano besorgt.

»Ja?«

Doch er schüttelte bloß den Kopf und wusste selbst nicht, was er sie eigentlich fragen wollte.

»Bitte gib mir meine Jacke.«

Stefano sah, dass sich auf ihren Armen eine Gänsehaut gebildet hatte. »Möchtest du gehen?«

Er wollte gerade aufstehen, als er sie undeutlich etwas sagen hörte, das er nicht verstand.

»Was?«

»Vergiss es«, antwortete sie gleichmütig und fuhr sich durch das frisch geschnittene Haar.

Die Zeit floss dahin wie ein warmer Strom, und während die

kalte Bora draußen wütete, so schien es, dass im Lokal der brütend heiße Schirokko die Temperatur von Minute zu Minute steigen ließ.

5

Maddalena bändigte ihre Locken mit einem Stoffgummi. Sie stand unter dem grellen Licht des Badezimmerspiegels und musterte sich kritisch. Ihr Gesicht war blass. Die Augen blitzten schilfgrün unter den geschwungenen Wimpern, aber sie konnte nicht leugnen, dass ihr Strahlen einem traurigen Ausdruck Platz gemacht hatte. Ihre Lippen waren voll wie immer, doch die Mundwinkel zeigten nach unten und verstärkten dadurch die Falten, die sich langsam in ihre Haut einkerbten. Dahinter lagen unterschiedliche Gesichter, traurige und fröhliche. Gesichter einer Prinzessin, Betrügerin, Liebenden, Chefin, Kämpferin, Wildkatze. Schnell drückte sie einen feuchten Kuss auf das Glas, mitten auf ihren Mund.

Zum ersten Mal in ihrem Leben war ihr die eigene Vergänglichkeit bewusst. Der tiefe Schmerz nach dem Tod ihres Vaters hatte ausschließlich mit dem Verlust seiner Person zu tun gehabt. An sich selbst hatte sie dabei nie gedacht. Bis zuletzt hatte sie sich unbesiegbar gefühlt und unverletzbar. Immer war sie stärker gewesen als alle anderen.

Doch damit war jetzt Schluss.

Der Kummer um ihren geliebten Vater hatte sie verändert. Auch die Sache mit Franjo setzte ihr zu. Und die andauernde Rangelei im Job gab ihr den Rest: das Rivalisieren und stetige Kämpfen um die Anerkennung ihrer männlichen Kollegen, die sie eher als süße Puppe denn als ernst zu nehmende Vorgesetzte ansahen.

Auf dem Revier war heute die Hölle los gewesen. Eine alte Frau hatte gestern Abend ununterbrochen angerufen und behauptet, eine Nixe sei im Meer ertrunken. Niemand auf der Polizeistation hatte ihrer Geschichte große Beachtung geschenkt.

Als die Alte auch am Morgen nicht lockerließ, hatte Maddalena die Gelegenheit ergriffen, ihre faulen Kollegen zu schikanieren: »Los, an die Arbeit, Leute. Lasst jeden verfügbaren Bademeister den Strand absuchen. Geht in die Häuser an der Meerpromenade und befragt die Anwohner. Lasst euch nicht abwimmeln. Ich will von euch hören, dass ganz sicher niemand ertrunken ist.«

Bisher war das auch so. Keine Wasserleiche war gesichtet, keine Frau vermisst gemeldet worden.

Maddalena ging ins Wohnzimmer und kramte in ihrer Handtasche nach dem blauen Tabakpäckchen. »Wohnzimmer« war eine großzügige Bezeichnung für diesen zwanzig Quadratmeter kleinen Mehrzweckraum, in dem sich ihr Privatleben abspielte. An der Wand gegenüber der Eingangstür stand die ausziehbare Couch, die sie in der Nacht als Bett benutzte. Links gab es eine kleine Kochnische, daneben führte eine Tür in das winzige Duschbad. Schreibtisch und Bücherregal nahmen fast die ganze rechte Seitenwand des Apartments ein. Maddalenas Kleiderschrank stand im schmalen Eingangsflur neben der Garderobe. Zumindest hatte das Zimmer zwei Fenster, es war also nicht ganz so düster wie die anderen Garçonnièren, die sie mit Bibiana, der Maklerin, damals angesehen hatte. Das Beste an diesem Schuhkarton war der kleine überdachte Balkon, der hinaus aufs Meer ging.

Dort stand sie jetzt, an die Mauer gelehnt, und starrte in den regnerischen Spätnachmittag. Schwere Wolken schienen am dunklen Himmel festzukleben, und das Meer tobte vor sich hin.

Maddalena hörte ein Brausen. Ein Schwarm Möwen flog aus den Pinien unter ihr auf. Ihr hohes Kreischen und das Surren der Flügel vermischten sich mit dem Dröhnen der Wellen, bis daraus ein einziges dumpfes Grollen wurde.

Oder hatte es eben gedonnert?

Der Wind peitschte den Regen wie glitzernde Schnüre durch die Luft. Aus der Tasche ihrer ausgeblichenen Jeans holte sie Zigarettenpapier und streute Tabakkrümel auf eines der hauchfeinen Blättchen. Mit geübten Bewegungen ihrer Daumen und Zeigefinger rollte sie eine schmale Zigarette, befeuchtete mit ihrer Zunge die Ränder des Papiers und klebte es zusammen. Aus der anderen Hosentasche zog sie das goldene Feuerzeug, das Franjo ihr einmal zum Geburtstag geschenkt hatte, und ließ es aufschnappen. Das sanfte Licht der auflodernden Flamme veränderte für einen kurzen Moment die kalten Farben ihrer Umgebung. Gierig sog Maddalena den ersten Zug ein.

Sie seufzte und sah den dunklen Kringeln nach, die in Richtung Meer davonschwebten. Franjo wollte heute eigentlich bei ihr vorbeikommen und seine restlichen Sachen abholen, aber inzwischen rechnete sie nicht mehr mit ihm. Den hellgrünen Sweater würde sie ihm nicht zurückgeben. Jedes Mal, wenn sie müde von der Arbeit nach Hause kam, holte sie das riesige Ding aus ihrem Schrank, schlüpfte hinein und kuschelte sich aufs Sofa.

»Ich habe gar nicht gewusst, wie sehr ich diesen verdammten Idioten liebe«, flüsterte sie.

Sie drückte ihre Zigarette mit der Stiefelspitze aus, kickte den Stummel über die Brüstung und ging duschen.

Als sie, in ein graues Handtuch gewickelt, zurück ins Wohnzimmer kam und sich gerade ein frisches T-Shirt aus dem Schrank im Flur holen wollte, klingelte es an der Wohnungstür.

»Franjo«, murmelte sie erfreut. Hastig strich sie ihr tropfnasses Haar zurück und öffnete. »Ich dachte schon, du kommst nicht mehr«, sprudelte es aus ihr heraus.

Am liebsten hätte sie sich auf die Zunge gebissen, denn es war nicht Franjo, der da vor ihr stand, sondern ein verwegen grinsender Tomaso. »So werde ich gerne begrüßt«, sagte er selbstgefällig und musterte sie augenzwinkernd.

Er schob sich an Maddalena vorbei in die Wohnung. Der Luftzug zwischen Tür und Fenster ließ sie frösteln.

Sie schlang das Badetuch fester um sich. »Was soll das? Ich dachte, zwischen uns wäre alles geklärt?«, fuhr sie ihn gereizt an.

»Das denke ich nicht, *bella mia.*« Tomasos Blick schien sich an ihrer feuchten Haut festzusaugen.

Sie sah ihn an, wie er so vor ihr stand, im weißen Hemd, groß und schlank, mit diesem verführerischen Funkeln in seinen Augen, und ihr fiel alles wieder ein. Sie erinnerte sich daran, wie fasziniert sie von ihm gewesen war – und wie sie damit alles aufs Spiel gesetzt hatte. Zornig schleuderte sie ihm entgegen: »Was erlaubst du dir eigentlich, einfach so hier aufzukreuzen?«

»Ich sah zufällig deinen Dienstwagen unten stehen, und sofort fielen mir dein geschmeidiger Körper und dein schönes Gesicht ein. Da musste ich einfach kurz raufkommen. Die Erinnerung an unsere Liebe lässt mich nicht los.«

Es klang falsch, war falsch und fühlte sich vor allem falsch an. »Liebe?«, entgegnete sie abschätzig. »Tomaso, das war keine Liebe. Es war gegenseitige körperliche Anziehung und daraus resultierender mittelmäßiger Sex.« Befriedigt bemerkte sie, dass er zusammenzuckte. »Genau genommen war es sogar unterdurchschnittlicher Sex«, gab sie noch eins drauf.

Doch anstatt sich besser zu fühlen, ging es ihr schlechter. Der Triumph war so schnell verflogen, wie er gekommen war, die Wut verrauchte und machte einem schalen Nachgeschmack Platz.

»Wenn du dich schon nicht auf eine Fortsetzung unserer Affäre einlassen möchtest ...« Er zögerte kurz und senkte geradezu schamhaft seinen Blick. »Dann gib mir wenigstens einen letzten Kuss als Erinnerung an die schönen Zeiten.«

Obwohl Maddalena instinktiv einen Schritt zurück gemacht hatte, lag sie plötzlich in seinen Armen.

»Jetzt wehr dich doch nicht so.«

»Was fällt dir ein?« Sie riss sich los. »Kümmere dich lieber um deine Frau. Bring deine Beziehung in Ordnung und funke nicht in mein Leben hinein. Und jetzt verlass sofort meine Wohnung. Auf der Stelle, sonst rufe ich die Polizei!«

»Aber, aber«, spottete er, »du bist doch die Polizei.«

Maddalena unterdrückte ein nervöses Auflachen. »Das ist überhaupt nicht komisch, ich meine es bitterernst.« Sie riss die Wohnungstür auf, das Handtuch mit einer Hand fest umklammernd, und schob Tomaso hinaus. Der laute Knall, mit dem die Tür ins Schloss fiel, erleichterte sie.

Als sie sich umdrehte, um sich zur Beruhigung ein Glas Wasser zu holen, klingelte es erneut.

»Das gibt es doch nicht. So ein unverschämter Kerl!«, rief sie grimmig und öffnete die Tür mit einem Ruck. »Verdammt, was willst du noch?«, zischte sie und stockte.

Nicht Tomaso, sondern Franjo stand vor ihr.

»Du? Jetzt bist du also doch noch gekommen.«

Er war so groß und breit, dass er fast den gesamten Türrahmen ausfüllte. Maddalena spürte, wie sich Röte in ihrem Gesicht ausbreitete. Ihr Herz begann vor Aufregung hart zu klopfen.

»Ich wusste, dass es ein Fehler ist, hier aufzutauchen. Gerade bin ich deinem Lover über den Weg gelaufen.« Er sah sie mit schwarzen Augen unglücklich an, dann veränderte sich sein Blick, und er musterte sie kühl von oben bis unten.

Erst jetzt wurde ihr bewusst, dass sie immer noch nur in das Handtuch gehüllt dastand. »Er ist nicht ... ich habe ihn doch ...«, stammelte sie und machte einen Schritt zurück.

»Weißt du, Maddalena, so genau wollte ich das gar nicht wissen. Spar dir deine Erklärungen«, antwortete Franjo noch eine Spur frostiger und drängte sie in die Wohnung. »Zieh dir was über, du verkühlst dich sonst.«

Wäre da nicht der schneidende Unterton in seiner Stimme gewesen, sie hätte annehmen können, dass er sich um sie sorgte. Früher war es selbstverständlich gewesen, dass sie aufeinander aufpassten.

»Ich brauche deine Fürsorge nicht.« Zu ihrem Entsetzen füllten sich ihre Augen mit heißen Tränen. Sie schluchzte auf und wischte mit Zeigefinger und Handrücken den Rotz unter ihrer Nase weg.

Wortlos ging Franjo zur Kochnische, riss ein Blatt von der Küchenrolle und reichte es ihr.

»Danke«, flüsterte sie ins weiche Papier. Als sie sich beruhigt hatte, sah sie hoch. »Franjo, es tut mir so unendlich leid.«

»Mir auch, Maddalena.«

Aus einem spontanen Impuls heraus ließ sie das Handtuch fallen, sah ihn herausfordernd an und ging, als er nicht reagierte, mit vor Verlegenheit roten Ohren zum Sofa und schlüpfte in ihre Bluejeans. Achtlos streifte sie das weiße T-Shirt über ihre feuchten Haare.

»Maddalena«, hörte sie Franjo ernst sagen und drehte sich um.

In Erwartung weiterer vernichtender Grausamkeiten stieß sie die Hände in die Gesäßtaschen ihrer Jeans, schob reflexhaft die Schultern nach oben und streckte das Kinn vor. »Ja?«, fauchte sie angriffslustig.

Er antwortete nicht sofort.

Maddalena stand weiter kerzengerade vor ihm und starrte ihn an. »Ja?«, wiederholte sie gereizt.

Er ging achselzuckend an ihr vorbei zum Sofa und sagte: »Erst einmal brauche ich meine CDs.«

Sie ließ ihn ungehindert herumkramen, nicht zuletzt, um ihre Nerven zu beruhigen. Mit den nackten Zehenspitzen kickte sie gegen die Unterseite des Sofas, während sie in Gedanken ihren Vater beschwor: Falls es dich da oben noch irgendwo gibt und du auf mich aufpasst, wäre jetzt der richtige Augenblick, mir ein Zeichen zu geben.

»*Help me if you can, I'm feeling down*«, trällerte sie lautlos und bemühte sich, gelassen zuzusehen, wie Franjo den materiellen Rest ihrer gemeinsamen Zeit in einem übergroßen Seesack verschwinden ließ. Sie hoffte insgeheim, dass der hellgrüne Sweater seinem suchenden Blick entgehen würde.

»Was zu trinken?«

»Danke. Nein.«

Maddalena ließ sich neben Franjo aufs Sofa fallen. Steif saß sie da, die Hände tief in den Taschen ihrer Jeans vergraben.

Franjo atmete laut ein. Dann drehte er sich zu ihr um und sah ihr direkt in die Augen. »Das eigentlich Verblüffende ist doch, dass ich nicht bemerkt habe, wie sehr du dich von mir entfernt hast. Es ist wie bei einem Gericht, dessen Zutaten und Gewürze man verändert. Es ist immer noch das gleiche Gericht und schmeckt doch völlig anders.«

»Verstehe«, murmelte Maddalena und hatte das Gefühl, direkt in die Hölle zu fahren.

6

Laura presste ihr Gesicht an die Fensterscheibe des Kinderzimmers und starrte hinaus in den Regen, der vom Himmel peitschte. Sie konnte durch das Glas hindurch spüren, wie die Tropfen gegen ihre Wange trommelten.

Ohne sich von der Scheibe zu lösen, angelte sie nach dem Lesebuch auf ihrem Schreibtisch. Sie kniff die Augen zusammen und las die erste Strophe des Gedichts laut vor.

»Laura«, mahnte ihre Mutter von der Tür her. »So knips doch das Licht an. Du wirst dir die Augen verderben.«

Laura zuckte zusammen. »Geht schon«, murmelte sie ertappt und legte das Lesebuch zurück auf den Schreibtisch. »Ich habe dir Brote gerichtet, komm essen.« Ihre Mutter lächelte sie an.

»In der Schule haben sie erzählt, dass jemand ertrunken ist«, antwortete Laura.

»Ja, das habe ich auch gehört. Pass also beim Schwimmen besser auf. Geh nicht mit vollem Magen ins Wasser, das ist gefährlich.« Laura seufzte. Ihre Mutter ließ wirklich keine Gelegenheit aus, an ihr herumzuerziehen. »Mama, bitte. Ich bin doch kein Kleinkind mehr.«

Ihre Mutter strich sich über die Stirn, als wollte sie die tiefen Sorgenfalten glätten. Sofort wurde Laura von einem innigen Gefühl überschwemmt und drückte sich fest an sie.

Nach dem Essen kehrte sie in ihr Zimmer zurück und begann, Zeile um Zeile des mit einem Blatt Papier zugedeckten Gedichts zu verinnerlichen. Kaum eine halbe Stunde später konnte sie das vielstrophige Gedicht auswendig.

Zufrieden klappte sie das Lesebuch zu, zog den Eimer mit dem Leim hinter dem Regal hervor und holte die alten Zeitungen aus dem Kleiderschrank. Laura liebte den Geruch, den die Magazine verströmten. Seite um Seite blätterte sie raschelnd um, bevor sie sie in den Leim tauchte. An manchen Fotos blieb ihr Blick hängen, und sie überflog die dazugehörigen Geschichten, bevor sie weitermachte.

Es war nicht die erste Puppe, die sie bastelte. Am Ende sollten es fünfzehn Stück werden. Die Touristen würden sicher viel Geld für die wunderschönen Figuren mit den drolligen Gesichtern und den bunt angemalten Kleidern geben. Sie wollte sie auf dem Samstagsmarkt neben der Gemüsebäuerin aus Fossalon an einem kleinen Verkaufsstand aus Obstkisten anbieten.

Vor dem Fenster wirbelte der Sturm die bunten Blätter und Nadeln wild in die Höhe und ließ sie gemeinsam mit den Regentropfen gegen die Scheibe klatschen. Laura, die fleißig gearbeitet hatte, sah hoch und legte die nasse Puppe zum Trocknen auf einen Bogen Packpapier ins Bücherregal.

Francesca fiel ihr ein, und irgendetwas, über das sie gesprochen hatten, machte sie nachdenklich.

7

Franziska gähnte herzhaft, verschränkte ihre Finger ineinander und drehte die Handinnenflächen nach außen. Das Krachen ihrer Gelenke befriedigte sie, und für einen kurzen Moment ließ das Pfeifen, Zischen und Summen in ihren Ohren nach.

Sie drehte sich vor dem großen Spiegel im Schlafzimmer langsam im Kreis, in jeder Hand ein Kleid. Abwechselnd hielt sie erst das eine, dann das andere an ihren Körper. Nach einigem Überlegen entschied sie sich für das schwarze aus fließendem Stoff, das Tomaso ihr vor zwei Jahren in Florenz gekauft hatte. Sie schlüpfte hinein, rückte den Neckholder zurecht, zupfte am Saum, stellte sich gerade hin, bog die Schultern zurück und beäugte das Ergebnis. Es passte. Das lag sicher daran, dass sie in den letzten Wochen einige Kilos verloren hatte.

Nachdenklich machte sie sich fertig und bürstete zum Schluss ausgiebig ihr frisch geschnittenes Haar, bis es sich weich und glänzend um ihre Wangen legte. Sie war zufrieden mit sich.

Doch nach einer Weile meldete sich das durchdringende Ohrensausen zurück, und der Kopfschmerz brach mit unverminderter Heftigkeit über sie herein. Hoffentlich begann ihre Nase nicht wieder zu bluten. Was würde sie morgen im Krankenhaus erwarten? Um welche Tests ging es überhaupt?

Warum, um Himmels willen, brauchte sie denn überhaupt einen Spezialisten?

Was war mit ihr los?

Bewusst begann sie, sich abzulenken. Sie warf einen Blick auf die Staffelei, die immer noch in der dunklen Ecke zwischen Vorzimmer und Wohnzimmer stand, und betrachtete kritisch das Bild. Wäre sie jetzt nicht verabredet gewesen, hätte sie gern weitergemalt. Sie war froh darüber, wieder angefangen zu haben. Es war fast so, als würde sie damit an eine Zeit anknüpfen, als sie noch mehr sie selbst gewesen war und ihren eigenen Regeln folgte. Dem Treffen mit Tomaso sah sie mit gemischten Gefühlen entgegen. Sie straffte ihre Schultern und strich über den weichen Stoff ihres Kleides.

Bevor sie sich auf den Weg machte, wollte sie nach der Meerjungfrau sehen. Ein forschender, aber ergebnisloser Blick über das dunkle, von Regen verhangene Meer, dann nahm sie Handy und Wohnungsschlüssel von der Ablage im Vorzimmer und warf beides in ihre Handtasche. Sie zog ihre schwarze Baumwolljacke an, hob den Schirm aus dem Ständer, schlüpfte in die Lackballerinas und zog schließlich die Wohnungstür mit einem leisen Knacken hinter sich ins Schloss.

Ihr war schwindlig. Als sie in den Lift stieg, hatte sie das unbestimmte Gefühl, an der Reling eines Kreuzfahrtschiffes zu stehen, unter sich das tobende Meer. Die Kabine roch nach nasser Wäsche, und da war noch ein anderer Geruch, schwer und schwül.

Als sie unten war und gerade die Haustür öffnen wollte, wurde von außen dagegengedrückt, und zwei Polizisten, die sie vom Sehen kannte, standen vor ihr.

»Guten Abend. Sie sind Signora Tosoni, richtig? Wir waren heute schon einmal bei Ihnen«, sagte der größere der beiden.

Franziska zog ihre Augenbrauen in die Höhe und entgegnete erstaunt: »Ach?«

»Wir ermitteln wegen der ertrunkenen Frau«, erklärte der zweite Polizist.

Franziskas Herz begann heftig zu klopfen. Sie spürte, wie ihr eine undefinierbare Angst die Kehle zuschnürte. »Ist denn wirklich jemand ertrunken?«, fragte sie und räusperte sich.

»Das wollen wir ja gerade herausfinden.«

»Ich dachte ...«

»Ja? Was dachten Sie?«

»Nun, es ist doch bekannt, dass die alte Signora, die das zu sehen glaubte, psychisch krank ist.«

Die beiden warfen sich einen Blick zu. »Was wissen Sie darüber?«

Franziska stutzte. »Eigentlich gar nichts. Ich kenne sie nicht persönlich. Und ich habe nichts gesehen oder gehört und bin außerdem spät dran. Ich kann Ihnen also leider nicht weiterhelfen. Wenn Sie mich jetzt bitte entschuldigen.« Sie versuchte, an den beiden vorbei ins Freie zu gelangen. Die Polizisten standen jedoch so knapp vor der Eingangstür, dass sie den Türgriff nicht erreichte. Der kleinere der beiden sah sie begütigend an. »Wir tun nur unsere Pflicht, Signora Tosoni. Glauben Sie mir, uns macht es gewiss keinen Spaß, den ganzen Tag lang durch das Unwetter zu laufen. Es muss aber leider sein. Also bitte, sagen Sie uns, ob Sie gestern Abend gegen neun Uhr zu Hause waren.«

»Ja, schon. Also, eigentlich wollte ich malen. Aber ich bin auf der Terrasse eingeschlafen. Dann bin ich wohl von den Schreien der alten Frau aufgewacht«, sagte Franziska besänftigt. Ein unangenehmer Gedanke durchzuckte sie, und sie setzte nach: »Wer will das eigentlich wissen?«

Obwohl sie die Antwort kannte, sah sie dem kleineren Polizisten gespannt in die Augen.

»Commissaria Degrassi, unsere Chefin. Und sie ist sehr genau, lässt sich mit Halbwahrheiten nicht abspeisen.«

Ihr Herz machte einen tollkühnen Satz. Am liebsten hätte sie die beiden ahnungslosen Polizisten geschüttelt und angebrüllt: »Sagen Sie Ihrem Boss, dieser Ehebrecherin, dieser verdammten Verräterin, dass sie sich zum Teufel scheren soll.« Stattdessen musterte sie ihre Schuhspitzen, wischte ein imaginäres Staubkörnchen von ihrer Schulter und bemühte sich, ihre Stimme gelassen klingen zu lassen: »So etwas Ähnliches habe ich mir schon gedacht. Leider kann ich Ihnen, wie gesagt, nicht weiterhelfen.«

»Verstehe.«

Beide Polizisten lächelten ihr freundlich zu, und der größere hielt ihr höflich die Tür auf. »Einen Schirm werden Sie nicht brauchen, es hat zu regnen aufgehört.«

Franziska bedankte sich und trat vor die Tür. Die hohe Luftfeuchtigkeit bereitete ihr Schwierigkeiten beim Atmen. Vom Boden aufsteigender Dunst ließ die Pinien wie verschwommene Schatten aussehen. An den abendlichen Spaziergängern vorbeieilend, bog sie in die belebte Fußgängerzone ein.

Schon von Weitem konnte sie Tomaso erkennen, der ihr winkend entgegenkam. »Hallo, meine Schöne!«

Ein paar Touristen drehten sich lächelnd zu ihnen um.

Tomaso sah gut aus, wie er da so vor ihr stand.

»Du hast eine neue Frisur? Lass sehen.« Lachend drehte er sie einmal um ihre eigene Achse. »Hübsch siehst du aus, Francesca, wirklich toll. Und das Kleid. So gefällst du mir.«

Franziska entgegnete trocken: »Nicht der Rede wert.«

Mit der Linken machte er eine wegwerfende Handbewegung, mit der Rechten zog er sie an sich und küsste sie mitten auf den Mund.

»Jetzt schau nicht so überrascht. Wir sind doch ein Ehepaar.« Sein lausbubenhaftes Lächeln verstärkte die Falten um seine Augen. Ehe sie sich wehren konnte, hakte er sich wie selbstverständlich bei ihr ein und zog sie zum hell erleuchteten Lokal.

Langsam wich die Anspannung von Franziska.

Tomaso betrat vor ihr das Restaurant und blieb ruckartig stehen.

»Was …«, begann sie verwirrt, als er sich hastig zu ihr umdrehte, ihren Arm packte und sie zurück auf die Straße drängte.

»Jetzt habe ich doch glatt vergessen, dass wir heute Abend gar nicht bei Gianni essen werden. Irgendetwas mit der Reservierung ist schiefgelaufen, frag mich nicht, warum. Wir probieren das neue Sushi-Lokal etwas weiter unten in der Fußgängerzone aus.«

An dem beiläufigen Unterton in seiner Stimme erkannte sie, dass er log. Sofort wich das Gefühl der Entspannung.

»Aber Gianni hat doch immer einen Tisch für uns. Das verstehe ich nicht.«

»Du musst auch nichts verstehen, wir wollen uns amüsieren und keine Rätsel lösen.«

Kaum waren sie einige Minuten zusammen, schon schlich sich diese gegenseitige Gereiztheit in ihre Gespräche.

»Wir sollten das mit dem Abendessen besser bleiben lassen. Es war ohnehin keine allzu gute Idee. Du hast mich überrumpelt, und ums Amüsieren ging es bei unserem Treffen ja wohl sowieso nicht.«

Er beachtete ihre Worte nicht und zog sie weiter die Fußgängerzone entlang. Ärgerlich versuchte Franziska, sich von ihm loszumachen, aber da hatte er schon die Tür zum Restaurant geöffnet.

»Ich weiß nicht so recht«, meinte sie gedehnt.

So leicht würde sie es ihm sicher nicht machen.

»Jetzt lass dich darauf ein, *bella mia*, du wirst es lieben.« Tomaso zwinkerte ihr zu, und nach einem kurzen Gespräch mit dem Chef rückte er ihr auch schon den Stuhl zurecht. Seine aufgesetzte Fröhlichkeit nervte sie. Ihre gute Stimmung war beim Teufel und hatte unterschwelligem Argwohn Platz gemacht. Zu Recht, wie sich sogleich herausstellte.

»Francesca, was ich dir noch sagen wollte«, begann Tomaso angelegentlich, nachdem er sich ebenfalls gesetzt hatte, »es macht sich in der Öffentlichkeit nicht allzu gut, mit mir verheiratet zu sein und mit Stefano zu kokettieren.«

Heißer Ärger wallte in ihr hoch, doch anstatt dieser Unverschämtheit mit erhobenem Haupt zu begegnen, zog sie sich in sich zurück und murmelte defensiv: »Lass gut sein. Da ist nichts.«

Er warf ihr einen befriedigten Blick zu und ließ seine Hand langsam über die spiegelglatt gegelten Haare gleiten. Franziska wollte noch etwas erwidern, überlegte es sich aber anders. Das Rauschen in ihrem Kopf hatte wieder zugenommen. Jetzt kam es ihr so vor, als stünde sie unter einem tropischen Wasserfall, umgeben von summenden Insekten.

Tomaso reichte ihr gelangweilt die Speisekarte. Während sie sich darin vertiefte, nippte er lässig an seinem Drink. Die unbekannten Gerichte fesselten zwar Franziskas Aufmerksamkeit, ließen jedoch beim geringsten Gedanken daran, eines davon probieren zu müssen, Ekel in ihr hochsteigen. Jetzt hab dich nicht so, versuch was Neues, ermunterte sie sich schweigend.

»Nun? Soll ich dir etwas empfehlen?« Tomaso hob fragend eine seiner Augenbrauen.

»Nein danke. Ich habe mich bereits entschieden«, schwindelte sie und tippte auf eine beliebige Variation aus rohem Fisch, scharfen Saucen und Ingwergemüse. Rasch nahm sie einen Schluck Prosecco, an dem sie sich prompt verschluckte. Sie begann zu husten, Tränen stiegen in ihre Augen.

»Na, na. Jetzt trink nicht so schnell«, mahnte Tomaso. Er schmunzelte und leerte sein Glas in einem Zug.

Dann schwiegen sie beide, bis das Essen serviert wurde. Das nahm Franziska zum Anlass, die bleierne Stille zwischen ihnen zu brechen. »Du wolltest etwas mit mir besprechen?«

Er sah von seinem Teller hoch und murmelte gereizt:»Jetzt lass mich wenigstens in Ruhe essen.«

Franziska verkniff sich eine Erwiderung, riss die Papierhülle auf und entnahm die Essstäbchen. Mit einem Knacken brach sie die beiden Holzdinger auseinander und legte sie zwischen Zeige- und Mittelfinger. Mit ihrem Daumen versuchte sie, die waghalsige Konstruktion zu stabilisieren, spießte ein paar Scheiben Ingwer auf und führte das rosafarbene Gebilde zum Mund.

»Wie stellst du dich denn an?« Tomaso balancierte mühelos ein Stück neonfarbenen Fisch auf seinen beiden Stäbchen.

Was soll's, dachte Franziska verärgert und warf ihre Vorsicht über Bord. Mutiger geworden, tauchte sie ein Stück Reis mit Fisch in die dunkel schillernde Sojasoße, die sie zuvor auf Tomasos Anweisung hin mit der scharfen grünen Meerrettichpaste vermischt hatte.

»Also«, fing er an und holte sich elegant ein weiteres Stück vom Teller,»lass uns reden. Francesca, ich vermisse dich. Du gehörst zu mir. Ich will, dass du nach Hause kommst.« Er warf ihr einen Blick zu, der einen unmittelbaren Widerwillen bei ihr hervorrief.

Was sollte das? Sie hatten seit der Trennung noch kein einziges Mal ernsthaft über ihre Ehe, ihre Beziehung, den Betrug, über all das, was zwischen ihnen passiert war, gesprochen. Und jetzt verlangte er, dass sie einfach alles vergaß und sich ihrer Rolle als seine Ehefrau bewusst wurde? Franziska fühlte sich unangenehm an den Besuch ihrer Schwiegermutter erinnert.

»Tomaso, wir sollten endlich über die letzten Monate reden. Wir können nicht einfach so weitermachen wie vorher, ohne auch nur irgendetwas geklärt zu haben«, gab sie erschöpft zurück und schnappte schnell nach dem grünlich schwarz gefärbten Happen Fisch, ehe er wieder vom Stäbchen auf den Teller fiel.

»Was redest du da? Es ist doch alles geklärt und erledigt. Ich liebe dich, und die Sache mit Maddalena ist längst vorbei.« Gereizt beugte er sich zu ihr vor.

Instinktiv wich sie zurück und fegte dabei ein paar sojagetränkte Reiskörner vom Teller auf das Tischtuch.

Er funkelte sie zornig an, sagte aber kein Wort.

Verlegen spießte sie mit einem der Stäbchen ein Makiröllchen auf und rührte mit dem anderen im Meerrettich. Dann schmierte sie einen dicken Klumpen Wasabi auf das Röllchen und schob es sich kurz entschlossen in den Mund.

»Vorsicht«, kam es gedehnt von Tomaso.

Die ätzende Schärfe in ihrem Mund schoss schnell wie eine Rakete durch die Nase in ihren Kopf, und Franziska zog scharf die Luft ein. Tränen stiegen ihr in die Augen und ließen sie alles verschwommen sehen.

»Ich habe dich gewarnt«, sagte Tomaso und lachte.

Als sie wieder ruhig atmen konnte und der brennende Schmerz nachgelassen hatte, nahm sie ihr Glas mit dem eiskalten Mineralwasser und trank es hastig leer. Gaumen und Zunge brannten höllisch.

Tomaso winkte den Kellner zu sich. »Ein großes Bier für meine Frau, und ich nehme noch ein Glas Friulano.« Dann wandte er sich wieder Franziska zu. »Mit Wasser verstärkst du die Schärfe nur noch. Dazu musst du Bier trinken, das beruhigt die Geschmacksnerven.«

Während sie ein weiteres Stück länglich geformten Reis mit einem grellrosa Fisch darauf vorsichtig in ihren Mund schob und, als sich die erwartete Schärfe nicht einstellte, erleichtert zu kauen begann, wurde ihr plötzlich klar, dass Tomaso schon wieder versucht hatte, etwas zu vertuschen.

»Warum durfte ich nicht zu Gianni ins Lokal? Wer war dort drinnen, der oder dem ich nicht begegnen sollte?«

»Was bildest du dir jetzt schon wieder ein? Du leidest ja unter Verfolgungswahn«, zischte er ihr über das Weinglas hinweg zu.

Franziska sah ihn erstaunt an, antwortete aber nicht. Stattdessen leerte sie mit einem großen Schluck ihr Bier und bestellte ein weiteres. Genau das hatte sie früher zu Tomaso hingezogen, dieser undeutliche Schatten, der ihn umgab. Viel zu lange war sie der Illusion verhaftet geblieben, irgendwann Tomasos Herz, diesen starren Panzer aus Flatterhaftigkeit und Machogehabe, durchdringen und erobern zu können.

»Was starrst du mich so an?«

»Ich glaube dir nicht«, entgegnete sie kühl.

»Du machst dich lächerlich.« Tomaso beugte sich mit verächtlichem Blick zu ihr vor.

»Pass auf, dein Hemd wird schmutzig«, entgegnete Franziska,

und da sah sie es: Ein langes, gekräuseltes, fast schwarzes Haar schlängelte sich am sauberen Weiß seines Hemdkragens entlang. »Da ist eine Kommissarinnen-Locke«, sagte sie gefasst, stand auf und leerte sein fast volles Glas in einem Zug.

»Wo?«, fragte Tomaso verunsichert. Aber da lief sie schon, Tasche und Mantel umklammernd, zur Tür.

Draußen hatten sich die Bäume in dunkelgraue Schatten verwandelt. Alle Formen und begrenzenden Linien schienen sich aufgelöst zu haben. Franziska wollte eigentlich nur noch nach Hause. Sie wusste nicht so genau, wie sie dorthin gekommen war, doch auf einmal stand sie in Giannis hell erleuchtetem Lokal. Sie hatte die Tür so heftig aufgerissen, dass durch die Zugluft gemeinsam mit ihr Blätter in den Raum geweht wurden. Außer diesem Rascheln und Knistern war es still im Restaurant. Alle Blicke richteten sich auf sie.

Verdammt, was tat sie hier?

Trotz ihrer Verlegenheit erfasste sie mit einem Blick den Raum. Aber da war nichts.

Gianni, eingekeilt in eine enge schwarze Hose, segelte aufgeregt auf sie zu, seine professionelle Höflichkeit verdeckte nicht sein Erstaunen: »So spät kommt ihr? Ich dachte schon ...« Er wischte sich den Schweiß von seinem glänzenden, bleichen Gesicht und erklärte atemlos: »Warte, ich werde euch sofort einen Tisch richten, cara mia.«

Franziska konnte gar nicht so schnell schauen, wie sie ein Glas Prosecco in der Hand hatte. Erschöpft und verwirrt lehnte sie sich an die Theke, einen Moment lang unfähig, sich zu bewegen. Durstig schüttete sie den Prosecco in sich hinein und überlegte, wie sie Gianni erklären sollte, dass sie den Tisch nicht mehr benötigten.

Inzwischen war es im Restaurant wieder laut geworden. Das Summen der üblichen Gespräche, die Helligkeit des Gelächters, das Klappern der Teller und Klirren der Gläser, all die vertrauten Geräusche eines überfüllten Raumes übertönten in angenehmer Weise das schrille Quietschen in ihren Ohren. Ein kaum wahrnehmbarer Duft nach Zigarrenrauch hing in der Luft. Dabei ist Rauchen in öffentlichen Räumen doch verboten, dachte sie verwundert und konzentrierte sich auf das Prickeln der Proseccobläschen in ihrem Mund.

Zum Glück erkannte sie niemanden. Das lag sicher auch daran, dass sie sich zunehmend anstrengen musste, die Dinge einzeln und nicht doppelt zu sehen. Sie bekam ein weiteres Glas Prosecco von der Theke und trank es leer.

Gerade als sie Tomaso auf eine alkoholbedingt sentimentale Art zu vermissen begann, öffnete sich mit Schwung die Tür der Toilette, und Maddalena Degrassi schwebte durch den Raum zu einem der Tische. Sie beugte sich über einen großen Mann, den Franziska zuvor nicht bemerkt hatte, und legte ihm beide Hände auf die Schultern. Wie in Trance ließ Franziska ihr Glas fallen. Es zerbrach in viele kleine Scherben. Durch das Klirren aufmerksam geworden, drehte sich die Kommissarin zu ihr um. Widerwilliges Erkennen zeichnete sich in ihrem Gesicht ab. Sie machte einen raschen Schritt auf Franziska zu, die wie erstarrt dastand und mit einem Mal das Leder der Jacke ihrer Kontrahentin über allen anderen Gerüchen deutlich wahrnehmen konnte.

»Warten Sie«, rief Degrassi aufgewühlt.

Aber da war Franziska schon über den Schirmständer gestolpert, rappelte sich hoch, unterdrückte ein hysterisches Lachen und tastete sich, ohne nach links oder rechts zu blicken, zur Tür vor.

»Francesca, so warte doch!« Sie hörte Giannis aufgeregte Stimme und sah kurz zurück, als er nach ihrem Arm griff. Der Schweiß lief in Bächen über sein Gesicht.

»Es geht schon.« Sie wehrte ihn ab und drückte sich an ihm vorbei zum Ausgang. Aus dem Augenwinkel sah sie Ricardo, Giannis Vater, gemeinsam mit der Kommissarin auf sich zukommen. Sie riss die Tür auf und stürzte ins Freie. Gierig sog sie die feuchte Luft ein. Morgen, überlegte sie hektisch, morgen nach der Untersuchung würde sie bei Gianni vorbeischauen und sich für die peinliche Szene entschuldigen.

Nun wusste sie wenigstens, warum Tomaso sie nicht ins Lokal lassen wollte. Ihr Gefühl hatte sie nicht getrogen.

Zum Glück war ihr die Polizistin nicht gefolgt.

Leicht schwankend, aber seltsam belebt, marschierte sie durch die engen Gassen der Altstadt. Es roch nach abgebröckeltem Mauerwerk und frischer Farbe. Jetzt würde sie sicher nicht nach Hause gehen, dazu hatte sie keine Lust.

Sie weinte vor Kummer laut auf und befürchtete einen Moment, dass ihre Nase wieder zu bluten begonnen hatte. Stefano. Wie oft war er ihr heute schon eingefallen? Nicht oft genug, entschied sie. Denn eines wurde ihr in diesem Moment schlagartig bewusst: Stefano war der einzige echte Freund, den sie in Grado hatte. Seine Bar war sicher noch geöffnet. Übergangslos schlug ihre Stimmung von Melancholie in heitere Erwartungsfreude um.

»Kamillentee, o weh, Cynar, har, har, har«, schmetterte sie ihren, wie sie fand, überaus gelungenen Song in die menschenleere Gasse. Eine Woge der Zufriedenheit überrollte sie, und selbstgefällig schlug sie sich auf die Schulter. Soeben hatte sie entdeckt, nicht nur malen, sondern auch dichten zu können. Noch etwas, worüber sie mit Stefano reden musste. Unbedingt, und zwar sofort.

Als sie dann vor seiner Bar stand, war sie irritiert, ihn nicht sofort hinter dem Glasfenster zu sehen. Unwillig atmete sie den brackigen Geruch des Hafens ein, rümpfte angewidert die Nase und drehte den Kopf suchend in alle Richtungen. Zu so später Stunde lehnte Stefano oft mit einem Absacker in der Hand an der Mauer vor dem Lokal und unterhielt sich mit den letzten Gästen.

Aber heute war er nirgends zu sehen. Nur Luisa stand Gläser polierend im Lokal.

»Holla«, sagte Franziska um einiges zu laut, als sie vor dem überraschten Mädchen stand.

»Wir haben schon geschlossen.«

»Das gilt nicht für mich. Wo ist Stefano? Ich möchte ihn sofort sehen.« Mit Erstaunen stellte sie fest, dass sich ihre Stimme schrill und empört irgendwo im Raum verfing.

Luisa warf ihr einen merkwürdigen Blick zu und begann dann, über das ganze Gesicht zu grinsen. »Francesca, setzen Sie sich doch, ich bringe Ihnen einen Absacker.«

Franziska nickte langsam. Sobald sie Stefano sah, musste sie ihm sagen, dass er eine wirklich gute Wahl getroffen hatte. Sie kletterte umständlich auf einen der Barhocker.

»Stefano ist mit Daniele in Udine. Er wird erst spät zurückkommen.«

»Das passt mir jetzt aber gar nicht«, nuschelte Franziska und nahm einen großen Schluck von der bräunlichen Flüssigkeit, die wie aus dem Nichts vor ihr aufgetaucht war und bedenklich im Glas hin und her schlingerte.

Etwas scharf war der Drink schon, aber im Grunde machte ihr das jetzt nichts mehr aus.

»Hin und wieder muss auch der Chef mal andere Luft um die Nase kriegen«, sagte Luisa schmunzelnd.

Franziska hatte Mühe, sie zu verstehen. Sie beugte sich so weit es ging über den Tresen und musste sich dabei höllisch anstrengen, nicht vom Hocker zu kippen.

Wenn sie ehrlich war, gefiel es ihr nicht, dass Stefano sich mit seinem Bruder in Udine die Nacht um die Ohren schlug. Aber das brauchte Luisa nicht zu wissen.

»Es ist ja auch sein gutes Recht. Ich meine, dass Stefano ausgeht«, sagte sie ohne den geringsten Anflug von Ironie in ihrer Stimme.

Sie hätte sich gar nicht so bemühen müssen, denn das Mädchen polierte gründlich, und ohne sich ablenken zu lassen, die Armaturen. Während Luisa ihren Kopf in den dampfenden Geschirrspüler steckte, bahnte sich Franziska den Weg zur Toilette. Erleichtert, mit nass zurückgebürstetem Haar, stand sie kurz darauf wieder an der Bar und wunderte sich, warum der Raum immer heftiger zu tanzen begann.

»Hören Sie«, wandte sie sich an das Mädchen. »Sagen Sie bitte Ihrem Chef, dass er mein einziger Freund ist.« Sie verhaspelte sich beim Sprechen und fuhr noch eine Spur undeutlicher fort: »Und vergessen Sie nicht, ihm auszurichten, dass ich sein Taschentuch waschen werde. Persönlich«, fügte sie sehr konzentriert hinzu.

Luisa lachte und sagte etwas, aber Franziska verstand kein Wort, denn in ihren Ohren rauschte das Blut, und vor ihren Augen verblichen die Farben, bis nur noch ein sehr helles Rot da war, gesprenkelt mit schwarzen Punkten.

Sie fröstelte leicht. Wo war ihre Jacke? Irgendwie musste sie von der Bar in die Fußgängerpassage gekommen sein, sie konnte sich nur nicht mehr erinnern, wie.

Wow, dachte sie, schade, dass Tomasos Mutter mich jetzt nicht sehen kann. Das wäre doch eine interessante Abwechslung. Sie begann übermütig zu lachen, da brach der Regen wie eine eiskalte Dusche über sie herein.

»Schirm!«, rief sie und blickte sich suchend in der leeren Straße um. Aber da war niemand. »Teufel aber auch«, johlte sie erfreut und hielt ihr Gesicht in den Regen.

Als das Kleid wie eine zweite Haut an ihrem Körper klebte und ihre Lackballerinas vor Nässe quietschten, fing Franziska dann doch zu laufen an. Ein greller Blitz erhellte den schwarzen Himmel, und ein ohrenbetäubender Donner ließ sie jedes andere Geräusch in ihren Ohren vergessen.

Atemlos stand sie schließlich vor dem grauen Haus und nestelte im Flackern der Blitze nach ihrem Schlüssel. Zu ihrer grenzenlosen Verwirrung waren da weder ihr Handy noch die Wohnungsschlüssel, und von ihrer Handtasche keine Spur!

»Wo ist der verdammte Schlüssel?« Ärgerlich stemmte sie sich gegen das Haustor.

Abermals zerriss ein Blitz die schweren Wolken am Nachthimmel.

»Na, ganz so schlimm wird es wohl nicht sein?«, kam es guttural von der Seite, und ein Schirm wurde über ihren Kopf gehalten.

Erfreut drehte sie sich zu ihrem Retter um. Es war ihr geheimnisvoller Nachbar, der Schweizer Feriengast.

»Ach, Sie sind's, der Schauspieler«, kicherte sie.

»Schauspieler? Nein, Mayer, Claudio Mayer ist mein Name.« Er sah sie verständnislos an.

Franziska war unfähig, etwas zu erwidern, denn alles drehte sich wie in einem Karussell.

Als sich die Welt um sie herum etwas beruhigt hatte, erklärte sie stammelnd: »Ich habe weder Schlüssel noch Handy dabei … alles verloren. Ich weiß nicht, was ich machen soll.« Sie verzog ihr Gesicht zu einem verunglückten Lächeln.

Die nächste Sturmbö drückte beide gegen die Eingangstür. Claudio Mayer stemmte sich an der Hauswand ab und zog seinen Schlüssel aus der Regenjacke. Rasch sperrte er auf. »Jetzt kommen Sie erst mal rein ins Trockene, dann sehen wir weiter.«

Der Wind schob Franziska in die Halle. Der Boden schaukelte unter ihren Füßen, und sie musste sich bemühen, nicht hinzufallen. »Mir geht es nicht so gut, ich muss mich setzen, sonst kippe ich um«, nuschelte sie.

Erschrocken packte er ihren Arm. »Hier, nehmen Sie mein Handy, rufen Sie an, damit Ihnen jemanden hilft.«

Franziska griff nach dem Telefon, fuhr ungeschickt mit dem Daumen über die Tasten und versuchte, die Nummer des Hotels ihrer Schwiegereltern zu wählen. Immer wieder vertippte sie sich. Trotz des Dusels in ihrem Kopf spürte sie die wachsende Ungeduld ihres Nachbarn. Sie wollte sich entschuldigen, sah hoch, und das Handy rutschte aus ihren klammen Fingern und fiel klappernd zu Boden.

Claudio Mayer ließ sie abrupt los und hob es auf. »Fuck, das Display ist kaputt.«

Franziska war gegen die Eingangstür getaumelt. Verbissen kämpfte sie gegen ihren heraufdrängenden Mageninhalt an.

Möglicherweise tat sie ihrem Nachbarn leid, vielleicht befürchtete er auch bloß, sie würde sich im nächsten Moment übergeben oder ohnmächtig werden, jedenfalls bot er ihr nach kurzem Zögern etwas unwillig an, in seiner Wohnung vom Festnetzanschluss aus zu telefonieren. »So kann ich Sie hier nicht stehen lassen. Aber machen Sie schnell, ich habe selbst noch einige Anrufe zu erledigen und bin schon spät dran.«

Franziska nickte dankbar, die Unmengen an Speichel, die sich in ihrem Mund gesammelt hatten, krampfhaft hinunterschluckend. Wieder griff er nach ihrem Arm und führte sie vorsichtig zum Lift. »Geht es noch? Wir sind gleich da.« Er sah sie zweifelnd an.

Franziska brachte nicht mehr als ein Nicken zustande.

Die Liftfahrt kam ihr unendlich lange vor, und als sie ausstiegen, wäre sie gestolpert, hätte der Schweizer sie nicht festgehalten.

»So, da wären wir«, sagte er erleichtert und sperrte die Tür auf. Trotz ihres Zustandes bemerkte Franziska, dass sie mit einem zusätzlichen Schloss gesichert war.

Alles um sie herum begann zu flirren. Aus Angst, sich zu übergeben, presste sie die Hand auf den Mund. Ihr lautes Schlucken hallte in ihren Ohren, der Schweiß stand in kleinen Bläschen über ihrer Oberlippe, und sie musste sich konzentrieren, einen Fuß vor den anderen zu setzen, um sicher in die Wohnung zu gelangen.

»Ich will Ihre Freundin nicht ... stören«, murmelte sie undeutlich.

»Freundin?« Ein überraschter Ausdruck legte sich auf seine scharf geschnittenen Züge. Alle Farbe war aus seinem Gesicht gewichen. Er war totenblass, und auf den Wangen bildeten sich hellrote Kreise.

»Das Mädchen ... mit dem Schmetterling im ... Haar.« Die Worte rollten aus ihrem Mund wie die Murmeln, die sie als Kind alle auf einmal aus dem Säckchen genommen und zu Boden hatte springen lassen.

Ein bedrohliches Schweigen breitete sich zwischen ihnen aus. Franziska schwankte unentschlossen vor und zurück. Wieso sah er sie so komisch an?

»Hören Sie mir jetzt genau zu, ich habe keine Freundin. Verstanden?«

»Ach so. Ja. Kann ich ...« Franziska sah sich zögernd nach dem Telefon um.

Warum führte dieser grauenvolle Nachbar sich plötzlich so auf? Sie wollte nichts wie weg von hier. Aber dazu musste sie wegen eines Zweitschlüssels ihre Schwiegermutter im Hotel anrufen. Tomaso würde sie auf keinen Fall darum bitten. Sollte Tomasos Mutter keinen haben, würde sie in einem der Fremdenzimmer übernachten. Warum hatte sie nicht daran gedacht und war gleich ins Hotel gegangen?

»Danke«, flüsterte sie, als Claudio Mayer ihr mit finsterem Blick das Telefon hinhielt.

Während es in der Hotelhalle klingelte, ließ sie ihren Blick vorsichtig durchs Zimmer gleiten. Alles hier sah nach Mann aus. Von Frauendingen keine Spur.

»Und?«, hakte ihr Nachbar ungeduldig nach. »Wie ich vorhin schon sagte, meine Zeit ist begrenzt.«

»Es geht niemand ran«, antwortete sie verzweifelt. Wieder schluckte sie krampfhaft den Speichel hinunter. »Ich muss augenblicklich ins Badezimmer.« Ihr Magen hatte sich nun endgültig umgestülpt, und Franziska dachte nur noch, wo ist hier die Toilette? Als sie sich schließlich über die Schüssel beugte, erbrach sie sich heftig. Der Schweiß stand ihr auf der Stirn, und sie fühlte sich einer Ohnmacht nahe. Am ganzen Körper zitternd, wusch sie sich das Gesicht und spülte ihren Mund aus. Wie hatte sie sich bloß in eine solche Situation bringen können? Keine Minute länger würde sie hierbleiben.

Benommen richtete sie sich auf und wurde abermals von einer Woge der Übelkeit überwältigt. Das Rauschen in ihren Ohren schwoll an, und wieder entleerte sich ihr Magen. Erschöpft stützte sie sich mit beiden Armen auf dem Boden neben der Toilette ab und spürte, wie sich etwas Spitzes in ihre Handfläche bohrte.

Als sie sich erneut über das Waschbecken beugte und den beiden Franziskas missbilligend in die Augen sah, ließ sie es los, und das Ding fiel klirrend ins Porzellanbecken.

Also hatte sie doch recht gehabt. Die Frau aus dem Lift war hier in dieser Wohnung gewesen.

Die Schmetterlingsspange umklammernd, riss sie die Badezimmertür auf. Entgegen aller Vernunft und mit höchster Konzentration um eine deutliche Aussprache bemüht, schleuderte sie Claudio Mayer entgegen: »Mich können Sie nicht so leicht hinters Licht führen. Wo haben Sie Ihre hübsche Freundin versteckt?«

Mit wutverzerrtem Gesicht kam der Schweizer auf sie zu.

»Was mischen Sie sich in Dinge ein, die Sie nichts angehen?«

Sie spürte einen heftigen Schlag. Unzählige funkelnde Sterne rieselten in Lichtgeschwindigkeit auf Franziska herab.

Dann wurde alles dunkel.

Freitag

1

Angelina Maria war zufrieden. Die Dämonen verbargen sich trotz der späten Stunde – es war lange nach Mitternacht und ging bereits auf den Morgen zu – in den Schatten der Ecken, keiner wagte sich hervor. Heute konnte sie ihren Pfefferminztee in Ruhe austrinken und musste nicht mit den aufgeschnittenen Säckchen von Zimmer zu Zimmer wandern wie in manch anderen Nächten.

Als sie ihren Blick in der blassgrünen Flüssigkeit versenkte und tief das würzige Aroma einatmete, fielen ihr wieder die Augen der Commissaria ein. Endlich wurden ihre Anrufe wegen der ertrunkenen Meerjungfrau ernst genommen. Die Commissaria hatte ihr geglaubt und sofort angeordnet, dass alle nach der Ertrunkenen suchen sollten. Ein wenig fühlte sie sich von der jungen Frau an sich selbst erinnert und auch an Angelina, ihre Tochter. Wenn die Commissaria lächelte, ging ein helles Strahlen über ihr Gesicht. Ihre Augen schillerten dann wie moosbewachsene Weiher. Es hatte Angelina Maria gefallen, wie sie die Männer herumkommandierte. Das war eine Frau nach ihrem Geschmack, die ließ sich so leicht nicht unterkriegen.

Nach dem Besuch der Commissaria hatte Angelina Maria lange mit einer wärmenden Wolldecke um die Schultern auf der Terrasse gestanden und beobachtet, wie die Bademeister bei strömendem Regen die Uferpromenade entlangliefen, während Rettungsschwimmer mit ihren Booten das Meer absuchten.

Später hatte sie, zufrieden vor sich hin summend, Cappuccino getrunken und in alten Kochzeitungen geschmökert. Dann war sie auf dem Sofa eingenickt und hatte von früher geträumt.

Angelina Maria stand auf, spülte ihre Teetasse aus und ging zu Bett. Sie verspürte eine besondere Vorfreude auf den Besuch ihrer Tochter. Es gab viel Neues zu berichten.

Eine Weile schlief sie tief und traumlos. Doch ihre Nachtruhe endete abrupt, als die Stimmen zurückkehrten und sie jäh aus dem Schlaf rissen. Das Kreischen wurde so laut, dass sie sich die Ohren zuhalten musste. Dabei wusste Angelina Maria seit Langem, dass die Geister mitten in ihrem Kopf lebten und dort ihr Denken und Fühlen übernahmen. Schlimme Sachen riefen sie ihr zu. Sie zwangen sie, Rosinen auf die Promenade zu werfen und spitze Schreie auszustoßen, um die Spaziergänger zu erschrecken.

Wieder sah sie im Geiste die grünen Augen der jungen Polizistin vor sich, und schlagartig kam die Erinnerung zurück. Rom. Ihre Schwester. Giuseppe. Mit dem Kauf des Spitzennachthemds hatte das Unheil seinen Lauf genommen. Angelina Maria war vor Liebe völlig von Sinnen gewesen, tief hineingetaucht in die Hoffnungslosigkeit der Situation. Als sie sich wie eine Eisprinzessin vor Giuseppe im teuren, fast durchsichtigen Dessous im Kreis drehte, sich von ihm bewundern und bestaunen ließ, seltsam ermutigt vom Strahlen auf seinem Gesicht, hatte er sie auf einmal stürmisch in den Arm genommen und an sich gepresst.

»Nein, nein, das geht nicht. Wie kannst du nur!«, hatte sie gerufen, obwohl sie ihn doch so sehr wollte wie nichts anderes auf dieser Welt.

Nie würde sie Giuseppes Blick vergessen, dieses verständnislose Fragen in seinen Augen. Sie hatte sich stumm von ihm abgewandt und den Kopf geschüttelt. Was passiert war, wurde nie mehr erwähnt.

Die Stimmen wurden jetzt so laut, dass sie kaum noch denken konnte. Andauernd mischten sich fragende Dämonen in ihre Erinnerung, ständig wurden ihre Gedanken kommentiert.

Ihre Zwillingsschwester war so glücklich über ihr Geschenk gewesen. Nun wurde sie von Giuseppe bestaunt, mit dem gleichen bewundernden Glitzern in seinen Augen, mit dem er einen Tag zuvor Angelina Maria angesehen hatte. Von dem Gefühl eines tiefen Verrates beherrscht, war sie in ihren Tränen ertrunken. Sie hatte ihre Schwester verraten, jeden Tag und jede Nacht in Gedanken. Und Giuseppe hatte sie beide betrogen.

Niemand bemerkte ihre Seelennot. Ihre Schwester war viel zu sehr mit ihrem Glück beschäftigt und Giuseppe mit sich selbst.

Verzicht, Schmerz, Demütigung. Ihre Stationen auf dem Kreuzweg.

Angelina Maria blickte auf. Um sie herum war es still geworden. Die Stimmen schwiegen. Es fühlte sich an wie die Ruhe, die einem gefährlichen Sturm vorausgeht. Angst stieg in ihr hoch. Hätte sie kräftigere Beine gehabt, sie wäre davongelaufen.

Und dann begannen alle Teufel auf einmal zu schreien, zu schimpfen, zu drohen und sie mit spitzen Tritten zu quälen, mit scharfen Krallen zu kratzen. Als sie endlich von ihr abließen, blieben sieben Dämonen bewegungslos in einer Reihe vor ihr stehen. Jeder dieser starren, feindlichen Gesellen hatte einen einzelnen leuchtenden Buchstaben aus ihrer Gedankenkette aufgespießt: U N T R E U E.

In ihrer Verzweiflung nahm Angelina Maria die Taschenlampe vom Esstisch und versuchte, die Dämonen mit dem Lichtstrahl zu bannen, das hämische Grinsen auf ihren Gesichtern zu zerschneiden. Als das nicht half, schlurfte sie mühsam zum Herd. Mit zittrigen Fingern tastete sie nach einem Feuerzeug. Als sie keines, dafür aber Zündhölzer fand, seufzte sie erschöpft auf und riss mit dem roten Köpfchen so lange über die raue Fläche, bis ihr der Geruch von Schwefel in die Nase stieg.

2

Laura blieb erschrocken stehen. Die Villa der Alten hob sich düster vom Morgenhimmel ab. Doch noch unheimlicher war der Lichtschein, der hinter den dunklen Fensterscheiben wild tanzte und flackerte. Seltsame Schatten huschten über die Wände.

Womöglich brennt es, und die verrückte alte Frau stirbt, weil niemand da ist, um ihr zu helfen, überlegte sie verängstigt.

Was sollte sie bloß tun?

Und dann läutete sie auch schon stürmisch an der Haustür der Villa. Als ihr niemand öffnete, lief sie so schnell sie konnte zurück zur nahe gelegenen Bäckerei und schrie aus Leibeskräften: »Feuer, Hilfe! In der Villa am Meer bei der alten Frau brennt es!«

Signor Pasquale rief sofort die Feuerwehr. »Das hast du gut gemacht, Laura«, lobte er sie und strich beruhigend über ihren Kopf.

Laura sah den Bäcker verschüchtert an. »Die Signora schuldet uns noch die Monatsrechnung«, gestand sie. Doch da war nur ein warmes Leuchten in seinen Augen, kein Vorwurf.

»Das erledigen wir später, Laura. Aber danke, dass du mich daran erinnert hast. So, und jetzt lauf los und bringe unseren Kunden ihr

Frühstück. Die Feuerwehrleute sind inzwischen sicher schon bei Signora Cecon und löschen den Brand.«

Erleichtert lief Laura zur Tür hinaus.

Dass Angelina Maria Signora Cecon hieß, war ihr gar nicht bewusst gewesen. Alle nannten sie nur »die verrückte Alte«, wenn sie über sie sprachen.

Erstaunt sah Laura, dass der düstere Morgenhimmel über dem Meer einen purpurnen Farbton angenommen hatte. Vielleicht kam das vom Feuer, und die Villa stand inzwischen lichterloh in Flammen? Aus der Ferne hörte sie das Sirenengeheul der Feuerwehrautos. Fast zeitgleich mit den Feuerwehrmännern erreichte sie die Villa. Der Schweizer Filmschauspieler verschwand gerade nebenan im grauen Haus. Ihr fiel ein, dass er gestern nicht geöffnet und seine Rechnung daher ebenfalls noch nicht bezahlt hatte. Kurz stand sie mit offenem Mund vor der Villa und hoffte insgeheim, dass die Feuerwehr die Alte über das Fenster herausholen würde oder sie in ein Tuch springen ließ. Das musste toll aussehen, wenn die Signora mit ihren flatternden Gewändern aus dem Fenster sprang und wirres Zeug vor sich hin sang.

»Aus dem Weg! Platz da.« Laura wurde unsanft aus ihren Tagträumen gerissen. Hastig lief sie weiter.

Mit großen Schritten sprang sie die Treppe des Raumschiff-Hauses hinauf. Heute war aber wirklich ein aufregender Tag. Da, die Wohnungstür des Schweizers stand einen Spaltbreit offen.

Laura, sonst eher scheu, konnte ihre Neugier kaum mehr im Zaum halten und machte einen gewagten Satz nach vorne, um sich rasch durch den Türspalt zu zwängen. Das Zimmer war dunkel, sodass sie den Mann nur undeutlich erkennen konnte.

Er war gerade im Begriff, die Tür zum Badezimmer zu öffnen, und fuhr herum, als er sie hörte. »Was tust du da?«, herrschte er sie wütend an und kam auf sie zu.

»Ich …« Laura wich erschrocken zurück, als der Mann mit erhobener Hand auf sie zustürzte. Draußen im Flur bückte sie sich instinktiv und hielt beide Hände schützend über ihren Kopf.

Aber zu ihrer Erleichterung geschah nichts weiter, als dass er sich zu ihr hinunterbeugte und sie eindringlich musterte. »Ach, du bist das.«

Er zog die Wohnungstür hinter sich ins Schloss, und nun standen sie beide auf dem Gang.

Laura richtete sich auf. »Eigentlich war ja gestern schon Zahltag, aber es war niemand zu Hause.«

Der Mann begann zu lachen, tief und kehlig. Ihr Held gefiel ihr nun überhaupt nicht mehr. Sein blondes Haar hing ihm strähnig über die Augen, und er roch scharf nach Schweiß. »Da, nimm«, forderte er sie auf und reichte ihr zwanzig Euro. Mit dem Schein in der Hand kramte Laura nervös nach dem Wechselgeld.

»Lass nur.« Er winkte ab. »Der Rest ist Schmerzensgeld, weil ich dich eben so angebrüllt habe. Aber du solltest auch nicht unaufgefordert fremde Wohnungen betreten. Haben dir deine Eltern das nicht beigebracht?«

»Danke.« Laura staunte über das hohe Trinkgeld.

»Du musst morgen übrigens nicht mehr kommen«, fuhr der Mann ungeduldig fort. »Sag das dem Bäcker. Ich verlasse Grado noch heute.«

Laura nickte. »Dann mache ich jetzt besser weiter. Gute Reise!«

Wenn sie hier fertig war, musste sie unbedingt nachsehen, was beim brennenden Haus inzwischen geschehen war. Sie fröstelte. Hoffentlich war der Alten nichts passiert.

Erwartungsvoll stand sie kurz darauf vor Signora Francescas Tür und drückte auf den Klingelknopf. Sie freute sich schon darauf, das Bild von der kleinen Meerjungfrau noch einmal zu sehen. Sie klingelte wieder und wieder, aber niemand öffnete. Heute war wirklich alles anders als sonst. Laura schüttelte missmutig den Kopf und strich eine Strähne zurück, die sich aus ihrem Zopf gelöst hatte.

Wo war Signora Francesca denn bloß? Sie hätte auch schon gestern zahlen sollen. Auf die Erwachsenen war kein Verlass.

Sie rümpfte ärgerlich ihre Nase und legte die Tüte mit den Croissants vor die Tür. Dann fuhr sie ins Erdgeschoss. Neugierig, was inzwischen geschehen war, lief sie nach draußen.

Kein Feuerwehrauto war mehr zu sehen, und auch der Brandgeruch hatte sich verflüchtigt. Nur die Möwen flogen kreischend aus den Ästen der Pinien hoch.

Es war fast so, als hätte sie sich alles bloß eingebildet, als wären die Ereignisse am frühen Morgen nur ein böser Traum gewesen. Verdrossen machte Laura sich auf den Weg zurück zur Bäckerei.

3

Stefano tigerte unruhig auf dem Gehsteig vor der Bar auf und ab. Längst schon war die Verärgerung darüber, dass Francesca ihn heute um neun am Morgen versetzt hatte, verflogen und hatte einer nervösen Besorgtheit Platz gemacht. Gestern, als er mit seinem Bruder in Udine gewesen war, hatte er immer wieder auf die Uhr gesehen, bis Daniele ihn mit leichtem Unwillen und fragenden Augen anblickte.

»Was treibt dich um? Du stehst sonst nur hinter der Theke und arbeitest die ganze Zeit. Genieße den Abend. Lass locker.«

»Ich werde Francesca morgen früh zu einer Untersuchung nach Triest ins Ospedale di Cattinara begleiten. Ich mache mir Sorgen. Irgendetwas mit ihrem Blut stimmt nicht.«

»Klingt verdammt nach ›Love Story‹.« Daniele zog eine Grimasse. »Trotzdem, Alter, das ist noch lange kein Grund, nach Hause zu drängen wie ein ängstlicher Ehemann. Es wartet niemand auf dich. Wir haben alle Zeit der Welt. Und deshalb machen wir jetzt ordentlich einen drauf. Um Francesca kannst du dich morgen wieder sorgen.«

»Ich möchte nur nicht allzu spät ...« Er hatte mitten im Satz abgebrochen, weil er sich nicht vor seinem kleinen Bruder rechtfertigen wollte.

Als sie dann später im Lagunen-Pub in San Lorenzo bei einem Absacker saßen, musste Stefano Daniele insgeheim recht geben. Er musste wirklich nicht sonderlich früh zu Hause sein. Und doch hatte er weiter verstohlen auf die Uhr geblickt und war Danieles bohrenden Fragen, was in letzter Zeit mit ihm los sei, beharrlich ausgewichen. Er wusste es ja selbst nicht so genau. Was sollte sein Bruder mit der Information, dass er sich Hals über Kopf in eine verheiratete Frau verliebt hatte, auch groß anfangen? Nach einer Weile hatte Daniele nicht weitergefragt, und auch der forschende Blick war verschwunden.

Zu Hause war Stefano erschöpft ins Bett gefallen und über der Überlegung eingeschlafen, was es eigentlich bedeutete, eine Partnerin zu finden, mit der man sein Leben teilen konnte. Mit dem Schimpfen der Möwen in den Ohren war er dann viel zu früh aufgestanden und hatte benommen auf den Hafen gestarrt, hingerissen vom Spiel der Farben am Morgenhimmel. Schiefergraue Wolkenfetzen auf bleichem Untergrund, durchbrochen von elfenbeinfarbenen Linien und hellen Streifen. Mitunter schoben sich von den Seiten her metallisch glänzende Formationen ins Bild. Schwarzgraue Federn schwebten sanft über den Masten der Segelboote, und weiter hinten verdeckten Wolkentürme vollends den letzten verbliebenen Schimmer des Mondes. Im Osten legte sich ein Teppich aus silbernen Fäden über das erste Licht der aufgehenden Sonne.

Stefano hatte zum iPod gegriffen und sich berieseln lassen. Fast wieder am Eindösen, lehnte er am Fensterrahmen, als er eine Bewegung auf dem gegenüberliegenden Gehsteig wahrnahm. Bis es ihm gelang, die schemenhaften Konturen zu einem Gebilde zusammenzufügen, war die Gestalt auch schon vorbeigehuscht. Er hatte sich aus dem Fenster gebeugt und nur noch den Schulrucksack des Mädchens, das für Signor Pasquale die Backwaren austrug, in der nächsten Gasse verschwinden sehen. Sie war wohl mit ihrer Runde fertig und nun auf dem Weg zur Schule.

Nach einer ausgiebigen Dusche hatte er ein blau-weiß gestreiftes T-Shirt aus der Kommode im Schlafzimmer geholt und es übergezogen, dazu schlüpfte er in Jeans und Mokassins. Dann war er nach unten gegangen, um auf Francesca zu warten.

Inzwischen war er einigermaßen ungeduldig. Es war schon zehn Uhr vorbei und Francesca bereits über eine Stunde zu spät. Er holte das Handy aus der Tasche seiner Jeans und wählte ihre Nummer. Nach dem zehnten Läuten schaltete sich die Mobilbox ein. Er legte auf und versuchte es gleich noch mal.

Als erneut ihr Anrufbeantworter in sein empfindliches Ohr plärrte, hinterließ er eine Nachricht: »Wo bist du? Melde dich endlich.«

Zu seiner Überraschung hörte er eine Stimme.

»Stefano?«

Eine Hand legte sich auf seine Schulter, und Luisa hielt ihm Francescas Handy unter die Nase. »Da kannst du noch hundertmal anrufen.« Sie schmunzelte. »Francesca hat gestern Nacht ihr Telefon und auch ihre Tasche und Jacke auf der Toilette der Bar liegen lassen.«

»Gib her«, sagte er unwirsch und riss ihr Tasche, Handy und Jacke aus der Hand. Ohne sich weiter um die verdutzte Luisa zu kümmern, ging er hinauf in seine Wohnung.

Dort brach die Sorge um Francesca wie ein Tsunami über ihn herein. Um sich abzulenken, begann er, den Inhalt ihrer Tasche zu untersuchen. Sekunden später hielt er Francescas Wohnungsschlüssel in der Hand. War sie zu Tomaso zurückgegangen und wohnte wieder im Hotel? Warum war sie dann aber zu später Stunde bei ihm in der Bar aufgetaucht? Das Ganze war ausgesprochen rätselhaft. Kurz entschlossen kippte er den restlichen Inhalt der Handtasche auf den Esstisch. Ein Lippenstift in einer abgeblätterten goldenen Hülse, ein Päckchen Papiertaschentücher, ein Kugelschreiber, einige lose Euromünzen, ein mittelgroßes Parfumspray, einige Kassenbons von Supermärkten, eine leere Pfefferminzbonbonhülle, ihre Kreditkarte und die Versicherungskarte fielen klappernd auf die Unterlage. Verlegen kratzte sich Stefano am Kopf.

Im Raum war es mittlerweile drückend schwül. Dicke Schweißperlen sammelten sich an seinem Haaransatz. Er nahm seine Brille ab und wischte sich mit einer Serviette über die Stirn. Wahrscheinlich sollte er Tomaso anrufen. Zuvor würde er jedoch bei Francesca vorbeischauen.

Sein Herz schlug schnell, als er, an Unmengen von Touristen vorbei, mit Riesenschritten die Promenade entlanghastete. Die hohe Luftfeuchtigkeit, verursacht durch den anhaltenden Regen der letzten Tage, legte sich wie ein bleierner Vorhang über die Stadt, und die Möwen, die sonst schimpfend über dem Hafen kreisten, flogen tief über den Gassen der Altstadt.

Die Eingangstür des Hochhauses war angelehnt. Er wartete nicht auf den Lift, sondern eilte die Treppe hinauf. Auf der ersten Etage begegneten ihm zwei Polizisten.

Einen der beiden kannte er flüchtig. Er blieb stehen und grinste ihn verschwörerisch an. »Na, der Barmann ist also auch auf der Suche nach der Ertrunkenen?«

Stefano, der das überhaupt nicht komisch fand, warf ihm einen verblüfften Blick zu. »So würde ich das nicht sagen.«

»Nein, natürlich, jetzt aber mal im Ernst«, setzte der Polizist neu an, und Stefano ärgerte sich darüber, dass den beiden anscheinend entgangen war, dass er es eilig hatte, »hast du etwas mitbekommen? Wobei, du wohnst doch gar nicht hier im Haus, oder etwa doch?« Wenn die immer so ermitteln, überlegte Stefano grimmig, führte den Gedanken aber nicht zu Ende, weil der zweite Polizist ihn jetzt scharf ansah und mit herrischer Stimme fragte: »Wenn Sie nicht hier wohnen, wohin sind Sie dann so flott unterwegs?«

Unangenehm berührt von dieser Einmischung in seine Privatangelegenheiten, entgegnete Stefano abweisend: »Ich wüsste zwar nicht, wieso das von Interesse sein sollte, aber ich besuche eine Bekannte.«

»Waren Sie vorgestern Abend vielleicht auch hier im Haus bei Ihrer Bekannten, womöglich sogar auf der Terrasse?«, setzte der Polizist nach und betonte das Wort »Bekannten«.

»Nein«, antwortete Stefano barsch und ging, ohne sich von einem der beiden Männer zu verabschieden, weiter. Er hörte, wie ihm ein laxes »Grüß Daniele von mir!« nachgerufen wurde, drehte sich aber weder um, noch antwortete er darauf.

Dumme, unfähige Kerle, dachte er aufgebracht.

Vor Francescas Wohnung starrte er angstvoll auf die braune Holztür und drückte dann nachdrücklich auf den Knopf der Glocke.

Als an seinem Fuß etwas raschelte, machte er erschrocken einen Schritt zurück und bückte sich. Aber da lag bloß eine Papiertüte. Stefano hob sie auf und drehte sie in seinen Händen, bevor er sie öffnete. Das Croissant darin war noch frisch. So wie es aussah, hatte Francesca sich tatsächlich wieder mit Tomaso versöhnt und nicht hier, sondern bei ihm im Hotel übernachtet. Stefano spürte, wie sich bittere Eifersucht in ihm auszubreiten begann. Er legte die Papiertüte zurück auf die Fußmatte. Dann gab er ihr einen festen Tritt und sah missmutig zu, wie sie den Gang hinuntersegelte.

4

Bibianas frisch manikürte rote Fingernägel trommelten ungeduldig auf die Tischplatte. Manche dieser Touristen waren so unmöglich, dass sie am liebsten vor Wut gebrüllt hätte. Unpünktlich und unzuverlässig.

Sie setzte sich gerade hin, drückte den Rücken durch und stellte sich vor, ein durchsichtiger Faden würde ihren Kopf in die Höhe ziehen. Genauso hatte sie es im Pilates-Kurs gelernt.

Seit einer knappen Stunde wartete sie nun schon auf das ältere Ehepaar aus Deutschland, das sich für drei, vier der zum Verkauf stehenden Wohnungen in den Häusern entlang des Kanals interessierte. Nachdem die beiden eine davon voraussichtlich nehmen würden, musste sich Bibiana in Geduld üben. Sie wischte einen unsichtbaren Krümel von ihrer strahlend weißen Bluse und zog den dunkelblauen Rock gerade. Bibiana war es wichtig, gut gekleidet zu sein. Ein perfektes Auftreten war für sie der halbe Job.

Kunden wie den Schweizer hatte sie am liebsten. Mayer hieß er, Claudio Mayer. Ein schöner Name für einen schönen Mann, fand Bibiana. Er war hereinspaziert, hatte sich eine Wohnung im Zipser-Haus angesehen und sofort, ohne auch nur mit der Wimper zu zucken, das Geld für vier Monate auf den Tisch gelegt.

Sie starrte durch die Fensterscheiben der Agentur und sah Stefano vorbeieilen. Gedankenverloren begann sie, mit ihrem Schlüsselbund zu spielen. Ein Lächeln umspielte ihre Lippen, als sie sich daran erinnerte, wie sie als junges Mädchen monatelang heftig für Stefanos Bruder geschwärmt hatte. Daniele war ganz eindeutig der attraktivste Mann, den sie je gesehen hatte. Wenn sie ehrlich war, hatte er ihr damals hundertmal besser gefallen als ihr Nachbar und späterer Ehemann, Fabrizio. Doch alles in allem, überlegte sie, hatte sie keinen Grund, unzufrieden zu sein. Fabrizio war ein wunderbarer Ehemann. Und als Lehrer für Geschichte hatte er sogar ausreichend Zeit, um ihr auch noch in der Agentur zu helfen. Sie strich über ihr glattes, fast schwarzes Haar und betrachtete sich in der spiegelnden Fläche des Schlüsselanhängers. So verkleinert sah es aus, als prangte ihr Gesicht auf einer antiken Gemme. Sie kniff die braunen Augen zu, bis nur noch zwei schwarz getuschte Wimpernschlitze übrig blieben. Auf ihre elfenbeinfarbene Haut war sie schon immer besonders stolz gewesen. Störend fand sie allerdings ihren Hintern. Der quoll aus jeder Hose und ließ Röcke meistens wie aufgeblasene Ballons an ihr aussehen.

Sie wollte Francesca anrufen und ein wenig mit ihr plaudern, um sich die Wartezeit zu verkürzen. Doch bei jedem ihrer Versuche schaltete sich nur die Mobilbox ein. Als sie zwei Stunden auf die deutschen Kunden gewartet hatte, stand sie schließlich auf, um das Büro zu verlassen. Sie hatte sich mit Fabrizio bei Gianni zum Mittagessen verabredet.

Bibiana schnippte mit den Nägeln, suchte in den unergründlichen Tiefen ihrer Handtasche nach dem Lipgloss und klapperte unzufrieden mit ihrem Schlüsselbund. Als sie die Tür zur Agentur versperrte, rief jemand ihren Namen.

Jetzt waren die Deutschen also doch noch gekommen und hinderten sie daran, ihr Mittagessen mit Fabrizio in Ruhe zu genießen.

5

Durst war die erste Empfindung, die zu ihr durchdrang.

Es war dunkel. Stockdunkel.

Erschrecken breitete sich in ihr aus.

Schlief sie? War das ein Traum?

Warum war es so dunkel?

Alles tat weh, und sie war wie ausgedörrt. Ihre Zunge klebte trocken am Gaumen. Behutsam tastete Franziska ihren Körper ab. Verletzt war sie anscheinend nicht.

Sie hatte keine Ahnung, wo sie sich befand.

War sie im Bett, im Badezimmer? Vor ihrer Wohnung, draußen in der Nacht?

Sie fror, ihr Atem ging schnell, und das Herz pochte wild. Mit der linken Hand fuhr sie über ihren Hinterkopf. Er fühlte sich feucht an, klebrig. Und da war eine dicke Beule.

Die vorübergehende Wachheit verzog sich, und sie fiel wieder in einen tiefen Schlaf.

In eine Welt, wo alles Traum war.

6

Flavio strich über seinen gewölbten Bauch und rülpste zweimal herzhaft. Er bemerkte, dass Benedetto ihm einen schiefen Blick zuwarf.

»Ist was?«

»Was soll denn sein?« Benedetto pfiff unbeschwert weiter vor sich hin.

»Sei leise, sonst reiß ich dir die Zunge aus dem Maul«, fauchte Flavio gereizt.

»Die Zunge?«

Flavio stellte zufrieden fest, dass Benedettos Stimme einen ängstlichen Unterton angenommen hatte.

»Genau«, entgegnete er grob. Augenblicklich verstummte Benedetto und kramte angelegentlich in einem Papierstoß, der zwischen ihnen auf dem Tisch lag.

»Finger weg.« Flavio fegte Benedettos Hand von den Blättern. »Welche Laus ist dir denn heute über die Leber gelaufen?« Benedetto stand auf. Er zog sich seinen hellblau-weiß gestreiften Sweater über den Kopf und murmelte undeutlich durch den Baumwollstoff: »Ich mache mich wohl besser auf den Weg.«

Allein in der Badehütte, fischte Flavio eine angebrochene Flasche Bier aus einem seiner grünen Gummistiefel. Er lehnte sich behaglich zurück und spülte die inzwischen warm gewordene Flüssigkeit hinunter. Angewidert verzog er das Gesicht und spürte mit der Zunge dem schalen, seifigen Geschmack des Biers nach.

»Ist auch nicht mehr das, was es einmal war«, grunzte er grimmig, richtete sich auf und drückte die Innenflächen seiner Hände heftig gegen seinen Nacken. Nach einem prüfenden Blick zur Tür spuckte er in weitem Bogen auf den Boden. Dann reckte er sich, dehnte seine Glieder und erhob sich. Wenn er keinen weiteren Ärger mit der Strandverwaltung bekommen wollte, musste er zumindest eine Anstandsrunde drehen. Noch immer galt es, Ausschau nach der angeblichen Wasserleiche zu halten.

Unbeholfen schlüpfte er in seine Cowboystiefel, griff nach einer Mülltüte und stülpte den verknautschten Westernhut über seine Locken. Als er die Tür öffnete, blies ihm der Wind eine Ladung Sand ins Gesicht. Er zog seinen Hut tiefer in die Stirn und stapfte fluchend mit dem schwarzen Plastiksack in der Hand zum großen Mistkübel unten am Strand.

Bei dem Wetter heute war weit und breit kein Badegast zu sehen. Angeekelt stülpte er den Inhalt des Kübels in den Müllsack, den er hinter sich her über den nassen Sand zu den Toiletten zog. Dort warteten wegen des heftigen Regens die restlichen übereinandergestapelten Säcke im Vorraum der Kabinen darauf, vom Reinigungstrupp abgeholt zu werden. Anscheinend waren die anderen Bademeister mit ihrer Arbeit schon fertig.

Manchmal stellte Flavio sich vor, der oberste Chef der Strandverwaltung zu sein. Er rieb sich die Hände und lachte hämisch auf, wenn er sich die vielen kleinen Schikanen durch den Kopf gehen ließ, mit denen er seine Untergebenen antreiben würde.

»Was ist mit dir los? Hast du im Lotto gewonnen, oder warum bist du so fröhlich?« Von Flavio unbemerkt, war Ernesto aufgetaucht und stand feixend vor ihm.

»Was glotzt du so?«, knurrte Flavio und wollte an Ernesto vorbei zur Tür hinaus, aber da hatte er die Rechnung ohne seinen Kollegen gemacht, denn der stellte sich ihm in den Weg.

»Na, ist der Durchgang zu schmal? Vielleicht solltest du dich mal etwas mehr bewegen, das ist gut für die Linie und die Gesundheit. Ein kleines Vögelchen hat mir gepfiffen, dass du diesen Sommer nicht überleben wirst, wenn du weiter so viel Bier säufst.«

Flavio schnaubte verächtlich. Seit Urzeiten gab es diese Rivalität zwischen Bademeistern und Rettungsschwimmern, den Kampf zwischen Meer und Strand. Die Rettungsschwimmer hatten ebenso wenig zu lachen wie die Bademeister und verdienten auch nicht mehr. Sie verfügten jedoch über ein schnittiges Motorboot und durften, wenn sie nicht gerade darin über die Wellen brausten, unter einem Sonnenschirm auf der Brücke herumlungern und Touristinnen begaffen. »Zieh Leine und kümmere dich um deinen eigenen Kram.«

Da jeder hier wusste, dass Ernestos Frau Nina ihn vor Kurzem betrogen und verlassen hatte, hob Flavio mit einem fiesen Grinsen und ausgestrecktem kleinen und Zeigefinger seine Hand. »*Cornuto*«, zischte er, Gehörnter, und spürte im nächsten Moment die schwielige Hand des Alten auf seiner Wange. »Au, das hat jetzt aber gesessen«, jaulte Flavio höhnisch auf und begann, provozierend vor Ernesto auf und ab zu tänzeln. Er hatte die Hände zu Fäusten geballt und fuchtelte damit verächtlich kichernd vor der Nase seines Kollegen herum. »Wage es ja nicht!«, schrie der Rettungsschwimmer aufgebracht und versetzte ihm einen so festen Stoß gegen die Rippen, dass Flavio die Luft wegblieb.

»Das wirst du mir büßen«, drohte er keuchend. »Wart's nur ab!« Während er sich mit hochrotem Kopf an Ernesto vorbei zur Tür hinausdrückte, überlegte Flavio angestrengt, wie er sich an dem Alten rächen konnte. Denn mit ihm machte man so etwas nicht. Niemand durfte ihn schlagen.

Und tatsächlich, als er schwitzend bei seiner Bademeisterhütte ankam, war ihm der perfekte Gegenschlag eingefallen: Er würde morgen früh, wenn alle noch schliefen, Ernestos Boot für eine ausgedehnte Spritztour entwenden.

Der würde blöd dreinschauen.

7

Maddalena bückte sich und zog die unterste Schublade ihres Schreibtisches auf. Darin verbargen sich, ordentlich in bunte Papiermappen abgeheftet, sämtliche unerledigte Diebstahldelikte. Sie nahm den obersten Ordner in die Hand und blätterte ihn rasch durch. Obwohl sie wusste, dass die meisten Diebstähle ohnehin nie aufgeklärt wurden, schlich sich dieses wohlbekannte Schuldgefühl ein, persönlich versagt zu haben, nicht effizient genug zu arbeiten.

Natürlich war Maddalena klar, dass es ihren Kollegen nicht anders erging. Der Umgang mit der niedrigen Aufklärungsrate war jedoch verschieden: Während viele der männlichen Mitarbeiter sie als gegeben hinnahmen, begehrten die weiblichen eher auf und setzten ihren persönlichen Ehrgeiz daran, sich, den Vorgesetzten und den Mitarbeitern zu beweisen, dass es auch anders ging.

Genau aus diesem Grund überflog Maddalena den Fall. Sie stützte ihre Ellbogen auf die Schreibtischplatte, legte die Handflächen an ihre Schläfen und vertiefte sich in die Protokolle. Die Mappe balancierte sie auf ihren Knien.

Wie in den meisten Fällen ging es auch hier um den Diebstahl persönlicher Wertgegenstände: Eine junge Familie hatte an einem der Frühlingsabende ihr Auto am Kanalufer abgestellt und war durch die Altstadt gebummelt. Leider war in der Zwischenzeit der Wagen von Dieben ausgeräumt worden. Jede der vielen Mappen enthielt eine ähnliche Geschichte, und alle würden irgendwann im Archivschrank zu den unaufgeklärten Fällen wandern und dort verstauben.

Ihr Vater hätte diese erfolglose Suche mit seiner ewigen Jagd nach den Wühlmäusen und Maulwürfen in seinem Garten verglichen.

Maddalena atmete tief durch und legte die Mappe resigniert zurück zu den anderen in die Schreibtischlade. Irgendwann würde sie sich jeden Ordner noch mal einzeln und gründlich vornehmen. Sie ließen ihr ja doch keine Ruhe.

Genau wie die großen Fälle. Zum Glück gab es momentan nur den einen, der, genauer betrachtet, nicht einmal einer war: Die angeblich Ertrunkene war nicht gefunden worden. Es hatte bislang auch keine Vermisstenmeldung gegeben, die dazu passte. Inzwischen glaubte auch sie, dass es sich bei der Meldung um die überreizte Phantasie einer alten Frau gehandelt hatte.

Sie stand auf und streckte sich. Jetzt brauchte sie einen starken Kaffee.

Als hätte er ihre Gedanken gelesen, erschien in diesem Moment Piero Zoli, einer ihrer Beamten. Er hielt eine chromfarbene Thermoskanne in der Hand. »Espresso, Commissaria?«

»Gern.« Maddalena sah den komischen Kauz mit der Hakennase dankbar an. »Sie bewähren sich zunehmend als Hellseher.«

Piero Zoli schenkte ihr ein Lächeln. Umständlich goss er den Kaffee in eine kleine Espressotasse und stellte sie vor Maddalena auf den Schreibtisch. Der angenehme Duft von frisch gerösteten Kaffeebohnen stieg ihr in die Nase. Der Kollege bemerkte ihren fragenden Blick und erklärte stolz: »Von Mama. Sie macht den besten Kaffee«, dann brach er verlegen ab.

Maddalena, die sich ein Grinsen nicht verkneifen konnte, fragte schnell: »Gibt es irgendwelche neuen Erkenntnisse?«

Es folgte eine unbehagliche Pause. »Äh? Sie meinen, wegen der Wasserleiche?«

»Haben wir denn eine?«, fragte Maddalena mit kritisch erhobener Augenbraue.

»Ich werde mich sofort erkundigen«, entgegnete der Polizist, dem ihr Sarkasmus gänzlich entgangen war, eifrig.

»Zoli«, sie musste sich zurückhalten, um nicht die Augen zu verdrehen, »so war das nicht gemeint. Ich weiß, dass es noch keinen Leichenfund gibt. Die angeblich Ertrunkene gilt aber erst dann als Wasserleiche, wenn ihr toter Körper im Meer oder auf dem Strand gefunden wird. Verstanden?«

»Ich verstehe, Chefin.«

Wieder musste Maddalena ein Lachen unterdrücken. Auch wenn sie sich mitunter über Zolis umständliche, geradezu begriffsstutzige Art ärgerte, konnte sie ihm nicht wirklich böse sein.

»Habt ihr etwas Neues erfahren? Gibt's weitere Zeugen? Sind die Bewohner im Zipser-Haus, im Hotel und in den anderen angrenzenden Häusern inzwischen alle befragt worden? Was sagen die Bademeister?«, hagelten ihre Fragen auf ihn ein.

»Eigentlich gibt es nichts Neues. Niemand hat etwas gesehen oder gehört«, antwortete er knapp und legte dabei seine Hände an die Hosennähte.

»Danke, Zoli.« Maddalena trank den Espresso mit einem großen Schluck. Dann nickte sie anerkennend. »Und Sie hatten recht. Dieser Kaffee übertrifft wirklich alles.«

»Falls ich noch etwas für Sie tun kann …«, entgegnete er erfreut.

»Allerdings, Zoli, das können Sie.« Maddalena zog nochmals die untere Schreibtischlade auf und holte die Akten heraus. »Sehen Sie doch bitte mit dem Kollegen Lippi einmal in Ruhe diese Ordner hier durch. Vielleicht erkennen ja Sie einen Zusammenhang, der mir bisher entgangen ist? Möglicherweise steckt eine Diebesbande aus dem Osten dahinter?«

Ergeben nahm er ihr die bunten Papiermappen ab. Maddalena konnte sehen, wie eine bläuliche Ader auf seiner Stirn zu pochen begann.

Als er den Raum verlassen hatte, warf sie einen schnellen Blick aus dem Fenster. Bleierne Wolken hingen über der Stadt. Das

Polizeirevier lag in einer Parallelstraße zum Meer, fast schon in der Pineta. Von außen erinnerte es an den Hochsicherheitstrakt einer militärischen Einrichtung, aber hatte man die Türen erst einmal durchquert, befand man sich in einer gänzlich anderen Welt. Alles hier war staubig und roch modrig. Sowohl Mobiliar als auch Technologie waren veraltet. Die Holzböden knirschten bei jedem Schritt. Vielleicht war es der merkwürdige Widerspruch von Äußerem und Innerem des Kommissariats, der Maddalena zu ihrer Überraschung feststellen ließ, dass sie sich hier langsam wohlzufühlen begann.

Unschlüssig, was sie als Nächstes tun sollte, lehnte sich Maddalena auf ihrem Bürostuhl zurück. Die Beine in den Lederstiefeln streckte sie dabei weit von sich. Ganz zu Beginn ihrer Arbeit hatte sie, zur Erheiterung der Kollegen, auf dem Ankauf eines ergonomischen Stuhles bestanden. Diese Entscheidung hatte sich bewährt, denn im Unterschied zu den anderen, die stundenlang auf ihren kümmerlichen Stühlen lümmelten, hatte sie keine Rückenprobleme. Wahrscheinlich lag das auch daran, dass sie neuerdings einmal die Woche zu einer Gymnastikgruppe ging. Wie ein gestrandeter Käfer auf dem Rücken auf einer Matte liegend, dehnte sie gleichförmig mit anderen die Glieder und betrachtete dabei das Stuckrelief an der Decke des alten Hauses.

Ein Gefühl fiebriger Unruhe erfasste Maddalenas Körper, und sie sah Franjos Gesicht vor sich.

Aufgeregt nestelte sie in der Tasche ihrer Bluejeans nach ihrem Handy, drückte auf eine Taste und betrachtete forschend das Display. Zu ihrer Enttäuschung war da nichts. Weder gab es eine Mitteilung über eine neue Nachricht in ihrer Mobilbox, noch fand sie ein Briefchen, das ihr eine SMS ankündigte. Dabei hatte sie nach dem Abend gestern bei Gianni so fest damit gerechnet.

Ein zartes Lächeln breitete sich beim Gedanken an das Essen mit Franjo auf ihrem Gesicht aus, malte einen Hauch Rosa auf ihre spitzen Wangen und ließ ihre Züge weicher scheinen.

Samstag

1

Franziska kam würgend zu sich.

Ihr Magen zog sich schmerzhaft zusammen. Die Übelkeit breitete sich schubartig in ihrem Körper aus und verdrängte die grellgelben Blitze in ihrem Kopf. Eine Riesenmenge Speichel sammelte sich in ihrem Mund, und sie begann krampfhaft zu schlucken. Sie fürchtete, sich im nächsten Moment übergeben zu müssen. Zu ihrer großen Erleichterung geschah jedoch nichts.

Mit sausenden Ohren verbrachte sie die nächsten Minuten damit, sich darauf zu konzentrieren, das Unwohlsein unter Kontrolle zu bekommen und nicht wieder ohnmächtig zu werden.

Es war so dunkel um sie herum.

Als der Brechreiz vorüber war, richtete sie sich auf und ließ ihre Finger vorsichtig über den glatten, kalten Boden wandern.

Da war nichts, was sie erkennen oder zuordnen konnte.

Kein Nachttisch, kein Glas Wasser, kein Bett. Kein monotones Ticken ihres Weckers.

Weder der Lärm der Straße noch das vertraute Rauschen des Meeres.

Nichts. Nur pechschwarze Finsternis.

Franziska hatte keinen blassen Schimmer, wo sie sich befand.

Zusammengekauert, mit bebenden Schultern, lehnte sie erschöpft und verwirrt an einer glatten Wand und versuchte verzweifelt, das dunkle Dickicht ihrer Erinnerung zu durchdringen.

Waren da nicht eben noch Bäume gewesen?

Ein Wald, eine Quelle, ein Reh?

Litt sie unter Wahnvorstellungen?

Fieberbildern?

Traumphantasien?

Gelbe, hellblaue und rosarote Blüten schwebten über hellgrünen Wiesen.

Sie war durch einen tiefgrünen Wald gewandert und hatte sich unter hohen, schattigen Bäumen auf einem weichen Moosteppich niedergelassen, das entfernte Flüstern eines Baches und das Sprudeln einer nahen Quelle im Ohr. Es roch nach Pilzen und Wiesenblumen. Ein junges Reh legte sein vorwitziges schwarzes Näschen in ihre

Handfläche und sah sie aus samtbraunen Augen bittend an. Aber sie konnte nicht helfen, wusste nicht, was zu tun war. Dann war der Bach auf einmal direkt neben ihr geflossen und das Wasser rot geworden. Ein Schauer jagte über ihren Körper, und sie verbot es sich, weiter an den Wald zu denken, der sich von einer Oase in eine düstere Zauberwelt verwandelt hatte.

War das real oder nur in ihren Träumen passiert?

Sie betastete die Beule an ihrem Hinterkopf.

Hatte sie im Badezimmer erneut das Bewusstsein verloren und war gegen die Fliesen gekracht? Wie vor ein paar Tagen schon? Vielleicht war dabei die Narbe wieder aufgeplatzt.

Natürlich, so musste es sein.

Um Nase und Mund schien Blut zu sein, es fühlte sich warm und klebrig an und schmeckte salzig. Dazu verspürte sie eine latente Übelkeit, quälenden Durst, Schwindel, Ohrensausen und einen stechenden Schmerz in ihrem Kopf.

Durst.

Franziska wurde von dem Gefühl überwältigt.

Sie musste trinken.

Sofort.

Ihr fiel etwas ein, und sie erschrak.

Sie war krank.

Sie musste ins Krankenhaus nach Triest zur Untersuchung.

»Stefano«, murmelte sie.

Er würde vor Sorge um sie im Kreis laufen.

Da sie hier in ihrem Badezimmer auf dem Boden saß, mit einer blutenden Wunde am Hinterkopf, war sie ja wohl nicht wie verabredet bei ihm erschienen.

Oder war es noch gar nicht neun Uhr?

Sie hatten sich vor der Bar am Hafen treffen wollen, um dann gemeinsam mit dem Motorrad ins Spital nach Triest zu fahren.

Nein, Stefano hatte ihr sogar angeboten, das Auto zu nehmen, erinnerte sie sich jetzt.

Welcher Tag war heute? Sie musste Stefano anrufen. Wo war nur ihr Handy?

War es noch gestern oder schon morgen?

Franziska zog ihre Knie an den Körper und schlang die Arme

darum. Gedanken kamen und gingen, ebenso Erinnerungen und Gefühle. Der Schmerz in ihrem Hinterkopf, das Brummen in ihren Ohren, die allumfassende Dunkelheit und vor allem der Durst quälten sie beharrlich.

2

Der Morgen graute und tauchte den Himmel in ein zartrosa Licht. Flavios Herz schlug bis zum Hals. Auch wenn er ständig vorgab, unerschrocken zu sein, war er ein furchtsamer Mensch. Und jetzt hatte er höllische Angst.

Nachdem er ausgiebig nach rechts und links geblickt hatte, kletterte er über die scharfkantigen, vom Morgentau nassschwarz glänzenden Steine. Seine elektronische Bademeisterkarte wollte er aus Vorsicht nicht benutzen. Niemand sollte seinen frühen Gang zum Strand später nachvollziehen können.

Mit einem Riesensprung landete er unsanft auf dem nassen Sand. Sein Herz veranstaltete einen wilden Trommelwirbel in seiner Brust. Rasch drehte er sich um. Aber im Schatten des Zipser-Hochhauses stand keiner, der ihn beobachtete. Seine Augen suchten den Strand ab, doch außer ein paar Möwen, die mit eingezogenem Kopf hinter den Liegestühlen kauerten, war auch da niemand. Er schlich gebückt über den klebrig nassen Sand und ärgerte sich darüber, dass seine Cowboystiefel dabei schmutzig wurden. Normalerweise vermied er es, mit seinen geheiligten Tretern so nahe ans Wasser zu laufen.

Vom Meer her wehte ein scharfer Wind, und er zog seinen Lederhut schützend in die Stirn.

Weiter vorne blitzte es silbern auf. Erfreut blieb er stehen und rieb sich die Hände. Das Motorboot lag am Strand, als würde es auf ihn warten.

Das würde ein Spaß werden!

Er hatte den perfekten Plan, wie er Ernesto zur Weißglut treiben konnte. Aber jetzt galt es erst einmal, das Boot flottzumachen. Er bückte sich und löste die Schiffsleine vom Sockel des Sonnenschirms. Dann zog er das Boot über den knirschenden Sand zum

Wasser. Ein paar Möwen hoben ihre Köpfe aus den Federn und starrten ihn missbilligend an.

»Blöde Tauben«, zischte er ihnen zu, und ein Gefühl hämischer Genugtuung erfüllte ihn. Befriedigt sah er, wie die Vögel sich in die Luft erhoben und schimpfend davonsegelten.

Er war allein. Im Stehen zog er Socken und Stiefel aus und legte sie ins Boot. Den Plastiksack, den er über seine Schulter geworfen hatte, schleuderte er in hohem Bogen hinterher. Als er über die Reling hinausschoss und in den Ausläufern der Wellen landete, hob er ihn fluchend auf. Er schüttelte die Wassertropfer vom schwarzen Kunststoff, legte den Sack auf den Sitz im Boot und krempelte seine graue Jogginghose hoch. Dann nahm er die Leine in beide Hände und watete rückwärts Schritt für Schritt durchs seichte Wasser.

Das Meer war ruhig heute Morgen. Weit draußen kräuselte es sich zart. Er zog das Boot so lange hinter sich her, bis das Wasser seine Knie berührte. Die Leine fest umklammernd, stieg er hinein.

Ein Gefühl der Erleichterung breitete sich in ihm aus, als der Motor nach dem dritten Ziehen brummend ansprang und eine hellgraue Rauchwolke ausstieß. Anscheinend hielt der alte Ernesto sein Boot gut in Schuss.

Zufrieden ließ Flavio sich auf die Bank fallen, streckte seine Beine von sich, schob den Hut in den Nacken und steuerte aufs offene Meer hinaus. Jetzt gefiel ihm die Morgenstimmung mit ihren zarten Farben. Alles rundherum schien unverbraucht, wie neu gekauft: das leicht gewellte grünblaue Wasser, der watteweiche Himmel, sogar das helle Kreischen der Möwen, die aufgeregt über das Boot flatterten, war angenehm. Vielleicht war ja doch was dran an der Schönheit der Mutter Natur.

Er dachte darüber nach, Antonella nächsten Monat an ihrem Hochzeitstag zu einem Abendessen auszuführen. Vielleicht würde er einen Tisch auf der Terrasse des neuen Restaurants, direkt an der Meerpromenade, für sie reservieren und seine Frau mit einem prachtvollen Sonnenuntergang beeindrucken. Ja, genau, das würde er machen. Vergnügt fing er zu pfeifen an, während der Fahrtwind mit seinen Locken spielte. Hinter den Bojen drehte er scharf nach rechts. Begeistert sah er, wie das Wasser in einer weißen Fontäne aufspritzte.

So machte das Leben Spaß.

Um die Mole machte er einen weiten Bogen und fuhr dann in das graublau schimmernde Wasser parallel zur Uferpromenade ein. Das Hochhaus warf einen dunklen Schatten auf den Strand. Er fuhr jetzt gen Westen, die aufgehende Sonne im Rücken.

Er stellte den Motor ab und zog sich im sanft schaukelnden Boot bis auf die Badehose aus. Seine Kleidung, Stiefel und Hut packte er in den Plastiksack. So blieben seine Sachen trocken. Mit einem kräftigen Schwung schleuderte er den Sack über die Felsbrocken und das Wasser, das sich dort häufig ansammelte, bis hin zur zweiten Reihe der schwarzen Steine. Volltreffer. Zufrieden schnäuzte er sich mit den beiden Fingern der rechten Hand und beutelte den Schleim ins Wasser. Dann startete er den Motor erneut und wendete grinsend das Boot.

Direkt vor ihm ragte jetzt die geschwungene Delphinskulptur aus dem Meer. Dahin wollte er. Dort würde er das Boot befestigen und dann ans Ufer schwimmen. Ernesto würde sicher einen Mordsschreck bekommen, wenn er bemerkte, dass sein Heiligtum sich nicht mehr an seinem gewohnten Platz befand. Bis er es hier draußen entdeckte, würde einige Zeit vergehen.

Die aufgehende Sonne tauchte alles in ein unwirkliches Licht und ließ den Himmel leuchten. Hätte Flavio sich umgedreht, er wäre beeindruckt gewesen von der riesigen tieforangen Kugel, die im Osten emporstieg. Aber er blickte nicht zurück. Auch nicht voraus. Er sprang blindlings hinein ins kühle Wasser.

Während er in das schillernde Blau eintauchte, hielt er das Tau fest in seiner Hand. Mit geschlossenen Augen und angehaltener Luft tastete er unter Wasser die rostigen Verstrebungen der Skulptur ab und schlang das Seil einige Male um eine der Metallstreben. Als er sich daranmachte, die Schlinge zu verknoten, berührte er etwas Weiches, Glitschiges und riss, in der Annahme, von einem Fisch oder einer schleimigen Qualle gestreift worden zu sein, erschrocken die Augen auf. Zuerst konnte er im aufgewühlten Wasser nichts erkennen. Das Salz brannte in seinen Augen und vernebelte seinen Blick. Dann sah er das weiche Ding an der Verstrebung der Delphinskulptur baumeln. Und erkannte, was es war. Entsetzt wollte er aufschreien und bekam den Mund voller Wasser.

Was vor ihm im trüben Wasser trieb, war eine Leiche. Eine leblose Frau, die ihn aus toten Augen anstarrte.

Nichts wie weg hier! Durch die hektische Drehbewegung verhedderte sich Flavios linker Fuß im Seil. Außer sich vor Panik riss er daran, aber der Knoten hatte sich bereits fest über seinem Knöchel zusammengezogen. Die Luft ging ihm aus, in seinen Ohren rauschte das Blut, und er zappelte wild.

Mit letzter Kraft rammte er den Fuß heftig gegen die Verstrebungen, versuchte, mit Mund und Nase die nur wenige Zentimeter entfernte Wasseroberfläche zu erreichen. Doch es gelang ihm nicht. Er schnappte nach Luft und schluckte noch mehr Salzwasser. Seine Gedanken rasten in schneller Abfolge, aber zusammenhanglos durch seinen Kopf. Eines jedoch war ihm völlig klar: Er würde ertrinken.

Noch einmal wallte heiße Panik in ihm hoch, dann breitete sich in seinem Innersten wächserne Gleichgültigkeit aus.

Flavios letzte Wahrnehmung war ein großes, ungläubiges Staunen darüber, dass nun alles zu Ende sein sollte, bevor es wirklich angefangen hatte.

3

Angelina Maria spürte Schmerz in ihren Handgelenken. Vorsichtig versuchte sie, ihre Hände zu bewegen. Erfolglos. Sie hob ihren Kopf, öffnete die Augen und erkannte ihre missliche Lage: Sie war im Krankenhaus.

Wieder einmal lag sie auf dem Rücken im Bett wie ein gestrandeter Käfer, die Arme und Beine an Pfosten gebunden. Man hatte sie fixiert.

Qualvoll war das und entwürdigend obendrein.

Doch die Stimmen der Dämonen waren leiser geworden. Kaum mehr als ein Flüstern, ein Raunen war noch zu vernehmen.

»Na, aufgewacht?«, hörte sie eine sanfte Stimme durch den sie umgebenden blauen Nebel sagen. Die kleine rothaarige Schwester, die sich jetzt freundlich über sie beugte, kannte sie schon von ihren letzten Aufenthalten. »Dann wollen wir uns bemühen, noch ein wenig zu schlafen. Später sieht alles schon ganz anders aus. Brauchen wir denn noch eine Tablette?«

Angelina Maria, die zwar alles in verschwommenen Farben wahrnahm, die Worte jedoch klar und deutlich verstand, ärgerte sich über die vereinnahmende Mehrzahl. »Ich darf schlafen, Sie nicht!«, giftete sie. »Auch wenn ich genau weiß, dass Sie es trotzdem tun. Und Tabletten brauchen Sie jeden Tag eine, um nicht von dem Assistenzarzt mit den blauen Augen schwanger zu werden, mit dem Sie ein Verhältnis haben. Ich weiß das, denn ich bin ja nicht dumm.«

Die Schwester legte erschrocken den hübsch manikürten Zeigefinger auf die rosa gefärbten Lippen und flüsterte: »Psst! Es müssen ja nicht alle wissen. Hier, Ihre Tablette, *principessa*. Ach, übrigens«, sie hob Angelina Marias Kopf und schob ihr eine gelbe Pille zwischen die Lippen, »wir alle hier finden, dass Sie eine kluge Frau sind und kein bisschen dumm.«

Ein erfreutes Lächeln glitt über Angelina Marias faltige Züge, während sie gehorsam die Tablette schluckte. Mit Wasser aus dem Becher, den die Schwester ihr fürsorglich an die Lippen hielt, spülte sie nach. »Binden Sie mich doch bitte los«, bat sie mit unsicherer Stimme und wusste, dass ihrem Wunsch nicht nachgegeben werden würde. »Ich fackle schon nicht die Klinik ab«, beteuerte sie, wurde aber von der Schwester unterbrochen.

»Das entscheide nicht ich. Spätestens zu Mittag werden Sie sicher wieder losgebunden, vorausgesetzt, Sie schlafen jetzt noch eine Runde.« Sie senkte ihre Stimme und fügte fast unhörbar hinzu: »Bitte machen Sie uns keine Probleme.«

Erschöpft ließ Angelina Maria ihren Kopf ins Kissen sinken und sah der davoneilenden Krankenschwester nach. Sie versahen ja alle nur ihren Dienst. Manche besser, manche schlechter.

Bevor die Dunkelheit sie erneut umfing, versuchte sie, das Wirrwarr in ihrem Kopf zu durchdringen und sich daran zu erinnern, was der Grund dafür gewesen war, dass sie nun hier im Krankenhaus lag, angegurtet und kaum bei Sinnen.

Die Dämonen waren sehr böse mit ihr gewesen, und das aus gutem Grund.

Sie hatten so lange laut geschimpft, gewütet, geschrien, getobt und sie mit ihren Klauen malträtiert, bis sie es nicht mehr aushalten konnte. Bis die heilige Zahl Sieben vor ihr stand und ihr ihre unverzeihliche Sünde vor Augen führte, mit den aufgespießten Buchstaben: U N T R E U E.

Sie hatte nicht verhindern können, dass Giuseppe da war. Und so sehr sie sich auch bemühte, sie hatte ihn nicht fassen, nicht fortjagen können. Denn er war wie eine Holz-Marionette durch die Dämonenkette gehüpft. Unentwegt war er vor- und zurück-, vor- und zurück-, vor- und zurückgesprungen, bis sie es vor lauter Schwindel nicht mehr länger hatte ertragen können.

»Halt!«, hatte sie gerufen.

Aber Giuseppe hatte sie nur mit seinen großen Augen angelächelt und mit seinen vollen Lippen schmeichelnd geflüstert: »Weißt du noch?«

Ja, Angelina Maria wusste noch. Sie wusste um den Verrat, den sie begangen hatte. Sie wusste um ihre Untreue.

Je stärker das Schlafmittel wirkte, je müder sie wurde, desto bunter und strahlender wurden die roten Farben ihres Betrugs.

In Rom war ihre Zwillingsschwester krank geworden. Von einer Sekunde auf die andere hatte sie hohes Fieber bekommen und musste im Hotelzimmer liegen. Der Arzt wurde gerufen, diagnostizierte eine Grippe und verordnete strenge Bettruhe. Nun kam alles, wie es kommen musste: Angelina Maria und Giuseppe machten sich gemeinsam auf den Weg, die Stadt zu erkunden.

Begonnen hatte es bei Champagner, Roastbeef und Kerzenschein. Sie hatten sich im flackernden Schein der Lüster zugelächelt, und je heftiger die Champagnerbläschen in ihr prickelten, desto beschwingter und übermütiger hatte sie sich gefühlt. Bis Giuseppe über den Tisch hinweg ihre Hand nahm und flüsterte: »*Bella mia*. Du, und nur du, bist meine wahre Liebe. Wie konnte ich so blind sein?«

Da hatte sie ihre Schwester vergessen.

»Ich habe es schon immer geahnt«, gestand sie glücklich. »Wir beide sind füreinander bestimmt.«

Er hatte ihre Hand genommen und war mit ihr hinauf in ihr Zimmer gegangen. Dort waren sie aufs Bett gefallen und hatten einander ewige Liebe geschworen.

Angelina Maria war jetzt schon fast im Traum, aber sie wusste noch, dass Giuseppe von da an drei Nächte hintereinander zu ihr gekommen war, sie in seinen Armen gewiegt und geliebt hatte, während im Nebenzimmer die geliebte Schwester, ihr verratener Zwilling, von Fieberträumen geplagt wurde.

Gestern Nacht war das Licht der Taschenlampe zu schwach gewesen, um die bösen Stimmen der rächenden Dämonen zu bannen. In einem fort hatten sie ihr lauthals das schrille Lied ihrer unglücklichen Liebe und ihres Betruges vorgesungen.

Erst das Feuer hatte geholfen.

Ein wenig war sie sich wie das Mädchen mit den Schwefelhölzchen vorgekommen. Als ihre Verfolger sich im knisternden Feuer auflösten, war sie endlich frei gewesen.

Die Wucht der Wassermassen hatte sie in eine Ecke geschleudert. Gegen die helfenden Hände der Feuerwehrmänner hatte sie sich keuchend gewehrt, zugebissen und gekratzt. Und darüber alles andere vergessen.

Giuseppe fiel ihr wieder ein, die Art, wie er mit seinen schlanken Fingern das Weinglas gehalten und die rubinrote Flüssigkeit kreisend hin- und hergeschwenkt hatte. Hin und her. Auf und ab, wie die grünen Wellen, in denen die Meerjungfrau geschwommen war. Auf und ab.

Bis sie schließlich ertrank.

4

Mit einem Satz sprang Stefano aus dem Bett. Wütend riss er sich das weiße T-Shirt vom Leib und pfefferte es in eine Ecke seines Schlafzimmers.

Wenig später stand er mit nacktem Oberkörper und ohne Brille vor dem Badezimmerspiegel. Er sprühte Rasierschaum in seine Handflächen und verteilte ihn auf seinem Gesicht. Dann drehte er den Hahn weit auf und hielt den Rasierer unter den heißen Wasserstrahl. Bahn für Bahn schabte er den weißen Schaum aus seinem Gesicht, drückte eine blau-weiße Linie Zahnpasta auf die Bürste und begann systematisch zuerst in senkrechten, dann in waagrechten Bewegungen, seine Zähne zu putzen. Er beugte sich über das Waschbecken und spuckte aus. Mit der hohlen Hand schöpfte er Wasser in seinen Mund. Er gurgelte einige Male, spuckte das Wasser ins Porzellanbecken und sah zu, wie es im Ausfluss verschwand.

Nachdem er ausgiebig geduscht und sich abfrottiert hatte, schüttete er einige Spritzer Aftershave in seine Hände, klopfte es auf seine behaarte Brust und verrieb den Rest im frisch rasierten Gesicht. Das feuchte Badetuch warf er in den Wäschekorb.

Nun fühlte er sich besser. Während des Erfrischungsrituals hatte er es sich streng verboten, weiter zu grübeln.

An Schlaf war heute Nacht nicht zu denken gewesen, ständig hatte ihn die Frage nach Francescas Verbleib gequält. Noch vor dem Morgengrauen war er aufgestanden, war ans offene Fenster getreten und hatte in tiefen Zügen die frische Meerluft eingeatmet. Die hellen Segel der Jachten waren kaum zu erkennen gewesen, so satt war die Finsternis, die über dem Hafen lag. Die Nacht war fast schwarz. Der Mond kam hinter den dicken Wolkenbänken nicht hervor.

Nervös und angespannt war er wieder und wieder das Gespräch mit Francesca im »Patriarchen« durchgegangen. Trotzdem fand er keinen Hinweis, der ihr Verschwinden erklärt hätte. Ihre Verabredung war klar und eindeutig gewesen: Um neun Uhr vor der Bar. Daran gab es keinen Zweifel.

Die zweite Sache, die ihm zu schaffen gemacht hatte, war Francescas nächtlicher Besuch in seiner Bar. Luisa hatte betont, Francesca sei bereits stark angetrunken gewesen und habe sich in einem absoluten Ausnahmezustand befunden.

Schnell schlüpfte er in Boxershorts, Jeans und zog ein frisches Poloshirt über seinen Kopf.

Im Treppenhaus stieg ihm der Duft frischen Kaffees in die Nase. Er überhörte das heftige Knurren seines Magens und öffnete die Haustür. Matte Helligkeit empfing ihn, die schweren Wolkenbänke der Nacht hatten einem grau gestreiften Himmel Platz gemacht.

Luisa war bereits in der Bar und würde so lange bleiben, bis er sie ablöste. Auch für die nächsten Tage war das so vereinbart.

Eigentlich hatte Stefano vorgehabt zu warten, bis Daniele den Laden aufsperrte, um sich die Meinung seines Bruders anzuhören.

Doch er wurde vom hektischen Treiben auf der Straße überrollt und beschloss, sofort zum Hotel zu gehen.

Ja, er würde Tomaso besuchen. Wesentlich beschwingter, als ihm innerlich zumute war, machte er sich auf den Weg.

Im Hotel war dann alles einfacher, als er es sich vorgestellt hatte. Tomaso stand in weißem Hemd und dunkler Hose im Foyer und verabschiedete sich von abreisenden Gästen. Als er Stefano sah, hob er überrascht eine Augenbraue, winkte ihm mit einer knappen Geste zu und bat ihn mit einer Kopfbewegung, kurz Platz zu nehmen.

Stefano hob abwehrend seine Hände, aber da Tomaso ihn nicht weiter beachtete, ließ er sich unwillig in den tiefen Fauteuil gegenüber der Rezeption fallen.

Der Raum wirkte kühl, vielleicht durch seine Weitläufigkeit und die matten, in einem hellen Sandton gehaltenen Wände. Alles hier sah edel aus. Pflanzen standen in übergroßen Terrakottatöpfen in allen vier Ecken der Halle. Der einzige Wandschmuck war eine Galerie unterschiedlicher Bilder einheimischer Künstler. Tomaso gefiel sich in der Rolle des Gönners junger, aufstrebender Maler.

Stefano sah sich die Gemälde der Reihe nach an, konnte aber nichts mit ihnen anfangen. Der schwarz-weiße Marmorfußboden in der Hotelhalle war angenehm kühl, und er schlüpfte unbemerkt aus den Mokassins und stellte die Füße auf die glatten Fliesen.

Ein schwerer Duft hing in der Luft, wahrscheinlich von den langstieligen Blumen mit den großen weißen Blüten in der Bodenvase. Lilien, vermutete er.

»Was ist los?«

Tomaso stand vor ihm und starrte ihn aus seinen stahlgrauen Augen kalt an. Stefano erhob sich instinktiv, wohl um die Größenverhältnisse dadurch zu regulieren, und schlüpfte unauffällig in seine Mokassins. »Ich möchte gern mit Francesca sprechen«, sagte er und ärgerte sich im gleichen Moment über seinen unterwürfigen Ton.

»Dann tu es doch. Was brauchst du mich dazu?«, murrte Tomaso und zog seine buschigen Augenbrauen zusammen.

Stefano atmete tief durch und fuhr sich mit der Hand durchs

Haar, dann antwortete er eine Spur freundlicher »Würde ich ja. Aber ich kann sie nicht erreichen.«

»Und da nimmst du an, du findest sie bei mir? Du hast ihre Nummer und weißt, wo sie wohnt. Lass mich damit in Ruhe.« Tomaso warf ihm einen abweisenden Blick zu, und Stefano wurde langsam ungeduldig.

»Ich sagte schon, sie ist unerreichbar.«

»Für dich sicher.« Tomaso lachte spöttisch auf und wandte sich zum Gehen. »Das war dann wohl alles?«

»Tomaso, du hast dich doch vorgestern mit Francesca zum Abendessen getroffen. Seid ihr wieder zusammen? Ist sie bei dir?« Stefanos Stimme klang nun zornig.

Tomaso drehte sich augenblicklich wieder zu ihm um. »Nein. Sie ist nicht bei mir«, antwortete er knapp und fuhr dann mit veränderter Stimme fort: »Was meinst du eigentlich damit, dass sie nicht erreichbar ist? Heißt das, sie ist verschwunden? Eben noch da und jetzt fort? So wie Alice im Wunderland?«

»Genauso ist es.«

Tomaso bedeutete ihm, sich wieder zu setzen, und winkte den jungen Kellner herbei, der eben das Foyer durchquerte. »Zwei Espressi«, bestellte er, ohne Stefano eines weiteren Blickes zu würdigen, und zog ein Handy aus seiner Hosentasche. »Das haben wir gleich«, murmelte er und suchte im Telefonverzeichnis eine Nummer.

Während er darauf wartete, dass die Verbindung hergestellt wurde, tippte er ungeduldig mit der Fußspitze auf den Marmorboden. Stefano nahm einen Kugelschreiber vom Glastisch, der zwischen den Fauteuils stand, und begann, geistesabwesend am Plastik zu kauen.

»Mobilbox«, stellte Tomaso nach einer Weile überrascht fest und runzelte dazu bekräftigend die Stirn.

»Wundert mich überhaupt nicht«, entgegnete Stefano spitz und hielt ihm Francescas Mobiltelefon unter die Nase. »Der Akku ist inzwischen leer.«

»Du willst mich wohl verarschen.« Tomaso sprang auf ihn zu. »Wenn das ihr Handy ist, was ich schwer vermute …«

»Es reicht. Stopp.« Stefano unterbrach ihn mit gefährlich ruhiger

Stimme. »Du weißt also auch nicht, wo sie ist. Ich bin wirklich überrascht, dass du dir bisher anscheinend noch gar keine Sorgen gemacht hast. Immerhin ist Francesca immer noch deine Ehefrau. Weißt du denn nicht, dass sie ernstlich erkrankt ist?«

»Ach, so nennt sich das also?«, fuhr Tomaso ihn aufgebracht an. »Erkrankt? *Launisch* beschreibt ihren Zustand wohl eher.«

Stefano machte einen Schritt auf ihn zu und wäre fast mit dem Kellner zusammengestoßen, der die beiden Espressi brachte. »Sorry«, murmelte er und ging an Tomaso vorbei, ohne ihn noch einmal anzusehen.

»Stefano!«

Er hatte die Tür schon fast erreicht, drehte sich aber noch mal um. Die Hotelhalle lag jetzt in ein wärmeres Licht getaucht vor ihm. Ein Sonnenstrahl, der durch das Eckfenster fiel, teilte den Raum in zwei Hälften.

»Stefano, hör mir zu. Sie haben heute Morgen eine Wasserleiche im Meer gefunden. Und einen ertrunkenen Bademeister obendrein.«

Stefano taumelte wie unter einem heftigen Schlag gegen den Türrahmen und blieb dort benommen stehen. Augenblicklich nahm ein grauenvolles Bild von Francesca in seinem Kopf Gestalt an, wie sie mit fahlen Lianenhaaren und halb geschlossenen, glanzlosen Augen im Meer trieb.

»Du musst ja nicht gleich in Ohnmacht fallen, Kumpel. Es wird sich schon nicht um Francesca handeln«, sagte Tomaso und dehnte jedes Wort gelangweilt in die Länge.

Stefano sog scharf die Luft ein und riss die Eingangstür des Hotels auf. Draußen war es so hell, dass er im ersten Moment nichts erkennen konnte.

5

Auf dem Revier war die Hölle los. Türen wurden aufgerissen und wieder zugeknallt. In den Ecken surrten die Faxgeräte, hohe Töne kündigten hereinkommende E-Mails an, und auf den Schreibtischen und in den Jackentaschen liefen Telefone und Diensthandys heiß.

Ob in Uniform oder in Zivil, Menschen stürmten herein, warfen sich auf Stühle, verbreiteten Unruhe und gingen wieder. Es wurde geschrien, geflüstert und laut diskutiert, sprich: Das ganze Revier brodelte vor Aufregung.

Als sie in der brütenden Mittagshitze endlich einen Moment allein war, lehnte sich Maddalena in ihrem ergonomischen Bürostuhl zurück und streckte die Beine aus. Eigentlich hatte sie den heutigen Tag freinehmen wollen, um zu Franjo in den Karst zu fahren. Immerhin war Samstag, aber in ihrem Beruf spielte das keine Rolle. Wenn was passierte, dann meist am Wochenende oder feiertags. Es schien ihr wie eine eiserne Regel.

Maddalenas Mutter war gestern für wenige Tage aus Mailand nach Santa Croce gekommen und hatte sie gebeten, mit ihr einige Sachen von Papa zu sortieren. Nach seinem unerwarteten Tod im vergangenen Sommer hatte es bisher noch keine von ihnen beiden über sich gebracht, die Kleiderschränke und seinen Schreibtisch durchzusehen. Sie wären sich indiskret dabei vorgekommen, in seinen Privatangelegenheiten herumzuwühlen, und so hatten sie es Monat für Monat aufgeschoben.

Sie hatte nur zugesagt, weil sich ihr dadurch die Möglichkeit eröffnete, einen Abstecher nach Dol pri Vogljah zu machen.

Maddalena starrte zur Decke ihres Büros und bemerkte einmal mehr, dass sich die schmutzig weiße Wandfarbe abzulösen begann. Der Gedanke an ihren Vater verschloss ihr vor Schmerz die Kehle. In gewisser Weise gab sie sich die Schuld an seinem Tod. Ob ihre Mutter genauso dachte, wusste sie nicht. Kein einziges Mal hatte sie Maddalena darauf angesprochen. Und das, obwohl sie bei ihrem letzten Streit dabei gewesen war.

Kurz vor dem Unfall war ihre Mutter beim Fensterputzen von der Leiter gefallen und hatte sich den Arm gebrochen. Maddalena war mit einem Riesenstrauß gelber Rosen auf einen kurzen Krankenbesuch nach Hause gekommen, müde und abgespannt nach einem aufwühlenden Nachtdienst. Die Arbeit an ihrer neuen Dienststelle in Grado gestaltete sich schwieriger, als sie erwartet hatte. Gerade erst wenige Wochen hier, hatte sie das Gefühl, sich als Frau mit all ihrer Kraft gegen jeden einzelnen Kollegen durchsetzen zu müssen.

Ihr Vater hatte seinen freien Tag gehabt und lag, umgeben von Zeitschriften, auf dem Sofa. Er sah trotz seiner roten Wangen müde aus, und Maddalena hatte den Eindruck, er sei seit ihrem letzten Besuch geschrumpft.

»Papa.« Sie drückte ihm einen liebevollen Begrüßungskuss auf die Wange. »Du siehst krank aus. Solltest du nicht zum Arzt gehen?« Ihr Vater hatte sie aus seinen tiefblauen Meeraugen zärtlich angesehen und gelächelt. »Du wirst deiner Mutter immer ähnlicher. Es ist nur der Blutdruck. Das kommt schon wieder in Ordnung. Macht euch keine Sorgen.«

Aber sie hatten sich beide große Sorgen gemacht und ihn schließlich dazu überredet, den freien Tag für einen Arztbesuch zu nutzen.

»So einig seid ihr euch ja selten«, hatte ihr Vater schmunzelnd gesagt und sich geschlagen gegeben.

Körperlich anstrengend war seine Tätigkeit im Archiv der Risiera di San Sabba, dem ehemaligen nationalsozialistischen Konzentrationslager in einem Vorort von Triest, nicht. Als Historiker war er für die Aufarbeitung und Sortierung der Dokumente verantwortlich, und das ohne jeglichen Zeitdruck. Trotzdem hatte Maddalena damals den Eindruck gehabt, dass ihn die Arbeit zunehmend belastete. Ständig umgeben sein von den Gräueltaten der Nazis, andauernd konfrontiert mit Vernichtung, Schmerz und Tod, all das zehrte an seiner Substanz.

An jenem Nachmittag hatte sich ein heftiger Disput darüber entsponnen, wie ihr Vater nach Duino zum Hausarzt käme. Ihre Mutter hatte darauf bestanden, dass Maddalena ihn führ. Maddalena war nach dem Nachtdienst allerdings müde und wehrte sich nicht, als ihr Vater gegen jeden Widerstand entschied, das Motorrad zu nehmen.

»Ich fahre jeden Tag von Santa Croce nach Triest und zurück, und das bei jedem Wetter. Da werdet ihr beide mich doch nicht allen Ernstes bei dieser Hitze als Beifahrer ins Auto zwingen.«

Pfeifend war er losgebraust und mit seiner Moto Guzzi bei der Abbiegung von Santa Croce hinab auf die Strada Costiera gestürzt. Trotz seines Helmes war er auf der Stelle tot gewesen.

Maddalena stand auf und ging zum Fenster. Sich jeden weiteren

Gedanken an ihren Vater verbietend, öffnete sie beide Flügel weit und beugte sich hinaus. Schwüle Hitze schlug ihr entgegen, und sie schnappte nach Luft. Schnell schloss sie das Fenster wieder und holte den Tischventilator vom Schrank. Wenig später wirbelte die Luft wild durch ihre feuchten Locken, und sie begann sich zu entspannen.

Der Tod ihres Vaters hatte sie in jeder Hinsicht stark mitgenommen. Wann immer sie seither in ihrer Arbeit mit Toten, Ermordeten oder Verunfallten konfrontiert wurde, musste sie an ihn denken. Und heute war sie dem Tod gleich zweimal begegnet. Arielle, ihr liebster Zeichentrickfilm, war umgeschrieben worden. Man hatte die Meerjungfrau ertrunken aufgefunden. Und, in sie verkeilt, einen der Bademeister vom Strand. Nun galt es, Zusammenhänge herzustellen, Verknüpfungen zu entwirren. Rätsel zu lösen.

6

Schweißüberströmt schreckte Franziska hoch. Sie riss die Augen auf, doch da war nichts als undurchdringbare Dunkelheit.

Wie lange lag sie hier schon? Warum konnte sie nichts erkennen?

Sie fühlte sich schwach, so schwach, dass sogar das Nachdenken schwerfiel.

Der Durst quälte sie unerträglich. Kehle, Zunge, Mund und Lippen waren völlig ausgetrocknet. Und der Boden war so hart.

Verwirrt fuhr sie in die Höhe. Sie musste wieder eingeschlafen sein. Ein rasender Schmerz breitete sich gleichmäßig von ihrem Hinterkopf bis zu ihrer Stirn aus. Es fühlte sich an, als hätte ihr jemand Stacheldraht über den Schädel gespannt. Vorsichtig drückte sie mit den Mittelfingern auf die besonders stechenden Punkte und spürte, dass ihre Kopfhaut an manchen Stellen nass und klebrig war, an anderen trocken und verkrustet. Beunruhigt zog sie die Hand zurück und versuchte erfolglos, sich aufzusetzen.

Ein heftiger Schwindelanfall zwang sie zurück auf den Boden. Sie stöhnte auf und wusste im ersten Moment nicht, dass sie es war, die dieses eigenartige Geräusch verursachte.

Wie krächzend ihre Stimme klang.

Nachdem sie einige Zeit auf dem Boden verbracht hatte, darauf konzentriert, nicht wieder das Bewusstsein zu verlieren, verebbte der Schwindel allmählich. Wieder versuchte sie, sich aufzuraffen, und diesmal schaffte sie es, sich an die Mauer zu lehnen, ohne gleich wieder umzukippen.

Irgendwie musste sie sich doch auch im Dunkeln in ihrem eigenen Badezimmer zurechtfinden.

Sie brauchte Wasser. Sofort.

Und danach musste sie aus dem Bad hinaus und Hilfe holen.

Wieder tastete sie ihre Umgebung ab, befühlte die Wand, an der sie lehnte, und den Boden. Als ihre Finger den Heizkörper zu fassen bekamen, wusste sie, wo sie sich befand. Ihr gegenüber musste die Toilette sein, ebenso Badewanne und Dusche, rechts von ihr das Waschbecken, daneben das Bidet.

Franziska atmete tief ein und dann langsam aus. Über den Boden kriechend, tastete sie sich zum Waschbecken vor.

Aber da, wo es sein sollte, war es nicht.

Irritiert suchte sie mit ihren Fingern nach dem glatten Porzellan und umschloss die schmale Kante des Bidets. Einen Moment lang war sie darüber verwundert, erklärte es sich dann aber so, dass sie durch den Sturz alles spiegelverkehrt wahrnahm.

Daneben musste das Waschbecken sein! Und wirklich, da war es. Trinken.

Schwerfällig zog sie sich am Waschbeckenrand hoch und sah grell flackernde, sternförmige Lichter. Ihr Kreislauf spielte verrückt, in ihren Ohren sauste der Wind und rauschte das Meer.

So gut sie konnte lehnte sie sich über den Beckenrand, drehte den Wasserhahn auf und stürzte sich gierig auf das kühle Nass. Sie ließ das Wasser direkt in ihren Mund fließen, die weit geöffneten Lippen über den Hahn gestülpt. Zwischendurch schnappte sie nach Luft.

Tränen der Erleichterung flossen über ihre Wangen und vermischten sich mit dem Wasser.

Franziska atmete tief durch.

Sie brauchte unbedingt Licht.

Und dann nichts wie raus.

Es gab zwei Lichtquellen im Raum, eine davon direkt über dem

Waschbecken. Mit der linken Hand krampfhaft den Wasserhahn umklammernd, um den Halt nicht zu verlieren, streckte sie den rechten Arm so weit nach oben, wie sie konnte. Sobald sie wieder etwas sehen konnte, wollte sie noch mehr Wasser trinken und dann das Badezimmer verlassen. Sie drückte einige Male auf den Schalter, aber vergeblich, das Licht funktionierte nicht. Also musste sie zur Tür kriechen. Mit dem Schalter dort konnte sie das Deckenlicht anknipsen.

Wieder hatte sie zu schwitzen begonnen und fuhr mit der feuchten Innenfläche ihrer Hand hektisch über die Mauer neben der Tür, auf der Suche nach dem Lichtschalter. Sie fand ihn nicht, stattdessen streifte sie mit dem Ellbogen die Türschnalle. Franziska weinte vor Erleichterung auf.

Jetzt brauchte sie kein Licht mehr.

Warum hatte sie nicht gleich nach der Türklinke gesucht? Das Denken fiel ihr so schwer. Die Frage floss zäh an ihr vorbei und war verschwunden, bevor sie sie fassen konnte.

Doch das war gleich alles nicht mehr wichtig, denn sie würde endlich das unerträglich heiße Badezimmer verlassen können und Dottor Beltrame anrufen.

Besser noch, ich rufe Stefano an, damit er mich ins Krankenhaus bringt, dachte sie und drückte den Türgriff nach unten.

Nichts passierte. Die Tür ließ sich nicht öffnen.

Sie suchte mit ihren Fingern das Schloss, fand es, aber da war kein Schlüssel.

Unter Aufbietung all ihrer Kraft rüttelte sie wieder und wieder am Griff. Erfolglos.

Warum war abgesperrt?

Eine heiße Welle der Angst schwappte in ihr hoch. Sie um-klammerte mit beiden Händen die Klinke, weil der Boden unter ihr zu schwanken begann. Als das Schlingern nachließ, stand sie benommen da und wusste nicht, was sie als Nächstes tun sollte.

Licht.

Entschlossen ließ sie den Türgriff los und hämmerte wie wild auf den Schalter an der Wand daneben.

Der Schweiß stand in dicken Tropfen auf ihrer Stirn.

Dann flackerte mit einem Mal die Deckenlampe auf. Der Raum

war in ein kaltes zitronengelbes Licht getaucht, und Franziska ließ sich entkräftet entlang der Wand auf den Fußboden sinken.

»Endlich … wieder hell«, schluchzte sie verzweifelt und suchte den Boden nach dem Badezimmerschlüssel ab. Irgendwo hier musste er doch sein.

Als sie ihn nicht fand, legte sie sich erschöpft auf den Rücken und starrte zur Decke. Irgendetwas war ganz und gar nicht so, wie es sein sollte. Von der liegenden Position aus betrachtet, wirkte ihr Badezimmer fremd. Verwirrt sah sie sich um.

Waschbecken, Toilette, Bidet, Dusche und Badewanne, alles war da, aber nicht am richtigen Platz. Direkt vor ihr befand sich das graue Abflussrohr des Waschbeckens.

Kannte sie sich in ihrem eigenen Bad nicht mehr aus?

Trotz der drückenden Schwüle im Raum begann Franziska, heftig zu frieren. Die feinen hellblonden Härchen auf ihren Unterarmen stellten sich auf. Sie starrte minutenlang auf ihre blutverschmierten Finger, ohne etwas wahrzunehmen.

Und dann, ohne Vorankündigung, dämmerte ihr, was hier so überhaupt nicht passte: Das war nicht ihr Badezimmer.

Eindeutig nicht.

Sie lag auf den Fliesen eines fremden Bades.

Hektisch flog ihr Blick über die Regale, prüfte die Proportion und Anordnung des Raumes. Nirgends etwas, das ihr gehörte. Kein Shampoo, kein Handtuch, keine Bürste, keine Körpermilch.

Das hieß, nicht sie selbst hatte sich im Bad eingesperrt und den Schlüssel verloren, sondern jemand anderer hatte sie hier eingeschlossen.

Franziska begann zu schreien und mit beiden Fäusten gegen die Fliesenwand zu trommeln.

7

Bibiana schlenderte durch Grados Fußgängerzone. Sie hatte eine weiße Bluse gekauft, »die dreihundertste«, würde Fabrizio sagen und sein rundes Gesicht zu einem freundlichen Grinsen verziehen.

Manchmal belohnte sie sich auf diese Weise für eine gelungene Geschäftsabwicklung. Es war ein angenehm sattes Gefühl, wenn ihre Kreditkarte durch den Schlitz gezogen wurde und die Kleidung in den raschelnden Papiertüten versank.

»Bibi«, wurde sie unsanft aus ihren Gedanken gerissen. Nur ihr Onkel Massimo besaß die Unverschämtheit, sie so zu nennen.

»Hallo, Onkel.« Sie blieb stehen und bot ihm ihre Wange dar. Bevor seine Lippen sie berührten, drehte sie schnell ihren Kopf weg, sodass sein Kuss ins Leere ging. »Nenn mich nicht Bibi. Ich bin ja kein Kleinkind. Du weißt, wie sehr ich das hasse. Mein Name ist Bibiana.«

»Jetzt mach aber einen Punkt, Mädchen.«

Onkel Massimo war einer der vier Brüder ihrer Mutter. Als Kind hatte sie sich vor ihm gefürchtet, weil er keinen Spaß verstand und mit ihr und den anderen Kindern ständig schimpfte. Gemocht hatte sie ihr schrulliges Onkelchen aber schon immer. Seit sie denken konnte, war er alt gewesen, und inzwischen sah er aus wie eine der verwitterten Mumien aus Venzone.

»Und, Onkelchen, lässt du endlich die anderen für dich arbeiten, oder schuftest du weiter wie ein Pferd und bäckst die Brötchen noch immer selbst?«, fragte sie ihn und grinste frech.

Bibiana war die Einzige aus der Familie, die ihm Paroli bieten durfte.

»Werde nicht unverschämt, Bibi.« Er sah sie lauernd an.

»Also gut, Spaß beiseite. Ist es Zeit für eine weitere Immobilie, Onkel Massimo?«

»Anscheinend gehen deine Geschäfte besser als meine«, erwiderte er und betrachtete eingehend ihre Einkaufstasche.

Auch wenn er sie mitunter nervte, Bibiana konnte ihrem Onkel nicht böse sein. Er war nicht auf den Mund gefallen und zudem der beste Bäcker von Grado. Und sie war ihm dankbar, dass er sein Geld nicht nur in Wohnungen investierte, sondern darüber hinaus ausschließlich bei ihr kaufte. »Manche Kunden sind eben großzügig und legen noch etwas drauf«, flunkerte sie ihn an.

»Wenn wir schon bei deinen Kunden sind, mein Mädchen ... Der Schweizer, der eines der Apartments im Zipser-Haus gemietet hat, ist anscheinend Hals über Kopf abgereist. Er hat gestern die Frühstücksrechnung bezahlt und Laura, dem Mädchen, gesagt, dass sie nicht mehr zu kommen braucht. Ich hoffe, du bist bei ihm nicht auf deine hübsche Stupsnase gefallen?« Er sah sie schadenfroh an. Komisch, der Schweizer hatte doch noch einige Monate in Grado bleiben wollen? Vielleicht hatte Onkel Massimo etwas missverstanden. Bei ihr hatte er sich jedenfalls nicht abgemeldet.

»Nein, alles bestens«, wiegelte Bibiana ab. »Ich bin im Bilde.« Sie wollte sich von dem schlauen alten Fuchs nicht in die Karten schauen lassen.

»Und was macht Fabri? Klaut er dir immer noch die Jause?«

»Fabrizio«, verbesserte Bibiana ihren Onkel ungehalten, »hat mir noch nie etwas weggegessen.«

»Ich meine ja nur.«

»Erspar mir deinen Zynismus, alter Mann. Ich weiß selbst, dass er ein paar Kilos zu viel auf den Rippen hat.«

Bibiana war nicht allein über Onkel Massimos spitze Bemerkung verärgert. Fabrizio wurde wirklich immer dicker und scherte sich keinen Deut darum, ob ihr das gefiel oder nicht. Außerdem war ihr heiß, die Bluse klebte ihr am Rücken, und sie begann, in ihren Schuhen zu schwitzen.

Aus den Augenwinkeln sah sie Stefano an ihnen vorbeieilen.

»Stefano, so warte doch!«

Aber er drehte sich nicht um, sondern lief unbeirrt weiter.

»Scheinst dir wenig Gehör verschaffen zu können«, bemerkte ihr Onkel Massimo im Weggehen.

»Bis bald, Onkelchen!«, rief sie ihm trällernd nach, ohne auf seine Bosheit einzugehen.

Auf dem Weg zum Supermarkt gingen Bibiana unablässig zwei Dinge durch den Kopf. Zum einen: Warum hatte Signor Mayer sich weder ordnungsgemäß abgemeldet noch die Wohnungsschlüssel bei ihr abgegeben?

Eigentlich konnte es ihr gleichgültig sein, da er im Voraus bezahlt hatte. Aber vielleicht sollte sie mit ihrem Zweitschlüssel trotzdem einmal nach dem Rechten sehen. Womöglich lag eine Nachricht für sie auf dem Wohnzimmertisch, die erklärte, warum er vorzeitig abreisen musste. Man wusste ja nie. Sie atmete tief durch und wischte sich den Schweiß von der Stirn. Bibiana hatte die Hitze noch nie gut vertragen.

Die zweite Sache, über die sie nachgrübelte, war die ewig gleiche Frage nach dem richtigen Make-up. Deshalb stand sie jetzt auch nicht im Supermarkt wie geplant, sondern vor der Parfümerie neben der Apotheke. Das Make-up, das sie heute Morgen verwendet hatte, verwandelte ihr Gesicht in eine starre Maske, unter der sich die Hitze unerträglich staute. Auf Stirn, Nase und Oberlippe bildeten sich immer wieder dicke Schweißperlen. Entschlossen öffnete sie die Tür zur Parfümerie.

8

Obwohl seit dem Treffen mit Tomaso einige Stunden vergangen waren, spürte Stefano auch am Abend immer noch einen tiefen Groll in sich. Am liebsten wäre er noch einmal hingefahren, hätte die Tür zum Hotel aufgerissen und den arroganten Mistkerl zusammengeschlagen.

Stattdessen lief er durch den Haupteingang zum Rosenstrand. Er brauchte Ruhe zum Nachdenken.

So marschierte er mit festem Schritt und ohne nach rechts oder links zu sehen an den belebten Lokalen vorbei, bis das lebhafte Stimmengewirr allmählich verebbte und der Menschenstrom, der ihm entgegenkam, versiegte. Am Strand zog er seine Mokassins aus, nahm sie in die Hand und ging über den Holzsteg hinunter zum Wasser. Hier war er allein, bis auf die schimpfenden Möwen, die ihn aufmerksam beobachteten. Stefano mochte sie nicht. Nett waren diese Vögel nur anzusehen, wenn sie in ihrem frischen Weiß über das sommerblaue Meer segelten.

Es war windstill, und es schien, als hätte sich die feuchte Hitze des Tages in einer einzigen hellgrauen Dunstwolke am Horizont gesammelt. Wellen plätscherten gegen das Holz des Steges, und der orangerosa Himmel mit lila auslaufenden Rändern spiegelte sich im Meer. Stefano ging, beeindruckt von diesem Farbenspiel, die Brücke entlang. Er blieb stehen und starrte fasziniert ins türkisblaue Wasser.

Gedankenverloren ließ er sich auf die aufgerauten Bretter sinken und streckte seine Füße ins lauwarme Nass. Er war verzweifelt. Der Gedanke, dass Francesca etwas zugestoßen sein könnte, machte ihn hilflos.

Nachdem er einige Zeit so dagesessen hatte, stand er auf, schob eine Hand in seine Hosentasche und umfasste Francescas Wohnungsschlüssel. Plötzlich wusste er, was er zu tun hatte. Mit pochendem Herzen lief er am Strand entlang zur Promenade. Das graue Hochhaus stand abweisend vor ihm. Einerseits erinnerte es an eine uneinnehmbare Festung, die den Feinden des Meeres trotzte, andererseits vermittelte die konkav geschwungene Form ein Gefühl von beschwingter Leichtigkeit. Pfeifend, um seine immer stärker werdende Nervosität im Zaum zu halten, ging er den überdachten Weg vom Strand zur Eingangstür entlang.

Von der kräftig strahlenden Sonne des heutigen Tages erwärmt, verströmten die Pinien einen intensiven Geruch. Er atmete tief ein und füllte seine Lungen mit dem harzigen Duft, bevor er die Haustür öffnete. Auf einmal war da wieder Tomasos Stimme in seinem Kopf: »Stefano, sie haben heute Morgen eine Wasserleiche im Meer gefunden. Und einen ertrunkenen Bademeister obendrein.«

Das erklärte, warum ihm auf der Promenade immer wieder Polizisten begegnet waren.

Im Aufzug hatte sich der schale Duft verwelkter Rosen breitgemacht. Stefanos Herzklopfen wurde stärker, als er den Flur zu Francescas Wohnung entlangging. Niemand war zu sehen, und zu seiner Überraschung lag die Papiertüte mit Francescas Frühstück noch immer auf dem Boden, genau an der Stelle, wo er sie gestern hingeschleudert hatte.

Er drückte auf den Klingelknopf und ließ seinen Finger längere Zeit dort. Da sich, nicht unerwartet, niemand auf sein Läuten meldete, schloss er die Tür auf. »Hallo! Ist hier jemand? Francesca?«, rief er ins Wohnzimmer.

Es roch nach abgestandener Luft, so als hätte seit Wochen niemand mehr gelüftet. Stefano riss die Terrassentür weit auf und ließ die frische Meeresbrise herein. Der Himmel war jetzt dunkelgrau, nur knapp über dem Horizont erstreckte sich noch ein heller Streifen.

Nachdem er einen Rundgang durch alle Zimmer gemacht hatte, kehrte Stefano ins Wohnzimmer zurück.

Wo, um Himmels willen, war Francesca?

Er musste versuchen, sich in sie hineinzuversetzen, vielleicht war das der Weg, dieses Rätsel zu lösen.

Die weißen Kerzen im grauen Sand waren fast alle heruntergebrannt, und ohne lange zu überlegen, holte Stefano das Feuerzeug von der Küchentheke und zündete die Dochte an. Zufrieden registrierte er, wie sich der Raum durch das hellgelbe Kerzenlicht veränderte. Er setzte sich aufs Sofa und ließ seinen Blick durch das Zimmer schweifen.

Kurz entschlossen stand er auf und ging zum Kühlschrank.

»Das ist ja ein tolles Stück«, stellte er fest und öffnete die schwere Tür.

Außer vergammeltem Gemüse, einer angebrochenen Flasche Milch, einem halben Stück Butter, einer Ecke Parmesan und einer Gesichtscreme standen da noch eine halb volle Flasche Aperol, ein Päckchen mit Prosecco-Fläschchen und ein paar Dosen Grapefruitsaft.

»Fast wie bei mir«, murmelte er und holte ein hohes Glas aus dem Schrank. Sorgsam vermischte er einen Schuss Aperol mit dem perlenden Inhalt eines Piccolo-Fläschchens und einer halben Dose Grapefruitsaft. Dann füllte er den Drink mit zerstoßenem Eis auf, das direkt aus der Tür des Kühlschranks kam.

Mit dem Glas in der Hand ließ er sich auf die Couch fallen. Die gelbroten Flammen der Kerzen flackerten im Luftzug und warfen ein bizarres Schattenmuster an die gegenüberliegende Wand.

Während Stefano die Prosecco-Mischung trank, sah er sich aufmerksam um. Sein Blick irrte suchend durch den Raum und verfing sich im Bücherregal. Neben Romanen in deutscher und italienischer Sprache lagen da Wörterbücher, Zeitschriften und das Telefonbuch. Als er es sah, kam ihm ein elektrisierender Gedanke. Er sprang auf, schnappte sich den dicken Wälzer mit den Telefonnummern der Region Friaul und blätterte die knisternden Seiten um, bis er gefunden hatte, wonach er suchte.

»Guten Abend.« Er presste das Handy an sein Ohr und bat darum, mit der Abteilung für Hämatologie verbunden zu werden.

»Einen Augenblick, ich schalte Sie zur Abteilung für Innere Medizin durch. Bleiben Sie bitte in der Leitung.«

Die Verbindung wurde hergestellt, und eine andere Frauenstimme meldete sich. »Schwester Monica am Apparat. Wie kann ich Ihnen behilflich sein?«

»Ich würde gern mit Francesca Tosoni sprechen.« Er holte tief Luft. »Sie ist als Patientin bei Ihnen, können Sie mich bitte durchstellen?«

»Einen Moment.« Er konnte Papier rascheln hören, dann sagte die Schwester in sachlichem Tonfall: »Bedaure, das ist derzeit nicht möglich. Wer spricht da überhaupt? In welchem Verhältnis stehen Sie zu Signora Tosoni?«

»Ich bin Tomaso Tosoni, ihr Ehemann.« Er musste sich räuspern nach dieser Lüge, doch er wollte auf keinen Fall riskieren, dass man ihm die Auskunft verweigerte. Womöglich war Francesca schon vor ihrem Untersuchungstermin aus akutem Grund ins Krankenhaus gefahren, und man hatte sie gleich dortbehalten.

Stefano spürte, wie eine eiskalte Hand seinen Magen umschloss. Vielleicht hatte man sie notoperieren müssen oder Schlimmeres. Das würde erklären, warum sie sich nicht bei ihm gemeldet hatte.

Am anderen Ende der Leitung wurde geschwiegen. Stefano meinte, im Hintergrund Getuschel zu hören. Dann sagte die Schwester: »Signor Tosoni, ich kann Sie im Moment leider nicht durchstellen, aber wenn Sie bitte morgen Vormittag noch mal anrufen oder vorbeikommen könnten? Dann ist die Oberärztin, Dottoressa Zonin, hier und kann Ihnen Auskunft geben.«

Obwohl Stefano sich über diese Verzögerung ärgerte, breitete sich langsam ein Gefühl der Zuversicht in ihm aus. Wenn er nicht mit Francesca reden konnte, hieß das doch, dass sie momentan bloß verhindert, aber prinzipiell in der Klinik war. Er ging zurück zum Sofa und leerte sein Glas.

Alles hier war durchdrungen von Francesca, fast konnte er ihre Anwesenheit spüren. Er schloss die Terrassentür und blies die Kerzen aus.

Jetzt würde er nach Hause gehen und sich nicht weiter verrückt machen. Morgen wollte er nach Triest fahren, um nach ihr zu sehen. Er fühlte sich beruhigt, so als wäre eine schwere Last von

seinen Schultern genommen und gegen einen leichten Rucksack
ersetzt worden.

Im Hinausgehen sah Stefano eine Staffelei an der Wand lehnen.
Die war ihm vorher gar nicht aufgefallen. Erstaunt trat er näher
und sah sich das Bild genauer an.

Er hatte nicht gewusst, dass Francesca malen konnte.

Eine Nixe mit wallendem Haar schwamm auf die Delphinskulptur zu, die direkt unter dieser Terrasse im Meer lag. Es war, als hätte
Francesca sie dabei beobachtet, so echt wirkte es. Stefano rückte
seine Brille auf der Nase zurecht. Das Bild gefiel ihm, es strahlte
Kraft aus.

Als er die Wohnungstür ins Schloss zog, musste er wieder an
sein Treffen mit Francesca im »Patriarchen« denken. Sie hatte ihm
von einer jungen Frau erzählt, die Abend für Abend unter ihrem
Fenster durch die Delphinskulptur tauchte. Aber er hatte dem keine
allzu große Bedeutung beigemessen. Dabei war sie so aufgeregt
gewesen, hatte ihn ganz erschrocken angesehen. »Es wird ihr doch
nichts passiert sein?«

Diese junge Frau könnte Francescas Inspiration zu dem Bild
von der Meerjungfrau gewesen sein. Eine schöne Assoziation. Vor
sich hin sinnend, ging er nach Hause. Die Luft legte sich schwer
von Feuchtigkeit auf seine nackten Arme und kroch unter sein
Poloshirt.

In seiner Wohnung angekommen, stellte er sich ans offene Fenster und starrte auf das dunkle Wasser im Hafenbecken. Zum ersten
Mal seit zwei Tagen verspürte er Hunger. Aber sein Kühlschrank
war, bis auf ein paar Bierdosen und eine angebrochene Packung
Toastbrot, gähnend leer. Auch im Vorratsschrank fand er außer
einem Sack Kartoffeln, einer Nachfüllpackung Meersalz und einer
vertrockneten Zehe Knoblauch nur Suppenwürfel. Unzufrieden
schob er ein Stück Brot, das er mit Olivenöl, Knoblauch und
Salz eingerieben hatte, in den Toaster und öffnete eine Bierdose.
Gedankenverloren stand er da, während sich der Duft gerösteten
Brotes langsam im Raum ausbreitete.

9

Franziska kauerte in einer Ecke des fremden Badezimmers. Jeder Zentimeter ihres Körpers schmerzte, und sie war starr vor Entsetzen. Wo war sie, und wie war sie hierhergekommen? Sie konnte sich nicht erinnern, so sehr sie sich auch anstrengte. Alles, was sie wusste, war, dass es hier Wasser und Licht gab. Und dass sie eingesperrt war.

Beklommen sah sie zur Decke und hoffte, dass die Glühbirne nicht ausgerechnet in dieser furchtbaren Situation den Geist aufgeben würde.

Dieses Licht würde sie jedenfalls nicht mehr ausknipsen, egal, ob sie schlief oder wach war.

Was war nur passiert?

Ihr Herz machte einen Satz, denn kurz glaubte sie, ein Geräusch gehört zu haben. Aber da war nichts außer dem üblichen Geraschel in ihren Ohren.

Sollte sie sich ruhig verhalten oder weiter um Hilfe rufen? War das gut oder schlecht?

Würde sie jemand hören? Wenn ja, wer?

Was, wenn derjenige, der sie hier eingeschlossen hatte, zurückkam?

Angst schoss in ihr hoch und stülpte ihren Magen um. Verzweifelt krallte sie ihre Finger in die Oberarme, um Konzentration bemüht, und dachte nach.

Was sollte sie bloß tun?

Außerstande, eine Entscheidung zu treffen, begann sie leise zu weinen. Ihr Hals brannte, aufgeraut von ihrem anhaltenden Gebrüll. Irgendwann war ihr Rufen und Schreien von vorhin, als sie bemerkt hatte, eingesperrt zu sein, in ein heiseres Krächzen übergegangen.

Der Schweiß rann in kleinen Bächen über ihr Gesicht, am Hals hinab und unter ihr schwarzes Neckholderkleid, das inzwischen wie eine zweite Haut an ihrem Körper klebte.

Abgekämpft lehnte Franziska ihren Kopf an die gefliese Wand.

Irgendwann, sie wusste nicht, wie viel Zeit vergangen war, kämpfte sie sich hoch und Schritt für Schritt zum Waschbecken vor, trank Unmengen an Wasser und sah in den Spiegel.

Ohne Vorankündigung, doch wie durch einen Schleier gedämpft, tauchten Erinnerungen auf. Zuerst waren sie verschwommen, dann wurden sie klarer und fügten sich nach und nach zusammen. Da war dieses grauenvolle Abendessen, ihr Misstrauen Tomaso gegenüber, seine stahlgrauen Augen. Der lauernde Blick, mit dem er sie im Lokal beobachtet hatte. Dann kehrte ihre Erinnerung an die Kommissarin zurück, der Besuch in Stefanos Bar, der viele Alkohol und ...

Weiter kam sie nicht. Da war nichts mehr. Nur Dunkelheit. Und doch schwirrte irgendetwas unaufhörlich durch ihren wehen Kopf. Pochte hartnäckig an. Wenn sie danach griff, entglitt es ihr wieder und zerrann im undurchdringbaren Nebel.

Es war, als stünde sie vor einer in den Himmel ragenden Mauer, hinter der sich ihre Erinnerung verbarg. Je mehr sie sich bemühte, sie zu überwinden, desto höher wurde sie.

Die Tatsache, an diesen möglicherweise wichtigen Teil ihrer Erinnerung nicht heranzukommen, steigerte Franziskas Angst ins Unermessliche.

Hart biss sie sich auf die Lippen. Erst der Geschmack von Blut in ihrem Mund zwang sie, damit aufzuhören.

Der Raum drehte sich einmal mehr rasend schnell um sie herum. Unbeholfen stemmte sie sich an der Wand ab, während die silbernen Sterne und rot glühenden Punkte an ihr vorbeiwirbelten.

Als die Einrichtungsgegenstände des Badezimmers wieder Kontur annahmen, beugte Franziska sich über das Waschbecken und wusch ihr Gesicht, an dem immer noch Blut und Schleim klebten. Als sie sich wieder aufrichtete, erschrak sie vor ihrem Spiegelbild. Rot geränderte, tief umschattete Augen starrten ihr entgegen.

Was sollte sie bloß tun?

Die Angst schnürte ihre Kehle zu. Ihr Magen rumorte, und ihr Bauch krampfte sich kolikartig zusammen.

»Ich will hier raus. Sofort«, krächzte sie ihrem von zerlaufener Wimperntusche schwarz gestreiften Spiegelbild zu.

Seit sie zu sich gekommen war, fragte sie sich, ob es Tag oder Nacht war.

»Franziska, bewahre dir deinen kühlen Kopf«, murmelte sie, doch sie wusste genau, dass sie sich etwas vormachte. Längst war ihr klar, dass von einem kühlen Kopf keine Rede sein konnte, dass es vielmehr darum ging, nicht völlig durchzudrehen.

Fahrig rieb sie die Wimperntusche unter ihren Augen weg. Sie musste sich ablenken, so gut es ging. Vor allem aber musste sie die Benommenheit, den Nebel in ihrem Kopf loswerden.

Zum Glück gab es fließendes Wasser. So musste sie nicht verdursten, konnte sich abkühlen oder erwärmen. Und es vertrieb ein wenig den Hunger, der sich jetzt allmählich wie eine Faust in ihren Magen bohrte. Dass sie ihn so lange nicht wahrgenommen hatte, lag wohl an ihrem grauenvollen Kater, den Verletzungen und dem Schock.

Franziskas Blick irrte durch den Raum und blieb an der Duschkabine hängen. Etwas ungelenk zog sie sich aus und spürte wenig später das erfrischende Prickeln des Wassers auf ihrer Haut. Allmählich legte sich das innere Zittern. Shampoo gab es keines, und so schäumte sie sich von Kopf bis Fuß mit dem Stück Seife ein, das sie im Gitterkörbchen auf der Ablage gefunden hatte.

Wem gehörte bloß diese Seife?

Wer hatte sich vor ihr damit gewaschen?

Sie hielt ihr Gesicht unter den Wasserstrahl und schloss die Augen.

Nachdem sie sich abgetrocknet hatte, kämmte sie mit den Fingern ihr Haar notdürftig durch. Jetzt fühlte sie sich zumindest ein bisschen frischer.

Dann überfiel sie ein bestimmter Gedanke abermals mit ungeahnter Heftigkeit.

Was, wenn der, der sie hier eingesperrt hatte, zurückkam?

Lauerte er draußen vor der Tür? Oder hatte er die Wohnung längst verlassen?

Und wenn er zurückkam, was würde er dann tun?

Sonntag

1

Laura lag in ihre Kissen vergraben. Für sie war Aufwachen vergleichbar mit dem Ende eines spannenden Buches. Sie verharrte noch eine Weile ganz still, mit geschlossenen Augen ihrem Traum nachspürend, um den Rest des Schlafes auszukosten. Dann hörte sie die Tür ins Schloss fallen. Kaum dass ihre Mutter die Wohnung verlassen hatte, drehte sie sich auf die andere Seite. Es war Sonntag, sie musste nicht zur Schule und durfte die Brötchen ein wenig später austragen. Nach einer halben Stunde, sie hatte sich, um nicht zu verschlafen, den Wecker gestellt, stieg sie aus dem Bett. Anders als sonst fiel ihr heute alles schwer. Im Badezimmer trödelte sie unnötig lange, fand die Zahnpastatube nicht sofort, obwohl sie wie immer zwischen den Zahnbürsten ihrer Eltern steckte. Gestern Abend war sie zu müde gewesen, sich ein sauberes T-Shirt zu den Jeans aus dem Schrank zu holen, und jetzt konnte sie sich nicht entscheiden, ob sie das pinkfarbene Oberteil oder das grün gestreifte mit der Kapuze nehmen sollte. Schließlich zog sie ein hellgelbes Leibchen aus der Lade.

An anderen Tagen aß sie zumindest drei Bissen vom Brot und trank ein paar Schlucke Kakao dazu, aber heute wurde ihr übel, kaum dass sie das Frühstück auf dem Küchentisch auch nur sah.

Im Treppenhaus hatte sich die Hitze der vergangenen Tage mit dem Geruch alten Essens vermischt.

Langsam trabte sie die staubige Straße Richtung Kanal entlang. Auf der Brücke blieb sie stehen. Das Grün der Bäume, die das Ufer säumten, schillerte metallisch. Es würde heute also wieder zu regnen beginnen. Laura bog ihren Kopf zurück, um den Himmel zu betrachten, und fühlte einen stechenden Schmerz im Nacken. Die Wolken sahen seltsam aus. Wie dicke dunkelgraue Elefanten jagten sie über den Morgenhimmel. Um diese frühe Stunde war die Luft kühl und kratzte unangenehm im Hals. Als sie über ihre Lippen leckte, schmeckten sie salzig.

Nun musste sie zusehen, rechtzeitig zur Bäckerei zu kommen. Sie wettete mit sich selbst, ob es bereits am Vormittag oder erst am Nachmittag zu regnen beginnen würde.

»LAU« war für früher, »RA« für später. Das hatte sie schon als kleines Kind so gemacht: ihre Person in zwei Wesen aufgeteilt, die miteinander spielten, aber auch gegeneinander kämpften. »LAU« war die Verträglichere, »RA« die Widerborstigere von beiden.

Sie überquerte die Straße beim Hafen. In einem der Häuser öffnete sich eine Tür, und sie stieß mit jemandem zusammen. »Au!« Es war der Mann von der Bar.

»Hab ich dir wehgetan?« Er nahm seine schwarze Brille ab und putzte sie mit einem Taschentuch.

»Nein, alles in Ordnung.«

»Na, dann mal schnell weiter, du willst doch nicht zu spät zu Signor Pasquale kommen?« Er schmunzelte.

Sie linste auf ihre Armbanduhr und stellte fest, dass die Zeiger schon bedenklich weit vorgerückt waren. Ertappt hielt sie sich die Hand vor den Mund und lief weiter. Inzwischen brannte ihr Hals, und das Schlucken tat weh.

»Laura.« Signor Pasquale stand schon in der Tür und hielt Ausschau nach ihr. »Da bist du ja endlich.«

»Tut mir leid.« Sie lächelte ihn entschuldigend an und schnaufte tief durch. Der Schweiß stand ihr auf der Stirn und über der Oberlippe. Auch unter den Locken fühlte es sich feucht an. »Ich beeile mich dafür umso mehr.«

Laura hatte mittlerweile das Gefühl, dass ihr Gesicht rot und angeschwollen war wie einer der Luftballons, die der blinde Mann Abend für Abend auf der Fußgängerpromenade verkaufte. Ihre Ohren glühten, und im Hals brannte es so sehr, dass sie sich ständig räuspern musste.

»Schau mich mal an.« Signor Pasquale beugte sich zu ihr hinunter. Laura begann zu husten und konnte nicht mehr aufhören.

»Entschuldigung«, krächzte sie und spürte seine kühle Hand auf ihrer Stirn.

Signor Pasquale starrte sie aus seinen schwarzen Knopfaugen finster an. »Das hat ja gerade noch gefehlt. Du bist krank. Du glühst vor Fieber. So kann ich dich nicht losschicken. Du musst schleunigst nach Hause ins Bett.« Er wackelte mit dem Kopf wie einer dieser Dackel, die aus den Rückfenstern der Autos winkten, und verzog das Gesicht. Dann zog er einen kleinen Klappstuhl aus schwarzem Metall unter dem Verkaufspult hervor. »Du setzt dich erst mal hierhin und wartest einen Moment, ich bin gleich wieder bei dir.«

Sie setzte sich gehorsam nieder. Ihr Kopf brummte, und schlucken konnte sie nur noch unter Schmerzen. Ihre Stirn fühlte sich heiß an, und auf den Armen und Beinen hatte sich Gänsehaut gebildet.

»So. Ich fahre dich jetzt mit dem Auto nach Hause.«

Laura sprang erschrocken auf.

»Keine Angst, ich beiße nicht.«

Während sie zu dem alten weißen Auto gingen, das im Hinterhof der Bäckerei parkte, überlegte Laura, wer jetzt wohl statt ihr die Brötchen austrug.

»Der neue Lehrling, Carlo, wird heute deine Arbeit übernehmen«, brummte der Bäcker, als könnte er ihre Gedanken lesen. Im Auto reichte er ihr eine Visitenkarte. »Und du, Mädchen, rufst mich an, einen Tag, bevor du wieder arbeiten kannst. Bis dahin kurierst du dich aus und bleibst im Bett. Verstanden, Laura?«

Ihr fiel ein Stein vom Herzen, denn sie hatte schon befürchtet, ihre Arbeit verloren zu haben. »Danke«, murmelte sie und lächelte Signor Pasquale schüchtern an. Sie fand ihn plötzlich richtig nett.

Als sie dann neben ihm im Auto die Straße entlangfuhr, war Laura froh. Ihre Eltern besaßen kein Auto, sie fuhren nur auf ihren Fahrrädern oder mit dem Bus. Wie eine Prinzessin saß sie kerzengerade da und schaute aus dem Fenster. Die Wolken waren dunkler geworden, und gerade, als sie über die Brücke fuhren, klatschten die ersten dicken Tropfen auf die Windschutzscheibe.

»Ich habe gewusst, dass es heute wieder regnen wird. Der Himmel sah ganz danach aus, und die Bäume am Kanal ebenfalls.« Mit einem Aufseufzen lehnte sie sich im Sitz zurück.

Also hatte »LAU« recht behalten mit ihrer Vermutung.

2

Bibiana saß auf dem Klodeckel und wackelte mit ihren frisch lackierten Zehen. Es war heiß im Badezimmer. Sie wischte über ihre feuchte Stirn.

Heute Vormittag würde sie in die Wohnung von Signor Mayer gehen und sich dort umsehen. Die Zweitschlüssel für die Wohnungen im Zipser-Haus hatte sie gestern aus dem Büro mitgenommen. Sie verspürte Hunger, aber keinen Appetit. Wie die letzten Tage auch hatte sie beim Frühstück kaum einen Bissen hinuntergebracht. Der Duft frischen Kaffees trieb ihr momentan vor Ekel Tränen in die Augen. Das lag vermutlich an der Hitze.

Fabrizio war wieder mal zu seiner Mutter gefahren. Bibiana bekam ihn kaum mehr zu sehen, weil er in seiner Freizeit ständig beschäftigt war, außerdem arbeitete er zu viel. Seine Mühe wurde jedoch selten belohnt.

Sie stand auf und besprühte sich mit Parfum. Eingehüllt in den Duft von Sommerrosen stand sie vor dem Spiegel. Heute gefiel ihr überhaupt nichts, nicht einmal ihr Lieblingsparfum.

Vorsichtig schlüpfte sie in ihre Flip-Flops. Um den frischen Lack auf ihren Zehennägeln nicht zu verwischen, musste sie heute auf die dunkelblauen Ballerinas verzichten. Nach einem letzten prüfenden Blick in den Vorzimmerspiegel verließ sie die Wohnung.

Bleierne Hitze schlug ihr entgegen. Die Wolken hingen wie Wattebäusche am grauen Himmel. Es hatte geregnet, feiner Dunst stieg vom Asphalt auf. Binnen kürzester Zeit begann sich ihr glattes Haar zu kräuseln. Mit einer ungeduldigen Geste strich sie es zurück.

Den Schlüsselbund in der einen, die Tasche in der anderen Hand schlenderte sie an den Schaufenstern vorbei. Auf der gegenüberliegenden Straßenseite kamen ihr Nicola und Emilia entgegen.

Bibiana lächelte ihnen zu.

»*Ciao*, Bibi«, grüßten beide höflich wie aus einem Mund. Dann stießen sie sich an und begannen zu kichern.

»Wir waren mit unseren Eltern in der Kirche und haben uns den Fischerchor angehört. Aber dann hat Emilia Kopfschmerzen bekommen, und ich begleite sie jetzt nach Hause.« Nicola legte ihren Arm übereifrig um ihre Freundin.

»Na, dann beeilt euch lieber, es wird gleich wieder regnen«, sagte Bibiana streng, weil sie die kindische Abkürzung ihres Namens nicht mochte und den beiden die Ausrede mit den Kopfschmerzen nicht glaubte.

Wie auf ihren Befehl hin verfinsterte sich der Himmel, und ein starker Wind kam auf. Papierfetzen wirbelten durch die Luft. Die Ampel, die den Hafen von der Fußgängerzone trennte, schaukelte wild. Bibiana mochte Unwetter. Sie genoss es zu beobachten, wie sich innerhalb kürzester Zeit die Umgebung veränderte.

Auf einmal wurde ihr übel. Mit hastigen Schritten steuerte sie auf das nächste Geschäft zu und fand sich, ohne recht zu wissen, wie es dazu gekommen war, in der Apotheke wieder.

»Kann ich Ihnen helfen?« Eine ihr unbekannte rundliche Apothekerin mit kurz geschnittenen, blond gesträhnten Haaren kam hinter dem Ladentisch hervor und sah sie besorgt an. »Sie sind ja kreidebleich.« Bibiana murmelte etwas, und die Apothekerin wandte sich, nachdem sie ihr einen prüfenden Blick zugeworfen hatte, rasch zu einer wartenden Kundin um: »Entschuldigen Sie, aber das hier ist ein Notfall.«

Kaum dass sie diese Worte gehört hatte, begann Bibiana sich wirklich wie ein Notfall zu fühlen. Daher wehrte sie sich nicht, als die Apothekerin sie resolut am Arm packte und in einen Nebenraum schob, sondern ließ es willig geschehen.

»Hier ist es etwas kühler. Setzen Sie sich.« Sie reichte ihr eine Papierrolle.

Bibiana tupfte sich dankbar das feuchte Gesicht mit einem Stück Papier ab und warf ihr einen fragenden Blick zu. »Seit Tagen fühle ich mich schon seltsam. Fast jeden Morgen muss ich mich übergeben, erst danach geht es mir wieder besser. Manchmal überfällt mich die Übelkeit auch während des Tages.«

»Hmm«, machte die Apothekerin und betrachtete sie aufmerksam. »Ich will Ihnen ja nicht zu nahe treten, aber vielleicht sollten Sie einen Schwangerschaftstest machen.« Sie reichte Bibiana eine weiße flache Schachtel, die sie aus einer Lade gezogen hatte.

Draußen wehte der Sturm einen Ast gegen die Fensterscheibe, und Bibianas Magen zappelte wie ein Fisch auf dem Trockenen.

»Schwanger?« Am liebsten hätte sie das Wort hinausgeschrien. »Schwanger«, wiederholte sie atemlos.

»Schwanger«, bestätigte die Apothekerin mit einem amüsierten Achselzucken.

Bibianas Blut pulsierte in ihren Adern. Sie stand auf und bedankte sich höflich, von einem prickelnden Energieschub beflügelt.

»Das macht dann elf Euro fünfzig.« Die Apothekerin zwinkerte ihr zu und steckte das Päckchen in eine kleine Papiertüte.

Auf dem Gehweg vor der Apotheke fragte sich Bibiana verwundert, wie sie hierhergelangt war. Sie zitterte am ganzen Körper. Der Wind pfiff um die Hausecke, und erste schwere Tropfen klatschten auf den heißen Asphalt. Bibiana begann zu laufen, das Tütchen mit dem verhängnisvollen Inhalt fest an ihre Brust gepresst. In der Agentur überlegte sie kurz, Fabrizio anzurufen, entschied sich dann aber dagegen. Mit unruhigen Fingern riss sie die Packung auf. Rasch überflog sie die Gebrauchsanweisung und holte den Streifen heraus. Ein kurzes graues Stäbchen mit einem ovalen Sichtfenster lag in ihrer schweißnassen Hand.

Auf dieses Ding würde sie nun pinkeln müssen. Blau war die Farbe, die über ihr weiteres Leben entschied. Über ihre Zukunft und ihr Glück.

Im Beipackzettel, den sie, während sie wartete, bereits zum dritten Mal durchackerte, hieß es: »Wenn eine blaue Linie erscheint, bedeutet das Schwangerschaft. Bleibt das Sichtfenster klar, sind Sie nicht schwanger. Suchen Sie in jedem Fall Ihren Arzt auf.«

Nicht eben ermunternd.

Würde sie die Zeichen richtig deuten?

Hoffentlich war das Blau ein richtiges Blau und kein verwirrendes Grünblau oder verschwommenes Grau.

Nachdem sie genau eineinhalb Minuten ausgeharrt hatte, stellte sie sich ihrem Schicksal. Die vor Anspannung aufsteigenden Tränen zurückhaltend, saß Bibiana auf dem Boden und starrte auf den Teststreifen.

Den geplanten Besuch in der Wohnung von Signor Mayer hatte sie in ihrer Aufregung völlig vergessen

3

Stefano fuhr die belebte Küstenstraße zwischen Monfalcone und Triest entlang. Unter ihm schäumte grau das Meer. Er konnte die Linie nicht ausmachen, die das Wasser vom Himmel trennte.

Alles schien ineinander überzugehen, und die unterschiedlichen Grautöne verschmolzen zu undefinierbaren Schattierungen.

Ursprünglich hatte er mit dem Motorrad fahren wollen, es sich dann aber im letzten Moment anders überlegt. Falls er Francesca später mit zurück nach Grado nehmen durfte, wäre die Fahrt wahrscheinlich zu beschwerlich für sie. Im Auto konnte sie sich entspannt zurücklehnen.

Es war bedeckt und stürmisch. Die Bäume und Sträucher an beiden Seiten der Straße bogen sich im Wind. Im Rückspiegel sah er einen tiefschwarzen Himmel. In Grado musste es bereits schütten.

Trotz des Frühverkehrs war er zügig vorangekommen. Gerade erst hatte er Duino und Miramare hinter sich gelassen, und nun tauchte auch schon Triest unter düsteren, tief hängenden Wolken auf. Das war es, was er an dieser Hafenstadt so mochte: Von ihrem höchsten Punkt lehnte sie sich elegant zum Wasser hinunter und breitete sich dort kilometerlang direkt vor dem Meer aus.

Stefano verband traurige Erinnerungen mit dem Krankenhaus Cattinara hoch oben im Karst. Seine Großmutter war dort verstorben.

Nachdem er sich den Berg hinaufgemüht hatte, parkte er seinen Audi in einer Lücke vor dem Krankenhaus. Obwohl er sich in groben Zügen im Gebäude auskannte, irrte er planlos durch die Gänge.

Irgendwann hatte er sich erfolgreich zur Abteilung für Innere Medizin durchgefragt und stand wartend vor der Glasfläche der Schwesternkanzel. Ungeduldig klopfte er mit den Fingerknöcheln gegen die frisch polierte Fensterscheibe und sah kurz darauf in ein freundliches Gesicht mit roten Wangen.

Er beugte seinen Kopf zur vergitterten Öffnung hinab. »Ich möchte zu meiner Ehefrau, Francesca Tosoni. Leider war ich bis jetzt auf Reisen, daher ...«

Weiter kam er mit seiner Notlüge nicht, denn die Schwester öffnete das Fenster. »Warten Sie bitte einen Moment«, sagte sie streng.

Dann verschwand sie, und Stefano stand irritiert da. Die an ihm vorbeieilenden Menschen nahm er nur am Rande wahr.

Er wollte soeben abermals gegen die Scheibe klopfen, da stand die Schwester wieder vor ihm. »Folgen Sie mir«, wies sie ihn an.

Als sie nach Stefanos Einschätzung mindestens einen Kilometer durch die Krankenhausflure gelaufen waren, blieb die Schwester ruckartig stehen und klopfte forsch an eine weiß lackierte Tür.

Ein kleiner Mann mit vorspringender Nase und beginnender Glatze öffnete, und die Schwester informierte ihn:»Das ist der Ehemann von Signora Tosoni, der Frau ... Sie wissen schon. Dottoressa Zonin kann gerade nicht mit ihm sprechen, daher bittet sie darum, dass Sie das übernehmen.«

Ein heißer Schreck durchzuckte Stefano und machte ihn vorübergehend sprachlos. Als er sich wieder im Griff hatte, krächzte er heiser:»Was meinen Sie mit ›Sie wissen schon‹? Was ist hier los?«

»Das wollten wir von Ihnen erfahren.« Der Arzt nahm ihn am Arm und führte ihn in ein Untersuchungszimmer. Er deutete auf den Tisch und die Besucherstühle neben dem mit Papier überzogenen Bett und sagte:»Setzen Sie sich doch.«

Aber Stefano setzte sich nicht, sondern stand benommen mitten im Raum. Er drehte sich zur Krankenschwester, die ihn hierhergebracht hatte, so als könnte sie ihn schützen. Sie stand im Türrahmen und nickte dem Arzt zu. Dann wandte sie sich um und ging grußlos davon. Der Raum roch durchdringend nach Desinfektionsmittel.

»Ich habe Sie schon erwartet«, erklärte der Arzt brummend. Stefano war vom tiefen Bass des schmächtigen Mannes mit den scharfen Gesichtszügen überrascht.»Mir scheint, Sie wissen einiges nicht. Ihre Frau ist zum vereinbarten Untersuchungstermin nicht in der Klinik erschienen, was sich sehr ungünstig auf den Verlauf ihrer Krankheit auswirken könnte.«

Stefano kam sich vor, als säße er auf der Spitze eines Berges und beobachtete aus großer Distanz das Geschehen.

»Sie ist also überhaupt nicht hier?«, fragte er ratlos.

Der Arzt sah ihn mit herabgezogenen Mundwinkeln misstrauisch an.»Sagen Sie, leben Sie vielleicht in Trennung?«

»Keineswegs«, entgegnete Stefano kühl und setzte zur Bekräftigung seine Brille, die er nervös in den Händen gedreht hatte, wieder auf.»Wir stehen erst am Beginn unseres gemeinsamen Lebens.«

»Ich meine nur, weil Sie überhaupt keine Ahnung zu haben scheinen. Hat sie Ihnen denn nichts erzählt?«

»Ich weiß von dem Untersuchungstermin, nur war ich nicht da, um ...« Er unterbrach sich. Es war sinnlos, dem Arzt irgendetwas zu erklären. Das brachte ihn auch nicht weiter. »Hören Sie, ich mache mir die größten Sorgen, seit Tagen kann ich meine Frau nicht erreichen. Sie ist spurlos verschwunden, deshalb bin ich hier. Was fehlt ihr?«

»Ihre Frau ist krank, und es scheint ernst zu sein.«

Stefano schnappte hörbar nach Luft. »Was hat sie denn, um Gottes willen, so reden Sie doch, Dottor ...« Er machte einen Schritt auf den Arzt zu und versuchte, dessen kleingeschriebenen Namen auf der Brusttasche des weißen Mantels zu entziffern.

»Dottor Batistutta, Facharzt der Hämatologie«, erwiderte der Arzt nun wieder eine Spur freundlicher. »Der überweisende Arzt hatte die Vermutung, dass es sich um eine aplastische idiopathische Anämie handelt. Das ist eine seltene Erkrankung des Blutes. Vereinfacht gesagt: Das Knochenmark produziert weniger Blutzellen, als der Körper im Normalfall braucht.«

Stefano verstand nicht, was der Arzt ihm erklärte. In seinem Kopf wirbelte alles durcheinander, und Bilder bleicher junger Frauen standen vor seinem inneren Auge. Er schob, während Batistutta sprach, wie ein alter Mann mit der rechten Hand sein Ohr vor, als könnte er dadurch besser hören.

»Wenigstens hat sie keine Leukämie«, sagte er. »Anämie ist doch besser, oder?«

»So einfach ist das leider nicht. Beides sind schwere Erkrankungen, doch in den meisten Fällen ist eine Anämie einfacher zu behandeln. Da haben Sie schon recht.«

Dottor Batistutta machte eine Pause und befeuchtete mit der Zungenspitze seine Lippen, ehe er mit seiner Erklärung fortfuhr. »Die Form der Anämie, die wir bei Ihrer Frau vermuten, ist leider keine leichte Bluterkrankung. Eisentabletten allein reichen da nicht. ›AA‹, das ist die Abkürzung dieser Krankheit, behandeln wir zum Beispiel mit Knochenmarktransplantation und immunsuppressiven Therapien. Aber«, wehrte er ab, als er Stefanos schockierten Blick sah, »um sicher sagen zu können, ob Ihre Gattin wirklich unter dieser Erkrankung leidet, müssen zunächst weitere, spezielle Tests durchgeführt werden. Deshalb der Termin hier bei uns. Die

Routineuntersuchungen sind alle bereits gemacht worden, haben aber zu keinem eindeutigen Ergebnis geführt.« Er sah zu Boden und ergänzte:»Signor Tosoni, Sie haben da was am Bein.« Stefano bückte sich und riss ein Blatt von seinem linken Mokassin.»Ja, gibt es denn überhaupt noch eine Chance, dass sie es nicht hat?«, fragte er mit vor Aufregung rauer Stimme.

»Natürlich gibt es die. Fakt ist aber, dass im Falle einer entsprechenden Diagnose sehr schnell gehandelt werden muss. Die Genesung hängt also immens davon ab, wie schnell Ihre Frau zu uns kommt, damit wir weiter befunden können, um dann, falls notwendig, unmittelbar mit der Behandlung zu beginnen.«

»Ja. Das ist mir inzwischen klar geworden. Sie muss sofort in die Klinik. Doch Francesca ist verschwunden. Sie hat sich in Luft aufgelöst. Was soll ich denn bloß tun?«

»Wenn Sie meinen Rat hören wollen: Sie sollten sofort, ohne zu zögern, die Polizei verständigen. Denn Ihre Gattin benötigt dringend medizinische Hilfe.«

Stefano bemerkte, dass seine Hände zitterten, und steckte sie in die Hosentaschen.»Eine Frage hätte ich noch«, flüsterte er. »Glauben Sie, dass meine Frau daran sterben wird?«

Dottor Batistutta suchte Stefanos Blick und entgegnete:»Wir sind Mediziner, Signor Tosoni, und beziehen uns auf wissenschaftliche Erkenntnisse. Ich kann Ihnen nicht sagen, wie es ausgehen wird. Aber um Sie zu beruhigen: Sollten wir bei Signora Tosoni diese Erkrankung feststellen, ist bei rechtzeitiger Behandlung die Aussicht auf Heilung sehr groß. Die Erfolgsquote liegt bei über achtzig Prozent.«

Stefano fühlte sich nach dieser Aussage zumindest ein wenig erleichtert. Es war noch nicht alles verloren. Er streckte dem Arzt seine Hand hin, sagte mit fester Stimme:»Danke für die Information und Ihren Rat, Dottor Batistutta. Ich weiß das zu schätzen«, und verließ den Behandlungsraum.

Draußen auf dem Gang atmete er einige Male tief durch und lief dann so schnell er konnte zu seinem Auto.

4

Franziska runzelte die Stirn. Sie war aus einem verstörenden Traum aufgewacht und fand sich im ersten Moment nicht zurecht. Dann fiel ihr wieder ein, wo sie war. Oder besser: dass sie es nicht wusste. Die Angst kam zurück und umschloss sie mit spitzen Krallen. Sie setzte sich auf und spürte, wie ihre Kehle sich zusammenzog. Würgend schnappte sie nach Luft.

Wie kam sie nur in dieses fremde Badezimmer?

Sie leckte sich über ihre spröden Lippen.

Durst. Sie war schon wieder so schrecklich durstig.

Mühsam raffte sie sich vom Boden auf und schlurfte müden Schrittes zum Waschbecken. Nachdem sie sich über das Becken gebeugt und gierig getrunken hatte, tigerte sie ruhelos in dem kleinen Raum auf und ab. Ohne Ankündigung stiegen neue Erinnerungen in ihr auf, und die verloren geglaubten Bruchstücke setzten sich mit den schon bewussten wie Puzzleteile zu einem Ganzen zusammen. Der Streit mit Tomaso, ihr Davonlaufen, die peinliche Begegnung bei Gianni, Stefanos Bar, der Regen, der Sturm – und die verlorene Handtasche mit ihrem Wohnungsschlüssel.

Claudio Mayer.

Unter dem Regenschirm sein grinsendes Gesicht, das sich kurz darauf in eine hässliche Fratze verwandelte.

Franziska fühlte eine lähmende Schwäche in ihren Gliedern, als ihr die Szene immer deutlicher vor Augen stand. Zuerst war ihr Nachbar hilfsbereit gewesen und einigermaßen geduldig. Dann war die Stimmung gekippt.

Sie hatte sich in einem Ausnahmezustand befunden. Der Alkohol, die Übelkeit und wohl auch ihr allgemeiner Gesundheitszustand hatten ihr Urteilsvermögen beeinträchtigt. Die Situation war ihr dadurch entglitten. Zu allem Überfluss hatte sie auch noch die verhängnisvolle Haarspange auf dem Boden hinter der Toilette gefunden, obwohl der Schweizer ihr zuvor versichert hatte, dass es keine Freundin gab, und ohne nachzudenken gehandelt. Verärgert über seine zunehmende Unhöflichkeit und betrunken, wie sie war, hatte sie ihn eigensinnig beschuldigt, sie anzulügen.

Franziska presste ihre Fäuste auf den Mund, um nicht loszuschreien. Sie war von Signor Mayer niedergeschlagen und eingesperrt worden. Wegen einer bescheuerten Schmetterlingshaarspange!

Und das Schlimmste von allem: Es gab keinen Weg, das Ganze ungeschehen zu machen, die Vergangenheit zu verändern. Es war ganz einfach passiert.

Was, wenn Mayer zurückkam?

Auch wenn sie ihn glühend herbeisehnte, weil allein seine Rückkehr die Erlösung aus ihrer Gefangenschaft versprach, so fürchtete sie doch das Wiedersehen mit ihrem Peiniger. Was, wenn er sie gar nicht befreien wollte?

Was, wenn ihm nicht gefiel, dass sie noch am Leben war?

Die Wände kamen bedrohlich näher, und sie hatte das Gefühl, erdrückt zu werden.

Was, wenn sie von Anfang an keine Chance gehabt hatte?

Sie würde darüber nachdenken müssen, was zu tun war. Doch nicht sofort. Später, wenn sie wieder ein wenig Kraft gesammelt hatte und die Gedanken in ihrem Kopf nicht mehr Karussell fuhren.

Keuchend sank sie auf den Boden. Tränen der Verzweiflung strömten unkontrolliert über ihre Wangen. Unbeholfen wischte sie sie weg.

Sie gab sich einen Ruck, stand wieder auf und wusch sich Gesicht und Hände mit eiskaltem Wasser.

Was hätte sie dafür gegeben, jetzt durch einen schattigen Herbstwald zu spazieren.

Wieder trank sie gierig, literweise, so kam es ihr vor. Herrlich kühle Flüssigkeit.

Sie verspürte ein nagendes Hungergefühl, das immer stärker wurde. Sie musste essen, sonst würde sie vor Schwäche zusammenbrechen. Der ganze Körper schmerzte, alles tat ihr weh.

Vorsichtig tastete sie die Wunde am Hinterkopf ab. Sie fühlte sich verkrustet an. Die Ränder schienen zusammenzuwachsen, da sie sich leicht nach außen wölbten. Sie riss einige Blatt von der Toilettenpapierrolle ab und schnäuzte sich ausgiebig.

Dann setzte sie sich im Schneidersitz auf den Klodeckel. Sie drehte ihren Kopf von einer Seite zur anderen und massierte ihren Nacken. Ein Stechen fuhr durch ihren Hinterkopf. Der Schmerz, von dem sie angenommen hatte, er käme vom Genick, schwoll unbarmherzig an und spannte sich schließlich über den ganzen Kopf.

Franziska stöhnte auf und sehnte sich verzweifelt nach Medikamenten.

Lange hockte sie so da, weinend, unfähig, einen klaren Gedanken zu fassen. Irgendwann wurde es etwas leichter, und sie begann darüber nachzudenken, ob der Schmerz mit der Krankheit, die sie höchstwahrscheinlich hatte, oder mit den Verletzungen, die ihr der Schweizer zugefügt hatte, zusammenhing.

Eine Erinnerung brach über sie herein. Erschütternde Bilder, die sie sonst sicher in ihrem Innersten verschlossen hielt.

Zum letzten Mal waren ihre Tränen so unstillbar geflossen, als sie ihr Baby verloren hatte.

So lange hatte sie sich schon vergeblich ein Kind gewünscht, dass sie es zuerst gar nicht glauben konnte, als der Gynäkologe ihr die Schwangerschaft bestätigte.

»Tomaso«, hatte sie vor Freude gejubelt und sich ihrem Mann in der Hotelhalle in die Arme geworfen. »Tomaso, stell dir vor, ich bin schwanger! Wir bekommen ein Baby!«

Es war ihr nicht bewusst gewesen, dass einige Gäste in den Fauteuils saßen, bis Tomaso sie mit beiden Händen von sich weggeschoben und angezischt hatte: »Francesca! Stell deine Gefühle nicht in aller Öffentlichkeit so zur Schau. Wie stehe ich denn vor den Gästen da?«

Erschrocken war Franziska zurückgewichen und geradewegs in ihre Schwiegermutter hineingestolpert.

»Man darf gratulieren? Ich konnte es bis in die Küche hören. Das Personal hat zu klatschen begonnen.« Die kühle Frau mit den perfekt gezupften Augenbrauen und dem sorgsam geschminkten Gesicht hatte sie vorwurfsvoll angesehen und war ohne ein weiteres Wort zurück in die Hotelküche gegangen.

Franziskas Enttäuschung über Tomasos Reaktion war groß gewesen. Ihr Ehemann hatte sich bei ihr mit Blumen und einem Goldarmband entschuldigt. Aber so sehr sie sich auch bemühte, diese Kränkung hatte sie ihm nicht verzeihen können.

Sie war damals kilometerweit spazieren gegangen, im Hallenbad geschwommen, hatte sich gesund ernährt, Fachbücher gelesen, in Erfahrungsberichten geschmökert und es sich gut gehen lassen. Voller Vorfreude hatte sie jede kleine Veränderung ihres Körpers beobachtet und sich großartig dabei gefühlt.

So war sie überhaupt nicht auf die schreckliche Nachricht vorbereitet gewesen, dass das Baby in ihr zu atmen aufgehört hatte. Bei einer Routineuntersuchung hatte der Frauenarzt ernst auf den Ultraschall geschaut und sie gefragt, seit wann das Baby sich nicht mehr bewegt hätte. Sie konnte es ihm nicht beantworten, denn ihr Baby hatte sie nie sehr temperamentvoll gestoßen oder getreten. Auch im fünften Monat waren die spürbaren Regungen vergleichbar mit dem Flügelschlag eines Schmetterlings gewesen.

Sie hatte unmittelbar nach Udine ins Krankenhaus gemusst. Tomaso hatte sie wohl hingefahren, war aber nicht bei ihr im Kreißsaal geblieben, wo sie ihr totes Kind geboren hatte – direkt neben den Müttern, die ihre gesunden Babys zur Welt brachten.

Wieder zu Hause, ständig in Tränen aufgelöst und gänzlich unfähig, etwas anderes zu tun, als im Bett zu liegen, waren endlose Tage und Nächte wie dunkle Schleier an ihr vorbeigezogen.

Damals hatte sie gedacht, nie darüber hinwegzukommen, und monatelang das Bild ihrer perfekten kleinen Tochter mit dem hellen Haar und den geschlossenen Augen im wächsernen Gesichtchen vor sich gesehen.

Eines Morgens war ihre Schwiegermutter zu ihr ins Schlafzimmer gekommen, hatte die Fensterläden aufgerissen und mit eiskalter Stimme festgestellt: »Es ist genug, Francesca. Das haben wir alle einmal durchgemacht. Du darfst dich da nicht zu sehr hineinsteigern. Nun bemüht euch eben, ein weiteres Kind zu zeugen. Danach wird es dir besser gehen. Denke auch an deinen Mann, nicht nur an dich selbst.«

Es hatte sie tief getroffen. Doch Franziska war trotzdem aufgestanden, hatte den Kummer in sich vergraben und nie mehr ein Wort darüber verloren. Sie hatte sich nicht erlaubt, daran zu denken, bis zu diesem Moment, bis jetzt.

Sie drückte die Fingernägel in ihre Kopfhaut, weil der Schmerz sie nicht losließ, langsam unerträglich wurde, und schluchzte auf. Herz und Kopf drohten zu zerplatzen.

Daran war ein Teil ihrer Liebe zu Tomaso zerbrochen, das wusste sie jetzt, der Betrug hatte bloß den Rest besorgt.

Wenn sie diesen Alptraum hier überlebte, würde sie sich sofort von ihm scheiden lassen.

Franziska zwinkerte die letzten Tränen weg, stellte ihre Füße auf den Boden vor der Toilette und strich über die Gänsehaut auf ihren Armen. Sie fröstelte. Immer neue Schauer zogen über ihren Körper. Hoffentlich bekam sie nicht auch noch Fieber. Sie wickelte das dünne Kleid enger um ihren Körper und überlegte, ob sie sich in ein Badetuch hüllen sollte, als ihr Blick von etwas magnetisch angezogen wurde.

Da war eine Farbe, die hier eindeutig nicht hingehörte. Sie betrachtete ihre Unterschenkel und fuhr zutiefst erschrocken zusammen. Die Außen- und Innenseiten ihrer Beine waren übersät mit blauen Flecken.

Franziska erhob sich schwankend vom Klodeckel und taumelte mehr, als dass sie ging, zum Spiegel und starrte sich an. Die Haare klebten an ihren erhitzten Wangen. Auf der Stirn hatte sich eine Unzahl roter Punkte gebildet.

Was war bloß los mit ihr? Bekam sie jetzt auch noch die Masern?

Bei genauerer Betrachtung stellte sie zu ihrer Verwunderung fest, dass auch ihr restlicher Körper mit tintenklecksartigen Flecken übersät war. Manche größer, andere kleiner.

Rot. Blau. Grün.

Einmal war sie im späten Juni mit dem Zug von Italien über Österreich nach Deutschland gefahren. Diese Fahrt war eine Reise durch die unterschiedlichsten Farben gewesen. In Italien hatte sie der violette Lavendel auf den Wiesen begleitet und wilder hellroter Klatschmohn entlang der Geleise. In Österreich überwog das Gelb. Löwenzahn und Sonnenblumen. Nur an die deutschen Wiesen konnte sie sich nicht mehr erinnern.

Sie wischte eine letzte Träne aus ihrem Augenwinkel und legte sich erschöpft auf den Boden.

Ihre Gedanken zerfaserten, lösten sich auf und entglitten ihr. Stefano war hier und reichte ihr sein Taschentuch.

Dann war da nur noch Kälte, eine klirrende Kälte, die sie bis ins Innerste durchdrang.

Und die Frage nach dem Mädchen mit der Schmetterlingsspange, erstarrt zu einer bizarren Form im Eis.

5

»Maddalena Degrassi, sind Sie es?«, brummte es in ihr Ohr.
Sie biss sich auf die Unterlippe. Es kam nicht allzu häufig vor,
dass ihr Chef sie anrief. »Commandante, was kann ich für Sie tun?«, flötete sie ins Telefon. Sie wusste natürlich genau, warum er anrief. Inzwischen
kannte sie seinen cholerischen Charakter nur allzu gut.
»Haben Sie die Wasserleiche endlich identifiziert? Was ist los,
gibt es denn von der Rechtsmedizin noch keine Ergebnisse? Muss
ich die Sache erst selbst in die Hand nehmen? Ich will Resultate,
Commissaria, und werde langsam ungeduldig.«
Das war mal wieder typisch. Wie sollte sie die Identifikation
einer nackten Frau ohne Papiere bewerkstelligen, wenn die Tote
weder vermisst noch von jemandem erkannt wurde? Zudem war
Sonntag. Und ihr Chef wusste genau, wie schleppend da vielerorts
die Arbeit voranging. Es war also kaum ihre Schuld, wenn sie in
der kurzen Zeit seit dem Auffinden der Leiche nur geringfügig
weitergekommen waren.
Maddalena antwortete dennoch ohne Zögern: »Nach wie vor
ist die Herkunft unbekannt. Keine Vermisstenmeldung. Das Opfer
dürfte zwischen fünfundzwanzig und dreißig Jahre alt gewesen sein,
ersten Erkenntnissen der Rechtsmedizin zufolge keine Geburten,
saniertes Gebiss, keine äußeren Einwirkungen von Gewalt. Dafür
Einstiche an Armen und Beinen, vermutlich von jahrelangem
Drogenmissbrauch. Salzwasser in der Lunge, im Blut Spuren von
Benzodiazepinen und von einer bisher nicht näher bestimmten
Substanz. Die Rechtsmedizinerin meint, dass es sich um Gift
handeln könnte, und hat deshalb einen Tox Screen angeordnet.
Der Bademeister dürfte wegen des Todeszeitpunkts nichts damit
zu tun haben. Er ertrank gestern früh, da war die Frau bereits seit
rund sechzig Stunden tot. Bei ihm sieht alles nach einem Unfall

aus. Vermutlich hatte er die Leiche entdeckt und sich in der Folge vor Schreck in dem Seil verfangen, mit dem er das Boot an der Skulptur festgemacht hatte.«

»Das ist wenig, Commissaria«, murrte der Commandante und hängte auf.

Maddalena knallte das Telefon auf den Schreibtisch. Sie war verärgert und verunsichert. Der Commandante hatte für ihren Geschmack einmal zu oft die weibliche Endung ihres Titels betont. Dabei waren sie für die Dauer der Ermittlungen mit ihren Erkenntnissen eigentlich schon ziemlich weit. Der Tod des Bademeisters zumindest hatte bereits im Großen und Ganzen aufgeklärt werden können. Die Auffindesituation und das im Morgengrauen von seinem Platz entwendete Boot des Rettungsschwimmers deuteten auf einen misslungenen Streich hin, und die Aussagen der befragten Kollegen über eine langjährige Rivalität zwischen Bademeistern und Rettungsschwimmern bekräftigten diese Theorie. Aber bei ihrem Chef hatte sie als Frau trotz all ihrer bisherigen beruflichen Erfolge von Anfang an einen schlechten Stand gehabt. Man war bei der Polizei in Grado nicht gerade aufgeschlossen gegenüber Gleichberechtigung. »Eine Frau als Kriminalkommissar? Das kann ja nicht gut gehen, wir werden den Fall einem erfahrenen Kollegen übergeben«, konnte sie die Stimme ihres Chefs in ihrem Kopf sagen hören.

Maddalena stand unter Druck. Sie atmete tief durch, strich ihre Haare aus dem Gesicht und starrte in den Regen.

Und dann war da noch Franjo. Er rief nicht an und hatte seit jener Nacht weder eine SMS geschickt, noch war er vor ihrer Wohnung aufgetaucht. Kurz hatte sie überlegt, sich bei ihm zu melden, es dann aber wieder verworfen.

Maddalena stand auf und ging zum Fenster. Draußen tobte das Unwetter und trieb Fontänen schmutzigen Wassers gegen die Scheiben. Die Äste der Pinien bogen sich im Wind, und das tiefgraue Meer war nicht mehr vom Himmel zu unterscheiden.

Donnerstagabend, als Franjo bei ihr gewesen war, hatte es auch geregnet. Nur dass der Regen an dem Tag sanft gewesen war.

Sie presste ihre glühende Wange an die Fensterscheibe.

Irgendwie hatte sie Franjo dazu überreden können, mit ihr zu Gianni essen zu gehen.

Ihr Magen war wie zugeschnürt gewesen, und sie hatte vom Fischcarpaccio kaum einen Bissen hinuntergebracht, dafür aber umso mehr Weißwein getrunken. Als sie irgendwann kurz verschwunden und von der Toilette zurückgekommen war, hatte sie Francesca Tosoni an der Theke stehen sehen, in einem bezaubernden schwarzen Cocktailkleid. Tomasos Frau war erschrocken zusammengezuckt, als sich ihre Blicke trafen, über irgendetwas gestolpert und wie panisch aus dem Restaurant gerannt. Gianni hatte die Hände über dem kahl rasierten Kopf zusammengeschlagen und »Madonna mia, diese Frauen. Ich sag es ja, aus denen wird niemand schlau!« gerufen.

Maddalena konnte darüber nicht lachen. Franjo hatte ihr bei ihrer Rückkehr an den Tisch einen unergründlichen Blick zugeworfen, aber kein Wort zu dem Vorfall gesagt.

Das Essen war von diesem Zeitpunkt an schweigend verlaufen. Dennoch hatte er sie nach Hause begleitet und war auf einen Espresso mit in die Wohnung gekommen. Als sie draußen auf dem kleinen Balkon standen, die Tassen auf der Brüstung abgestellt, und Maddalena eine Zigarette rauchte, hatte er ihr übers Haar gestrichen und sie ernst angesehen.

Sie hatte ihr heißes Gesicht in seiner Halsbeuge geborgen. Als er nichts sagte, hatte sie die Zigarette mit der Stiefelspitze ausgedrückt und sie in hohem Bogen in die dunkle Nacht gekickt. Da hatte Franjo sie fest in seine Arme genommen, und sie waren im Bett gelandet.

Zuerst hatte sie es nicht bemerkt, da ihr seine Berührungen vertraut waren: Obwohl ihr Liebesspiel wunderschön und leidenschaftlich war, blieb Franjo seltsam unbeteiligt. Es machte den Eindruck, als wäre er weit entfernt, irgendwo hoch oben im Karst. Er war schon weg gewesen, als sie am nächsten Morgen aufwachte, doch seine Platten und Filme waren noch immer da.

Die Bürotür wurde aufgerissen, Zoli erschien im Türrahmen. »Commissaria, hier!«, rief er aufgeregt, und Maddalena dachte schon, es gäbe einen Hinweis auf die Identität ihrer Wasserleiche, aber er hielt ihr bloß einen Schlüsselbund unter die Nase. »Der wurde am Beginn der Straße von Grado nach Aquileja gefunden.«

»Na und? Wir sind hier doch kein Fundbüro«, erwiderte sie unwirsch.

Das Telefon klingelte schon wieder.

»Aber da ist ein Anhänger einer Immobilienagentur dran, Commissaria, deshalb dachte ich, wir könnten ihn zurückgeben. Sicher wird er schon vermisst.«

Welche Ironie: Da hatten sie es mit einer ertrunkenen jungen Frau zu tun, die anscheinend von niemandem gesucht wurde, und einer ihrer übermotivierten Mitarbeiter kümmerte sich hingebungsvoll um einen verlorenen Schlüssel.

»Zoli, sind Sie noch bei Trost?«, fuhr sie ihn an und hatte augenblicklich einen Freund weniger am Revier. Eingeschnappt zog sich ihr Mitarbeiter zurück. Den Schlüsselbund warf er achtlos in die Ablage auf ihrem Schreibtisch.

Ein Blitz erhellte für den Bruchteil einer Sekunde das Büro. Unmittelbar darauf war ein gewaltiges Grollen zu hören. Dann folgte Blitz auf Blitz, und die Donnerschläge ließen den Holzboden des Zimmers beben.

Das Telefon auf ihrem Schreibtisch klingelte und klingelte.

Maddalena seufzte ergeben und nahm den Hörer ab.

6

Stefano bestellte zornig den zweiten Espresso.

Nun saß er schon einige Zeit in der kleinen Bar in Duino und starrte hilflos durch die beschlagenen Fensterscheiben hinaus auf den kleinen, noblen Jachthafen.

Das Gespräch mit Tomaso hatte seinem ohnehin schon aufgeheizten Gemüt den Rest gegeben. Kaum dass er nach einem Irrlauf durch die Gänge des Triester Krankenhauses wieder auf dem Parkplatz angekommen war, hatte er die Nummer des Hotels gewählt. Nach dem, was Dottor Batistutta ihm soeben mitgeteilt hatte, ging es um Leben und Tod.

»Ciao, Stefano.« Tomasos Stimme hatte verdammt gelangweilt geklungen.

»Pass jetzt genau auf, es ist wichtig. Francesca hatte am Freitag einen Termin im Ospedale di Cattinara in Triest, bei einem Hämatologen. Sie ist dort aber nicht erschienen. Der Arzt macht sich große Sorgen, weil er davon ausgeht, dass sie sehr schwer erkrankt ist und dringend behandelt werden muss.«

»Na und? Francesca ist erwachsen. Ich bin nicht ihr Babysitter.« Wie unbeeindruckt und selbstgefällig Tomaso doch war.

»Darum geht es jetzt nicht. Sie hatte doch vor, zu diesem Termin zu gehen. Du musst sofort zur Polizei und sie als vermisst melden.« Stefanos Stimme hatte sich vor Aufregung überschlagen, aber Tomaso hatte nur gelacht. Kurz waren ihm die Möwen eingefallen, wie sie schimpfend den Hafen umkreisten.

»Jetzt übertreib nicht so! Sie wird schon wissen, was gut für sie ist. Was mischst du dich überhaupt in Francescas Privatangelegenheiten ein?«

»Weil es sonst niemand tut.«

»Es ist entschieden nicht deine Sache. Halt dich da raus. Wer weiß, ob es ihr recht ist, dass du hier die Pferde scheu machst. Vielleicht besucht sie ihre Mutter in Deutschland. Was hältst du davon?«

»Ich wäre erleichtert.«

Es war wie gegen Windmühlen ankämpfen.

»Stefano, du warst schon in der Schule ein eigensinniger Kerl, ein richtiger Spinner.«

Dieser beziehungsunfähige, selbstverliebte Snob.

»Und du, Tomaso, bist ein Sprüchemacher der Sonderklasse!«

Gut, jetzt war wenigstens klar, was sie voneinander hielten.

Tomaso hatte hämisch aufgelacht, ihn schien das Ganze zu amüsieren. »Dann werde ich eben dir zuliebe meine Schwiegermama mit einem Anruf belästigen. Natürlich ist Francesca bei ihr. Wo soll sie denn sonst sein? Ich kenne doch meine kleine Ehefrau. Wenn mal etwas nicht nach ihrem verwöhnten Köpfchen geht, wirft sie sich sogleich an Mutters Brust. Ich melde mich bei dir.«

Er hatte einfach aufgelegt.

Es waren kaum zehn Minuten vergangen, Stefano saß schwitzend im schwülen Auto und wollte gerade losfahren, da hatte Tomaso tatsächlich zurückgerufen.

»Bei ihrer Mutter ist sie nicht. Die hat schon seit einigen Tagen nichts von ihr gehört. Sie wird wohl eine Freundin besuchen. Und frag mich jetzt bloß nicht, welche.«

»Natürlich, warum solltest du das auch wissen? Du bist ja bloß ihr Ehemann. Dir ist anscheinend nicht einmal bekannt, dass sie hier außer Bibiana überhaupt keine Freundinnen hat. Und die wohnt gleich um die Ecke, zu der wird sie kaum spurlos verschwinden.« Er war selbst überrascht gewesen, wie zynisch er sein konnte.

»Tomaso, geh zur Polizei. Bitte.«

»Geh du doch zu den Bullen. Du hast ja schon immer gern meine abgelegte Kleidung getragen.«

Das war das Zünglein an der Waage gewesen. Tomaso kümmerte es nicht, was mit Francesca passierte. Er interessierte sich nur für sich selbst.

Stefano hatte aufgelegt, war nach Duino gefahren und hatte sich von der Polizeizentrale die Nummer der Commissaria geben lassen, mit der Tomaso ein Verhältnis gehabt hatte. Er hoffte, dass sie ein ausreichend schlechtes Gewissen hätte, um ihm zu helfen, Francesca zu finden. Und nun wollte es ihm nicht gelingen, Maddalena Degrassi ans Telefon zu bekommen. Seit Minuten ließ er es schon klingeln.

»*Pronto?*« Die gereizte Schärfe war kein guter Anfang.

»Stefano Capellari. Ich möchte meine Freundin, Francesca Tosoni, vermisst melden. Wie gehe ich hierbei am besten vor?«

Stefano glaubte, durch das Telefon spüren zu können, was Commissaria Degrassi dachte. »Glauben Sie mir bitte, ich bin kein durchgeknallter Anrufer. Ich mache mir aufrichtig Sorgen. Francesca ist seit Donnerstag spurlos verschwunden, und sie ist außerdem noch krank.«

Er hörte die Kommissarin am anderen Ende der Leitung nach Luft schnappen. »Wann können Sie hier sein, damit wir Ihre Vermisstenmeldung aufnehmen?«

Stefano war so überrascht, dass er im ersten Moment nicht darauf antworten konnte. »Wenn ich mich beeile, bin ich in zwanzig Minuten auf dem Polizeirevier.«

Bevor sie es sich noch anders überlegen konnte, beendete er das Telefonat, bezahlte beim Kellner die Rechnung und fuhr los.

7

Auf einmal setzte sich Laura kerzengerade im Eett auf. Ihr war eingefallen, woher sie den schrecklichen Mann aus dem grauen Haus kannte.

Obwohl ihr Kopf brummte, ihr Hals schmerzte, schwang sie ihre Beine über den Bettrand und schlüpfte in ihre rosa Stoffpantoffeln. Die Entfernung zurückzulegen, erschien ihr heute fast unmöglich. Doch es waren nur ein paar Schritte bis zum Fenster. Sie fühlte sich so schwach. Kälteschauer liefen über ihren Körper. Draußen versank die Welt im Regen. Der Sturm hatte Äste abgebrochen und die Wäscheleine mitsamt der Kleidung zu Boden geschleudert. Die roten, blauen und grünen Kleckse verschwammen im Grau.

Arme Mama, dachte Laura, sie wird sicher klitschnass, wenn sie mit ihrem Rad durch das Unwetter heimfährt.

Weder ihr Vater noch ihre Mutter waren zu Hause gewesen, als Signor Pasquale sie abgeliefert hatte. Beide glaubten, sie wäre zum Spielen bei einer Freundin, was Laura ursprünglich vorgehabt hatte. Sie beugte sich zum Bücherregal neben dem Schreibtisch. Im untersten Fach befanden sich einige Stöße alter Zeitungen. Inzwischen fror sie so sehr, dass ihre Zähne klapperten. Aufgeregt zog sie den Stapel mit den Hochglanzmagazinen hervor und trug ihn zum Bett. Das Foto des Mannes war da irgendwo drin, und sie würde so lange suchen, bis sie es fand.

Zitternd vor Kälte hüllte sie sich in ihre Daunendecke. Wenn bloß Mama bald käme! Wahrscheinlich würde sie die Hände über dem Kopf zusammenschlagen und mit ihr schimpfen, dass sie nicht sofort im Hotel angerufen hatte.

Sie war wohl wieder eingedöst und fuhr erschrocken hoch, als ein greller Blitz das Zimmer in ein unheimliches Licht tauchte. Unmittelbar darauf ließ ein heftiger Donnerschlag sie zusammenzucken. Laura fürchtete sich nicht vor Gewittern, nur jetzt, da sie krank und allein zu Hause war, beschlich sie ein ungutes Gefühl.

Vorsichtig trank sie einen Schluck von ihrer Zitronenlimonade. Die Flüssigkeit brannte in ihrem Hals. Anstatt zu frieren, schwitzte sie jetzt. Gerade als sie die Zeitung aufschlagen wollte, begann das Telefon zu läuten.

Sie stieg aus dem Bett und lief barfuß ins Vorzimmer.

»Hallo?«, krächzte sie in den Hörer.

»Laura«, hörte sie die besorgte Stimme ihrer Mutter sagen.

»Mama?« Mit ihr hatte sie nicht gerechnet.

»Laura, meine Kleine! Wie geht es dir? Was machst du denn bloß für Sachen? Signor Pasquale hat mich gerade angerufen und gesagt, dass du krank bist.«

Lauras Bauch zog sich zusammen. Während sie mit der rechten Hand den Hörer umklammerte, fächelte sie sich mit der linken wie wild Luft zu und pustete die Haare aus ihrer Stirn.

Wieder donnerte es so laut, dass Laura das Gefühl hatte, ein Lastwagen würde durch die Wohnung fahren.

»Laura? Bist du noch dran? So sag schon was.«

»Mama«, antwortete sie kleinlaut und suchte nach Worten.

»Wir reden, wenn ich heimkomme. Du legst dich wieder ins Bett und versuchst zu schlafen, sobald ich bei dir bin, mache ich dir Wadenwickel und kalte Umschläge.«

»Mama«, fing Laura an, aber lauter Donner ließ sie verstummen.

»Laura? Was hast du ges...«, rief ihre Mutter noch, und dann war die Leitung tot.

Laura hielt den Hörer ratlos vor ihr Gesicht. Während sie auf die Ziffern drückte, um die Verbindung wiederherzustellen, blitzte es so heftig, dass das dunkle Vorzimmer von Licht durchflutet war. Sie legte das Telefon auf die Ablage und huschte zurück ins Bett. Der Regen knallte Riesentropfen gegen die Fensterscheibe, und die Äste des Baumes, an dem die Wäscheleine befestigt gewesen war, peitschten gegen die Hauswand.

Worüber ihre Mutter wohl mit ihr reden wollte, wenn sie nach Hause kam? Bestimmt war aufgeflogen, dass ihre Leistungen nachgelassen hatten, dass sie oft zu spät zum Unterricht kam und häufig unkonzentriert war. Laura biss sich auf die Lippe und fing leise zu weinen an. Gerade hatte sie begonnen, sich mit Signor Pasquale anzufreunden, und nun musste sie zur Strafe sicherlich aufhören, für ihn zu arbeiten. Dann fiel ihr ein, dass heute ja Sonntag war und daher keine Schule. Mama konnte also gar nicht bei ihrer

Lehrerin gewesen sein. Aber irgendwann würde Mama ja doch in die Sprechstunde gehen.

Während draußen das Unwetter tobte, überlegte Laura, wie sie ihre Eltern überreden konnte, weiter für Signor Pasquale das Frühstück auszutragen. Sie dachte so verbissen nach, dass sie die Zeitungen auf dem Boden vor ihrem Bett darüber völlig vergaß.

8

Angelina Maria schrie. Gleißendes Licht durchzuckte den Raum. Sie war außer sich vor Angst.

»Signora, so beruhigen Sie sich doch, bitte.«

Die alte Frau hatte große Mühe, die Stimme zu verstehen.

»Nein! Nein! Hilfe. Es ist passiert.« Angelina Maria warf sich im Bett herum und schleuderte das Wasserglas, das auf ihrem Nachtkästchen stand, mit einer Handbewegung zu Boden. Das Klirren der Scherben wurde vom Grollen des Donners übertönt.

»Es ist bloß ein heftiges Gewitter. Sie sind hier in Sicherheit. Wir passen auf Sie auf. Es kann Ihnen wirklich nichts passieren.«

Angelina Maria riss die Augen weit auf und starrte mit stecknadelkopfkleinen Pupillen in das Gesicht eines jungen Mannes.

War er einer der Dämonen, die sich als Krankenpfleger verkleidet hatten? Lauerten die anderen vor der Tür auf dem Flur? Bereit, ihr die Haut vom Leib zu reißen, sie mit ihren scharfen Zähnen zu zerfleischen?

Nun war sie wieder in das Land des allgegenwärtigen Schreckens zurückgekehrt.

Es war so unendlich hell und so unerträglich laut.

Grell. Ohrenbetäubend.

Gurgelnd und ohne Zusammenhang quollen einzelne Buchstaben und Wörter aus ihrem Mund.

»R ... A ... Nacht ... Tod ... A ... B ... Lärm ... Maria ... D ... F ... C ... Gott ... Angelina ... M ... Giuseppe ... Arrgh ... Oh Gott.«

»Es ist alles gut, Signora«, besänftigte sie der Mann und umfasste vorsichtig ihre Handgelenke. »Ich bin es doch, Antonio. Am Morgen haben Sie noch mit mir über alte Zeiten geplaudert. Wir sind auf dem Flur auf und ab gegangen und haben in der Cafeteria Mineralwasser getrunken. Erkennen Sie mich denn nicht mehr?« Langsam nahm das Gesicht über ihr wieder seine ursprüngliche Form an und zerfloss nicht mehr in alle Richtungen. Angelina Maria verzog das Gesicht beim Versuch, zu lächeln, zu einer unglücklichen Grimasse. Die Wand mit ihrer matten Farbe und den feuchten Stellen an den Rändern war wieder da. Das Nachbarbett wartete weiterhin auf eine neue Patientin. Sie war froh, in diesem Raum allein zu sein.

Wieder erhellte ein Blitz das Krankenzimmer, und Angelina Maria zuckte zusammen.

»Ich werde Ihnen jetzt eine Tablette geben, damit Sie ruhiger werden und einschlafen können«, sagte Antonio.

Angstvoll umklammerte sie seinen Unterarm mit beiden Händen. »Bitte lassen Sie mich hier nicht allein. Ohne Schutz darf ich nicht schlafen. In jeder Ecke wartet ein Dämon. Sie wollen mich töten«, wimmerte sie und krallte ihre Nägel in sein Fleisch.

»Nun«, der Krankenpfleger löste vorsichtig ihren klammernden Griff, »ich werde Sie ganz bestimmt nicht im Stich lassen. Ich bleibe bei Ihnen, bis Sie sich beruhigt haben. Verlassen Sie sich auf mich.«

Angelina Maria sank erschöpft ins Kissen. »Die Erinnerung kehrt zurück. Die Nacht holt mich ein. Und das Grauen der Schuld, die auf mir lastet.«

Antonio drückte auf den weißen Knopf, der an einer Kabelschnur über dem Kopfteil ihres Bettes baumelte. Er wies die Schwester, die kurz darauf erschien, an, Angelina Maria ein frisches Glas Wasser und Medikamente zu bringen. Nach einem kurzen Blick auf die alte Frau und die Glasscherben auf dem Boden verließ die Krankenschwester eilig den Raum.

»Machen Sie sich keine Sorgen. Meine Kollegin holt ein kühles Getränk. Sie hatte gestern Tagdienst. Sie erinnern sich doch noch an sie?«

»Ja, ja«, stammelte Angelina Maria und nippte kurz darauf vom Wasser, das der Pfleger ihr an den Mund hielt.

Er schob ihr eine große rosafarbene Pille zwischen die trockenen Lippen. »Schlucken Sie, bitte. Es wird danach besser.« Gehorsam würgte sie die Tablette hinunter. Wieder setzte sie sich ruckartig auf, weil sie glaubte, ersticken zu müssen. Kurz geriet sie in Panik und begann krampfhaft zu husten. »Immer mit der Ruhe«, sagte Antonio beschwichtigend und klopfte ihr sacht auf den Rücken. »Hier. Trinken Sie noch etwas.« Er reichte ihr das Wasserglas. Angelina Maria nahm einen großen Schluck und atmete dann tief durch. Ermattet lehnte sie sich zurück und nickte dankbar. Inzwischen hatte sich das Unwetter einige Kilometer verzogen. Das musste nicht viel bedeuten, denn möglicherweise kam es wieder, würde den ganzen Tag und die Nacht über um Triest kreisen. Allmählich entfaltete die Tablette ihre Wirkung. Angela Marias Entsetzen schwand, es gelang ihr wieder, die heraufdrängenden Bilder wegzusperren, und ihre Augen fielen zu. Fast schon im Traum, bemerkte sie undeutlich, dass der Pfleger das Krankenzimmer verließ. Er war ein netter junger Mann. Mit seinem dunklen Haar und dem strahlenden Lächeln erinnerte er sie an Giuseppe.

Angelina Maria tauchte in die Vergangenheit ein wie früher in die Tiefe des grünen Meeres.

Giuseppe.

Auch jene Nacht damals in Rom war dunkel gewesen. Samtig schwarz. Es hatte seit Tagen geregnet. Kein Mond stand am kohleschwarzen Himmel. Kein einziger Stern flirrte. Die Straßen waren nass, glatt und rutschig.

Giuseppe, sie und ihre inzwischen wieder genesene Schwester waren in einem Restaurant außerhalb der Stadt. Sie hatten alle möglichen fremden Speisen ausprobiert, über die unterschiedlichen Geschmäcker gescherzt und dazu Unmengen von Rotwein getrunken.

Unter dem Tisch suchte Giuseppes Knie das ihre, während ihre Schwester besitzergreifend die Hand auf seine gelegt hatte. Sie wollte allen zeigen, dass sie für immer zueinandergehörten, und bohrte damit einen vergifteten Dolch in Angelina Marias Herz. Der Schmerz machte sie rasend. Doch sie unterdrückte die Tränen. Nie hätte sie die beiden an ihrem Kummer teilhaben lassen.

»Schwester«, murmelte sie und sah ihren Zwilling über die flackernden Kerzen hinweg an, »du bist mir das Liebste auf der Welt. Ohne dich würde ich das Leben nicht ertragen.«

»Ach, kleine Zweitgeborene, mich wirst du so schnell nicht los. Wir sind von Geburt an untrennbar miteinander verbunden.«

Giuseppe hob sein Kristallglas und ließ die purpurrote Flüssigkeit darin kreisen. Zuerst sah er der einen, dann der anderen tief in die Augen. »Ihr, meine beiden Schönen, seid mein Leben. Was bin ich glücklich, euch zu haben.«

Ein Teufel nahm Angelina Marias Herz in seine glühenden Klauen und drehte es dreimal um, bis sie nach Luft zu schnappen begann.

»Hier. Trink, *bella mia*.« Giuseppe reichte ihr mit lachenden Augen das Glas.

Sie nahm es und trank es aus. Wie oft sie sich Wein nachschenken ließ, wusste sie bald nicht mehr. Dann begann die Übelkeit.

Ihre Schwester hielt ihr liebevoll den Kopf, als sie sich auf der Toilette des Restaurants mehrfach übergeben musste.

»Ich bin es nicht wert, dass du so gut zu mir bist. Wir müssen miteinander reden. Ich verdiene dich nicht. Es gibt da etwas, das ich dir sagen muss, mein Engel«, stammelte sie.

Ihre Zwillingsschwester streifte den goldenen Ehering vom Finger und wusch sich gründlich die Hände. »Was redest du da bloß? Morgen ist dafür Zeit genug. Heute genießen wir das Leben.«

»Ich … habe etwas … ach … Unverzeihliches …« Sie musste sich an der Wand abstützen, so heftig schwankte der Boden unter ihr.

»Das ist nur der Wein, mein Herz«, entgegnete ihre Schwester schmunzelnd und wollte den Raum verlassen.

»Da, dein Ring«, flüsterte Angelina Maria.

Ihre Schwester legte ihr dankend den Arm um die bebenden Schultern und ließ den Ehering achtlos in ihre Handtasche fallen.

Als Angelina Maria wenig später, gestützt vom singenden Giuseppe und ihrer lachenden Zwillingsschwester, zum Auto ging, schwor sie sich, die Liebesaffäre mit ihrem Schwager zu beenden und für immer zu verbergen.

Auf dem Rücksitz des Wagens kauernd, klammerte sie sich an

ihrer Handtasche fest, bis der Wein abermals in einem heißen Strahl nach oben drängte. »Halt sofort an, ich muss hinaus!«, schrie sie. Am Straßenrand übergab sie sich in hohem Bogen. Ihre Schwester säuberte ihr das Gesicht mit einem regennassen Taschentuch. Giuseppe wartete ungeduldig im Wagen. »Beeilt euch, das Unwetter gewinnt wieder an Kraft.« Ihre Schwester schob sie neben ihn auf den Beifahrersitz und sprang selbst auf die Rückbank.

Dann brauste der Wind an den geöffneten Fenstern vorbei, wirbelte die Blätter hoch und verwandelte die ruhige Straße in einen wilden Alptraum. Der Regen fiel schwer zu Boden und ließ den schwarzen Asphalt glänzen. Das Auto schien zu schwimmen. »Pass auf!«, schrie ihr Zwilling von hinten. Dann war da ein heftiger Aufprall, und Angelina Maria hörte ein Geräusch berstenden Glases.

Danach gab es nichts mehr außer der schwarzen, mondlosen Gewitternacht.

Irgendwann, viel später, hörte sie ein Weinen, ein bitteres Schluchzen, und eine Stimme, die geduldig wieder und wieder in ihr Ohr flüsterte: »Ruhig, Signora. Angelina. Sie haben überlebt. Nur das zählt.«

Das bittere Schluchzen kam aus ihrer eigenen, schmerzenden Kehle. Langsam öffnete sie die Augen und starrte in grelles Licht. Überall waren Drähte und Kabel. Sofort begann sie zu würgen, und ihr wurde abermals schwarz vor Augen.

Pechschwarzes Vergessen.

Weit über ihr pendelten rehbraune Augen und ein kirschroter Mund.

Verführung.

»Wo ist meine Schwester?«, krächzte sie, als sie wieder erwachte. »Der Arzt wird morgen mit Ihnen sprechen. Jetzt müssen Sie schlafen.«

Die Krankenschwester strich über ihre heiße Wange und trocknete die Tränen, die höllisch auf Angelina Marias offenen Lippen brannten.

»Angelina, Angelina!«, schrie es gequält aus ihr.

Der Arzt kam am nächsten Morgen und auch am Nachmittag.

Doch Angelina Maria nahm ihn nicht wahr und auch keine der Schwestern. Nur ein zischendes Geräusch hatte sich in ihre Erinnerung eingeprägt.

Vielleicht einen einzigen Tag, vielleicht hundert Jahre später wurde sie hochgehoben und bekam eine ätzende Flüssigkeit eingeflößt. Erstickter Husten. Keuchen. Luft und frischer Sauerstoff. Ein Schweben über taunassen Wiesen. Dann Gluthitze. Gewitterstürme. Scharfe Hagelkörner. Blitze. Stromschläge. Es roch nach verbrannter Erde. Nach Sehnsucht. Nach gerösteter Haut und verkohlten Knochen.

Sie hustete und schlug ihre Augen auf.

»Dem Kind ist nichts geschehen. Und Sie, Signora, Sie leben. Es ist ein Wunder. Sie haben überlebt, obwohl Sie auf dem Beifahrersitz waren. Man sagt, dass der Sitz neben dem Fahrer der Todessitz ist ...« Der Arzt brach ab und räusperte sich verlegen.

»Wir sind zwei. Zwillinge.«

»Ich weiß. Leider hat es nur eine von Ihnen geschafft.«

Nur eine? Was bedeutete das?

»Drei. Wir waren drei. Giuseppe. Angelina. Maria.«

Alles entglitt ihr, löste sich auf.

»Signora, nur Sie und Ihr Ungeborenes haben den schrecklichen Unfall überlebt. Ihr Ehemann und Ihre Schwester ...« Der Arzt wandte sich ab, und Angelina Maria versank in Verzweiflung.

Zwei, drei Wochen später, sie hatte eben erst die Intensivstation verlassen, saß Angelina Maria am Fenster des römischen Krankenhauses und starrte auf die belebte Straße hinab. Als sich der Arzt über sie beugte, zuckte sie zusammen. Draußen zog ein Schwarm schwarzer Vögel vorbei.

»Signora, es ist Zeit, darüber zu sprechen, was Sie nach Ihrer Gesundung erwartet. Ihr Gatte war ein wohlhabender Mann. Er hat Ihnen die Villa in Grado, in der Sie vor dem Unfall zusammen lebten, und eine beträchtliche Summe Geld vermacht. Sie werden also ein sorgenfreies Leben führen können, wenn Sie den Kummer über seinen Verlust überwunden haben. Ihr Kind wird Ihnen sicher dabei helfen.«

»Mein Gatte?«

»Giuseppe, Giuseppe Cecon.« Der Arzt musterte sie besorgt. Er ließ sie aufstehen und geradeaus gehen, mit geschlossenen Augen, überprüfte ihre Reflexe und ordnete kopfschüttelnd zusätzliche Untersuchungen an. »Signora, Sie leiden unter Amnesie. Entsinnen Sie sich denn nicht des Unfalls?«

»Nein, da ist nur schwarze Nacht.«

»Und erinnern Sie sich an Giuseppe und Ihre Schwester?«

»Ja.«

Der Arzt wirkte erleichtert, doch sie schloss erschöpft und verwirrt die brennenden Augen. Sobald sie sich vergewissert hatte, dass der Doktor aus dem Raum gegangen und sie allein war, begann sie zu murmeln.

»Wer, um alles in der Welt, bin ich? Bin ich Maria? Bin ich Angelina? Bin ich jetzt beide? Sind wir nun zwei?« Sie legte die Hände auf ihren gewölbten Bauch und ließ den Tränen freien Lauf. Lange Zeit saß sie so da.

Die Augen, die ihr seither im Spiegel entgegenblickten, waren tot. Gestorben in der gleichen Sekunde wie ihre Schwester und Giuseppe.

War sie der Zwilling, den Giuseppe geheiratet hatte, also Angelina? Wenn ja, wieso wusste sie dann um Marias Betrug und spürte diese tiefe, nie wiedergutzumachende Schuld in sich? Oder war sie Maria? Aber warum sagten dann alle Signora Cecon zu ihr?

Langsam, sehr langsam, lichtete sich der Schleier, und sie erkannte, was geschehen war. Sie war Maria. Sie hatte als Einzige den grauenvollen Unfall überlebt. Und weil sie von ihrem verstorbenen Schwager schwanger war, glaubten alle, sie wäre seine Witwe.

Ihre Zwillingsschwester hatte im Auto mit ihr den Platz getauscht, nicht aber ihre Handtaschen mit den Pässen und dem Ehering.

Nun war sie Angelina, die Erstgeborene, aber in ihrem Inneren Maria, die Zweitgeborene.

Nun war sie Betrügerin und Betrogene in einem, Überlebende und Verstorbene, Ehefrau und Geliebte, große und kleine Schwester: Angelina Maria. Und sie würde es fortan bleiben. Zum Schutz ihres Kindes.

War sie klar, sah sie dem Vermächtnis ihres Schwagers entgegen, einer finanziell sorgenfreien und gesicherten Zukunft. Dann strich sie über ihren Bauch, aber es konnte sich keine Freude über das Ungeborene in ihrem Leib in ihr regen. Der Schmerz hatte alle anderen Gefühle erstarren lassen.

Schon bald darauf senkte sich der Schleier wieder über ihre Klarheit und begrub alle Erkenntnis, alles Wissen unter seiner feinen Spitze.

»Principessa.«

Angelina Maria öffnete die Augen und sah die rothaarige Schwester mit der sanften Stimme vor sich.

Ein Blitz zuckte durchs Zimmer, gefolgt von einem gewaltigen Donnerschlag, der die Wände erzittern ließ. Das Gewitter war zurückgekehrt.

»Wissen Sie, wo Sie sich befinden, Signora? Sie haben wirres Zeug gebrabbelt. Wir machen uns Sorgen, dass die Medikamente nicht stark genug sind.«

»Ja, ich weiß, wo ich bin. Hier, im Krankenhaus.«

»Und wie, meine Liebe, ist Ihr Name?«

Es gab kein Zurück, kein Vergessen. Die Geister der Vergangenheit waren wieder da und saßen anklagend vor ihr. Der Gefährlichste der Dämonen hielt ein Schild. Es glänzte gelb im Licht der zuckenden Blitze, und rot flimmerten die Buchstaben auf dem Metall: V E R D E R B E N.

»Maria heiße ich, und ich habe mein Kind knapp nach der Geburt verloren. In einer Gewitternacht sind mein Schwager und meine Zwillingsschwester bei einem schrecklichen Unfall zu Tode gekommen. Ich habe als Einzige überlebt. Sehen Sie, Schwester, ich lebe, obwohl ich schon längst tot bin.«

Die Schwester schüttelte besorgt den Kopf, schrieb etwas in Angelina Marias Krankenblatt und eilte mit ernster Miene aus dem Krankenzimmer.

9

Franziska erwachte mit hämmernden Kopfschmerzen. »Mordsmäßig«, flüsterte sie, und alles fiel ihr wieder ein.

Es gab keine Medizin, kein Essen, nichts. Nur Wasser. Davon aber zum Glück reichlich.

Wenn sie nicht bald etwas in den Magen bekam, würde sie verhungern.

Sie hatte während der letzten Stunden, bevor sie eingeschlafen war, alles hundertmal durchdacht, die Lücken geschlossen, ihr Puzzle geduldig fertig gelegt. Sie war sich nun sicher, dass Claudio Mayer seine Freundin umgebracht hatte. Deshalb hatte er sie vor Franziska verleugnen müssen.

Vielleicht war der Schweizer seiner Freundin einfach nur überdrüssig geworden. Möglicherweise hatte die Meerjungfrau aber auch etwas gewusst, das sie in Gefahr gebracht hatte.

So wie sie, Franziska, auch?

Angelina Maria Cecon hatte beobachtet, wie das Mädchen ertrunken war. Sie hatte es sich nicht bloß eingebildet, es war wirklich geschehen.

Die unfreundliche Schönheit aus dem Lift war die Meerjungfrau mit den silbrig glänzenden Haaren, der Franziska Abend für Abend beim Schwimmen zugesehen und die sie gemalt hatte. Ihr gehörte die glitzernde Schmetterlingsspange, die sie später hier in Claudio Mayers Badezimmer gefunden hatte.

Franziska begann vor Aufregung zu schwitzen

Mayer musste davon ausgehen, dass sie eins und eins zusammenzählen würde.

Warum hatte er sie also nicht ebenfalls umgebracht?

Dachte er, sie würde hier drin ohnehin irgendwann sterben?

Franziska wusste nicht, wie lange sie schon hier war, aber es mussten Tage sein. Sie glaubte nicht mehr, dass er noch zurückkehren würde. Höchstwahrscheinlich war er längst über alle Berge. Er musste ja schon an jenem Abend damit gerechnet haben, dass die Leiche seiner Freundin früher oder später geborgen und mit ihm in Verbindung gebracht werden würde.

Wahrscheinlich hatte Franziska seine Flucht verzögert, weil er ihr, um unauffällig zu bleiben, anbieten musste, bei ihm zu telefonieren. Sie war so dumm gewesen, so grenzenlos dumm. Unvorsichtig, überheblich und unbeherrscht.

Das kalte Licht über ihr begann zu flackern.

»Oh Gott, nein. Bitte lass das nicht passieren.« Erschrocken hielt sie den Atem an.

Wer konnte sagen, wie lange diese Energiesparlampe schon brannte? Vielleicht war die letzte ihrer fünftausend Stunden längst angebrochen? Dunkelheit könnte sie jetzt nicht ertragen.

Flimmernde Bilder blendeten ihre müden Augen. Sonnenstrahlen, reflektiert vom melissengrünen Wasser, malten Muster auf die Fenster der Häuser am Hafen. Eine glühende Junisonne stach durch die weit geöffnete Terrassentür.

Träumte sie?

Franziska legte ihren Kopf in den Nacken und sah zum Himmel. Dahinjagende Wolken verschluckten jetzt den blassen Mond und die wenigen Sterne.

War das eine Fieberphantasie?

Sie starrte auf den nächtlichen Hafen hinunter. Überall Lichter, silberhelles Lachen und leise, summende Geräusche. Dazu das Bimmeln der Glocken an den Masten der Segeljachten. Das Mondlicht hüllte alles in einen warmen Vanilleton. Sie ging Hand in Hand mit Stefano durch die Nacht.

War das die Wirklichkeit?

Vergangenheit, Gegenwart oder Zukunft?

Schien denn die Sonne über dem Blau des Meeres, oder peitschte der Regen weiße Schnüre ins Grau des Wassers?

Franziska befühlte ihre heiße Stirn. Sie glühte vor Fieber. Einmal hatte sie gelesen, dass man selten richtig verhungerte. Vielmehr waren es die Infektionen, die einen vorher schon erledigten.

Und nun bebte sie vor Hitze und schüttelte sich vor Kälte. War das der Anfang vom Ende?

Tränen stiegen in ihr hoch, aber sie verbot es sich zu weinen. Auch wenn sie es allein keinesfalls schaffen würde, hier herauszukommen, wollte sie doch möglichst wenig Energie verbrauchen, um im entscheidenden Moment Kraft zu haben. Falls ein entscheidender Moment überhaupt noch kam.

Franziska fuhr mit der Zunge über ihre rissigen Lippen, hievte sich schwerfällig hoch und taumelte zum Waschbecken. Sie sah grauenvoll aus.

Den Daumen auf ihr Handgelenk gepresst, zählte sie die Schläge ihres Herzens. Es flatterte so gehetzt schnell, so unregelmäßig, dass sie nicht mehr mitkam und die Finger erschrocken von ihrem Puls nahm.

Was sollte sie tun? Erst einmal galt es, das Fieber unter Kontrolle zu bringen.

Sie musste trinken. So viel sie konnte. Sich abkühlen, sofort. Sonst stieg das Fieber unaufhörlich weiter.

Und dann würde sie Stefano nie wiedersehen.

Nie wieder die Sonne.

Nie wieder das Meer.

Keuchend zog sie das Kleid über ihren Kopf und tränkte es gemeinsam mit dem Handtuch in eiskaltem Wasser. Erschöpft hielt sie ihren Kopf unter den Wasserhahn und ließ das köstliche Nass in ihren Mund fließen. Dazwischen schnappte sie nach Luft.

Schließlich lag sie wieder auf dem Boden, beide Beine umwickelt mit den angenehm kühlen Stoffen, und betete, dass das Fieber sinken würde. Die blauen Tintenkleckse und die roten Pünktchen hatten zugenommen.

Trotz der Schwäche, ihrer Angst, der Erschöpfung und des Fiebers spürte sie das drängende Hungergefühl, das inzwischen ein Teil ihrer selbst war. Es malte ihr Bilder reichlich gedeckter Tische, erlesener Menüs und köstlicher Gerichte und zögerte nicht, sie sogar mit Frittenbuden zu quälen. Fast konnte sie den Geruch alten Frittierfetts wahrnehmen, ein nur geradezu betörender Duft, der ihr wie die feinste Erstpressung sonnendurchtränkter Oliven vorkam. Liebend gern würde sie jetzt Würstchen mit Sauerkraut unzerkaut in sich hineinschlingen und dicke, schleimige Haut von gekochter Milch schlürfen. Verschimmeltes Obst, altes Brot, muffiges Fleisch. Verdorrtes Gemüse. Abgelaufene Ware aus den Kühlregalen diverser Supermärkte. Saure Nierchen.

Was gab es für sie Schlimmeres als Innereien? Hirn mit Ei? Fettes, mit Knorpeln und Sehnen durchzogenes Fleisch? Himbeeren und Kirschen voll mit Würmern?

Alles hätte sie verschlungen.

Ihr Atem roch seit einiger Zeit nach samtigen Pfirsichen. Er erinnerte sie an pralle Nektarinen, süße Pflaumen und sonnenbe-

schienene bunte Obstgärten im August. Saftige gelbe Birnen, rote
Äpfel, ein paar vergessene Julikirschen.

Während ihr die Phantasie immer neue Bilder vorgaukelte,
erneuerte sie schwitzend, keuchend und fluchend die kalten Umschläge. Trotz der angenehmen Kühle auf ihren Unterschenkeln
hatte sie nicht das Gefühl, dass ihre Temperatur sank. Das Fieber
machte sie wirr im Kopf, und der Schmerz hinter der Stirn und
den Schläfen hinderte sie am Denken.

Wie aus dem Nichts stellte sich ihr die Frage: Bin ich in einem
der Stockwerke über oder unter meiner Wohnung? Als sie an jenem
Abend benebelt vom Alkohol und benommen von der Übelkeit
neben dem Schweizer im Aufzug stand, hatte sie nicht darauf ge-
achtet, in welche Etage der Lift fuhr.

»Kennen Sie den Mann, der über Ihnen wohnt?«, fragte die
Stimme der kleinen Laura, ein leises Flüstern in Franziskas Kopf.

Also befand sich direkt unter ihr ihre leere, verlassene Wohnung.

Sie war jetzt so schwach, dass ihr Kopf entkräftet auf die Seite
fiel, und auf einmal war das Reh wieder da und legte seine kühle
Schnauze in ihre geöffnete Hand.

Dann ging das Licht aus und hüllte alles in Dunkelheit.

10

Üblicherweise neigte Bibiana nicht zu übertriebenen Gefühls-
reaktionen. Doch heute war alles anders. Selbst das Unwetter, das
sich jetzt mit grellen Blitzen, Regenfluten und gewaltigen Don-
nerschlägen über Grado entlud, hatte sie nicht kommen gehört.

Ihr Telefon klingelte. Sie warf einen schnellen Blick auf das
Display und zog erstaunt die Augenbrauen in die Höhe. Was wollte
der Hausmeister des Zipser-Hauses von ihr?

»Signora?«

»Was gibt's, Rabottini?«

»Ja, haben Sie denn nicht aus dem Fenster gesehen?«, bellte er
in den Hörer.

»Warum sollte ich? Was gibt's da Besonderes?« Bibiana sah rasch aus den beschlagenen Scheiben des Wohnzimmers. »Ach, Sie meinen den Regen. Gibt es eine Überschwemmung im Haus?«

»Das nicht. Aber der Strom ist ausgefallen. Es wird wohl der Blitz eingeschlagen haben.«

»Oje.« Bibiana hatte jetzt keine Lust, sich damit zu beschäftigen. »Sie sollten besser rüberkommen.« Der Hausmeister war hörbar verunsichert.

»Ich glaube, Rabottini, damit werden Sie allein fertig. Das ist Ihr Job.«

»Ja, was soll ich denn tun?« Er klang eingeschüchtert.

»Also, wenn Sie das nicht wissen … Gehen Sie in den Keller zum Sicherungskasten und legen Sie den Hauptschalter um.«

Als er nichts erwiderte, fragte sie nach: »Haben Sie mich verstanden?«

»Natürlich.« Grußlos beendete er das Gespräch.

So ein unverschämter Kerl, dachte Bibiana und strich ihre weiße Bluse glatt. Erneut brummte ihr Handy.

»Fabrizio, ich habe schon gewartet. Gut, dass du anrufst.«

»Bibiana?« Sie konnte den fragenden Ausdruck auf seinem Gesicht regelrecht sehen.

»Wir müssen uns sofort treffen.«

»Ich habe eben schon versucht, dich zu erreichen, aber es war besetzt.«

»Ja, ja, ich weiß. Der unfähige Rabottini hat mich mit irgendwelchen Stromausfällen im Zipser-Haus belästigt.«

»Kriegt er das denn hin? Vielleicht solltest du dort besser persönlich vorbeischauen.«

»Jetzt fang du nicht auch noch an. Ich habe ihm erklärt, was zu tun ist. Das muss reichen. Immerhin ist er der Hausmeister und nicht ich.«

»Wenn du meinst.« Fabrizio klang eingeschnappt.

»Reagier doch nicht gleich beleidigt. Wir haben etwas Wichtiges zu besprechen. Also, wo treffen wir uns?«

»Ist was passiert?«

»Wirst es schon noch früh genug erfahren. Sei nicht so neugierig.« Sie strahlte über das ganze Gesicht und presste erwartungsvoll die Lippen aufeinander.

»In ein paar Minuten bei Gianni?«

»Abgemacht«, rief sie fröhlich ins Handy.

Im Vorzimmer holte Bibiana den dunkelblauen Schirm aus dem Ständer und lief, immer zwei Stufen auf einmal nehmend, zur Haustür.

Der Regen peitschte ihr hart ins Gesicht, kaum dass sie die Tür geöffnet hatte. Innerhalb von Sekunden hatte sich ihr Schirm umgedreht, und sie war bis auf die Haut durchnässt.

Aber heute konnte ihr auch ein Unwetter nichts anhaben. Vergnügt lief sie, geschützt durch die vorspringenden Dächer der Altstadt, zur Markthalle und rauschte gegenüber ins Lokal.

»Hallo! Hier bin ich.«

Fabrizio sprang erschrocken von seinem Stuhl hoch und nahm ihr den Schirm ab. »Du bist ja klitschnass«, stellte er fest.

»Ich weiß. Aber das macht nichts.« Sie lachte ihn gut aufgelegt an.

»Bist du …« Er beäugte sie misstrauisch.

»Nein. Ich bin nicht beschwipst, falls du das meinst. Aber was nicht ist, kann ja noch werden. Oder nein, kann es nicht.«

»Bibiana?« Er sah sie fragend an.

»Gianni!«, rief sie übermütig. »Bring uns doch bitte zwei Gläser Franciacorta zum Anstoßen.«

In diesem Moment begann ihr Handy erneut zu läuten. Unwillig drückte sie es an ihr Ohr und drehte sich weg.

»War bloß Rabottini«, erklärte sie kurz darauf. »So unfähig scheint er doch nicht zu sein, denn er hat es geschafft, das Licht wieder in Gang zu setzen.«

»Gut.« Fabrizio nahm Gianni die beiden Gläser ab. »Was wollen wir feiern?«, fragte er.

»Ich nehme den Avocadosalat mit den Krebsen«, bestellte Bibiana rasch. »Nimm du bitte das Carpaccio vom Schwertfisch, dann kann ich davon kosten.«

»In Ordnung. Nun sag endlich, was los ist.« Er stutzte und fuhr dann schmunzelnd fort: »Der alte Pasquale wird doch nicht den Löffel abgegeben und dich zu seiner Alleinerbin gemacht haben?«

So mochte sie ihren Fabrizio.

»Nichts dergleichen.« Sie lachte befreit und hob ihr Glas. »*Cin cin.*«

»*Salute.*«

»Ich bin schwanger.«

Fabrizio, der eben einen Schluck genommen hatte, verschluckte sich und begann zu husten. Er fasste sich schnell und entgegnete trocken: »Gratuliere, Bibiana. Allerdings wollte ich dich gerade eben verlassen.« Als er ihr entsetztes Gesicht sah, fügte er grinsend hinzu: »Reingefallen. Das war ein Scherz. Du liebst doch meinen schwarzen Humor?«

Wäre Bibiana nicht so glücklich gewesen, sie wäre aus dem Lokal gelaufen. So sah sie ihn nur mit funkelnden Augen an. »Was sagst du dazu?«, wollte sie wissen.

»Du weißt, dass du mich damit zum glücklichsten Mann von ganz Grado machst.« Fabrizio nahm ihre Hand.

»Freu dich lieber nicht zu früh. Ich habe zwei Möglichkeiten: Entweder ich treibe es ab, oder ich behalte es. Und ich habe dir noch nicht gesagt, wofür ich mich entschieden habe.«

Seinen erschütterten Blick kommentierte sie mit einem schallenden Lachen. »Hast wohl gedacht, nur du kannst zynisch sein, was? Irrtum. Natürlich will ich unser Baby. Ich bin außer mir vor Freude.«

Fabrizio sprang auf und nahm sie fest in den Arm.

Gianni, der gemeinsam mit dem Oberkellner andächtig der Unterhaltung gelauscht hatte, begann zu klatschen.

»Gratulation«, riefen auch die anderen Gäste im Lokal und prosteten ihnen zu.

An den Schlüssel von Mayers Apartment, der noch immer auf dem Grund ihrer Tasche lag, dachte Bibiana schon längst nicht mehr.

11

Laura spürte die kühle Hand ihrer Mutter auf der heißen Stirn.

»Mama«, flüsterte sie und schlug die Augen auf.

»Laura, was machst du bloß für Sachen?« Ihre Mutter schüttelte besorgt den Kopf und sah sie liebevoll an. »Du glühst ja«, murmelte sie. »Mach bitte mal deinen Mund weit auf.« Sie hob die Taschenlampe aus dem Vorzimmer und leuchtete Laura damit in den Rachen. »Dein Hals ist feuerrot. Ich tippe auf eine Sommergrippe.« »Ja, Dottoressa«, krächzte Laura kläglich. »Jetzt, wo du da bist, geht's mir schon viel besser.«

»Das Stromnetz ist in manchen Teilen der Stadt ausgefallen. Ich bin früher vom Hotel weggegangen, weil ich mir große Sorgen um dich gemacht habe.« Ihre Mutter schaute traurig und fuhr dann mit unsicherer Stimme fort: »Ich sollte dich nicht so viel allein lassen.«

»Ich komme doch gut zurecht. Bitte, Mama, sei nicht mehr böse.«

»Du bist ein liebes Mädchen.« Ihre Mutter beugte sich zu ihr hinunter und nahm sie fest in den Arm. »Böse war ich dir doch nie. Ich war nur so erschrocken, als Signor Pasquale im Hotel angerufen hat.«

Laura löste sich aus der Umarmung und streckte ihrer Mutter das Thermometer entgegen, das diese ihr unter die Achsel geschoben hatte. »Da. Das ist viel, oder? Neunundreißig.«

»Ziemlich hohes Fieber ist das sogar. So etwas Ähnliches habe ich mir schon gedacht. Ich werde dir kalte Umschläge machen.«

»Das habe ich befürchtet.« Laura lächelte gequält.

Draußen grollte noch immer der Donner, und der Sturm heulte ums Haus. Immer wieder zuckten grelle Blitze über den Himmel.

»Ich habe ein bisschen Angst bekommen, weil das Gewitter so wild war. Glaubst du, ein Tornado kommt?«

»Nein.« Ihre Mutter strich lächelnd über ihre heiße Wange. Dann bückte sie sich und hob ein paar Zeitschriften vom Boden auf. »Wofür sind die denn? Die kennst du doch schon alle.« Sie bedachte Laura mit einem mahnenden Blick. »Deine Pappmaschee-Puppen kannst du jetzt aber nicht machen. Das weißt du doch? Du musst im Bett bleiben, sonst steigt das Fieber noch höher. Ich räume die Zeitungen ins Regal zurück.«

»Nein! Lass sie bitte da liegen. Ich will sie später durchsehen, weil ich etwas suche.«

»Gut, dann hole ich jetzt die Tücher und das kalte Wasser für die Umschläge.«

»Warte, Mama. Kannst du mir bitte noch etwas bringen?« Laura richtete sich auf und lehnte ihren Kopf an den Bettpfosten. Als ihre Mutter nickte, erklärte sie: »Hinter den Büchern im Regal ist ein weißer Briefumschlag, den brauche ich.«

Ihre Mutter stand auf, um nachzusehen. Der Wind hatte seine Richtung gedreht und peitschte den Regen nun fast waagrecht gegen die Fensterscheiben.

»Meinst du den hier?«

»Ja.« Laura nahm den Umschlag und öffnete ihn. »Mama, das habe ich alles für dich gespart. Schau«, sie leerte den Inhalt des Kuverts auf die Bettdecke, »es sind achtundfünfzig Euro, vom Frühstückaustragen. Ich habe keinen einzigen Cent davon ausgegeben.«

Ihre Mutter bekam von einem Moment auf den anderen ein rotes Gesicht und feuchte Augen. »Meine Kleine«, sagte sie sanft und drückte Laura an sich, »das ist lieb von dir. Wenn du gesund bist, müssen wir aber trotzdem miteinander reden.«

Laura, die wieder zu frieren begonnen hatte, legte den Kopf auf die Schulter ihrer Mutter und atmete tief ein.

12

Stefano lief gehetzt durch die dunkle Straße. Es war erst früher Nachmittag, doch das Unwetter hatte den Tag zur Nacht gemacht. Der Regen fiel wie ein schwerer Vorhang über die Stadt und ließ sie in düsterem Glanz erstrahlen, und die Möwen hockten wie schmutzig weiße Bälle unter den Vorsprüngen der Hausdächer. Auf den Straßen und Gehwegen lagen ausgerissene Äste, zerdrückte Blüten und Blätter. Möwenkot klebte auf dem Asphalt. Der Inhalt aufgeplatzter Müllsäcke schwamm in riesengroßen Pfützen. Die Kanäle liefen über, und die Kloake ergoss sich stinkend ins Hafenbecken.

Bei Unwetter verteilte der Sturm feinkörnigen Sand über der Stadt, und die Regentropfen schmeckten nach Salz. Stefano lief gegen den strömenden Regen. Die nächste Windbö erwischte ihn frontal und schmiss ihn fast um, doch er genoss diese Naturgewalt.

Kurz nickte er Luisa in der Bar zu und eilte dann die Stufen zu seiner Wohnung hinauf. Mit einer Handbewegung kippte er den Schalter für die Klimaanlage um und knipste gleichzeitig das Licht an. Er riss sich noch im Gehen die durchnässte Kleidung vom Leib und schlüpfte in ein trockenes Poloshirt und frische Jeans. Als Erstes wollte er Francescas Krankheit googeln.

Während der Computer langsam hochfuhr, ging er noch einmal sein Gespräch mit der Commissaria durch. Er war nicht sicher, ob er bei der Suche nach Francesca auf sie zählen konnte. Immerhin hatte sie sich aber die Zeit genommen, sich seine Geschichte genau anzuhören.

Aus Loyalität zu Francesca war er ihr gegenüber voreingenommen gewesen. Es war kein Geheimnis, dass sich die Degrassi auf eine Affäre mit Tomaso eingelassen hatte. Auf ihn machte die Commissaria trotzdem einen guten Eindruck. Bei dem Gedanken daran, wie sie mit ihren männlichen Mitarbeitern umgesprungen war, musste er schmunzeln. Ihm war sie zum Glück freundlich begegnet. Zwischendurch hatte sie gründlich nachgefragt und in unleserlicher Schrift einiges auf einen Block gekritzelt.

Stefano nahm seine Brille ab und putzte die Gläser mit einem Mikrofasertuch. Endlich war er online und tippte den Suchbegriff ein.

Aplastische Anämie.

Unzählige Einträge füllten den Bildschirm. Schnell klickte er die unterschiedlichen Adressen an und überflog die Inhalte. Das meiste war unbrauchbar oder zu kompliziert, als dass er es unmittelbar verstehen konnte. Erst der längere Wikipedia-Eintrag stillte seinen Wissensdurst. Es lief ihm kalt über den Rücken, denn unabhängig davon, ob er nun Mediziner oder Barmann war, die meisten Symptome klangen eindeutig wie auf Francesca zugeschrieben: Müdigkeit, Übelkeit, Leistungsschwäche, Kurzatmigkeit, Kopfschmerzen, Gewichtsabnahme, höhere Kollapsneigung, Hautblässe, Gewebeeinblutungen, Flecke und erhöhte Blutungsneigung.

Wenn er sich Francesca vorstellte, wie sie ihm in der Bar gegenübergesessen hatte, da hatte er doch einen blauen Fleck auf ihrem Hals gesehen? Und dann das Nasenbluten.

Stefano folgte den angegebenen Links und kämpfte sich durch

die unterschiedlichen Texte. Als er fertig war, stützte er seinen Kopf in die Handflächen und stellte sich immerfort die quälende Frage: Wo zum Teufel war Francesca?

Nicht allein, dass sie auf unerklärliche Weise verschwunden war, sie war auch noch ernsthaft krank. Eine verflucht schlechte Kombination war das.

Verdammt! Stefano schlug mit der flachen Hand auf den Tisch und sprang auf. Höchstwahrscheinlich lag die Arme irgendwo, zu schwach, um sich selbst zu helfen, oder verzweifelt bemüht, ein Telefon zu erreichen, um Hilfe zu holen. Er hielt das Herumsitzen und Warten nicht länger aus. Es musste etwas geschehen!

Wie auf ein geheimes Kommando schrillte sein Handy.

Tomaso. Der hatte ihm gerade noch gefehlt.

»Ja?«, blaffte er ungehalten.

»Ich sage es dir zum letzten Mal, misch dich nicht in meine Angelegenheiten. Verstanden?«

»Droh mir bloß nicht.«

»Was erlaubst du dir eigentlich, Maddalena Degrassi gegen mich aufzuhetzen?«, wütete Tomaso in sein Ohr.

»Da mach dir mal keine Sorgen, das hast du schon selbst besorgt.«

»Du kannst, wie es aussieht, deine Finger nicht von meinen Frauen lassen.«

Außer sich vor Wut brüllte Stefano: »Was bist du bloß für ein selbstverliebtes Arschloch!«

»Fahr zur Hölle, Wichtigtuer.« Tomaso legte auf.

Neben dem Zorn auf Tomaso verspürte Stefano tatsächlich so etwas wie Genugtuung. Wie es aussah, hatte die Commissaria ihn ernst genommen und die Sache weiterverfolgt.

Im Zimmer hatte sich die Hitze gestaut, und vor dem Fenster tobte der Sturm. Stefano starrte grübelnd auf den Bildschirm und ging im Geiste noch einmal alles durch, was er über Francescas Verschwinden und ihre letzten nachvollziehbaren Handlungen wusste. Irgendwo musste es einen »Missing Link« geben. Doch so sehr er sich auch bemühte, jedes Detail, alles, woran er sich erinnerte, zum wiederholten Mal zu rekapitulieren, er kam auf keine Spur. Irgendwann stand er mutlos auf und ging vom Schreibtisch zum Fenster. Ohne wirklich etwas wahrzunehmen, folgten seine

Blicke minutenlang den Bahnen des Regens auf der Scheibe. Die Welt draußen war dunkel wie die Nacht, und er erinnerte sich an den wolkenverhangenen Himmel zu Tagesbeginn.

War es wirklich erst heute Morgen gewesen, dass er das kleine Mädchen unten am Hafen getroffen hatte?

Es kam ihm vor, als wären seither Tage vergangen.

Die Erkenntnis durchzuckte ihn wie ein Stromschlag. Die Kleine trug Frühstück für die Bäckerei Pasquale aus, und vor Francescas Wohnungstür lag eine Papiertüte mit Croissants auf dem Boden. Sie wurde also auch von ihr beliefert!

Das Mädchen hatte vielleicht etwas beobachtet.

Kurz entschlossen nahm er seinen Schlüssel vom Haken und stürmte hinaus ins Treppenhaus. Unten vor der Tür überraschte ihn die tatsächliche Wucht des Unwetters. Er stemmte sich gegen den Wind und rannte, so schnell er konnte, die Straße hinunter zur Bäckerei.

»Hallo!«, rief Stefano und stürmte ins Geschäftslokal. »Ich muss dringend mit dem Chef sprechen.«

Der alte Mann kam hinter dem Pult hervor und beäugte ihn misstrauisch. »Was soll dieser Lärm? Sind Sie nicht der Mann aus der Bar unten am Hafen?«

Stefano fand, dass es reichlich herablassend klang. Doch das war jetzt nicht von Belang. »Stimmt. Wo wohnt das kleine Mädchen, das für Sie arbeitet?«

Signor Pasquale starrte ihn entrüstet an. »Was geht Sie das an?«

»Ich muss dringend mit der Kleinen reden.«

»Das kann ja jeder sagen. Worum geht es denn?«

»Ich habe jetzt keine Zeit für Erklärungen. Sagen Sie schon, wo sie wohnt, es ist wichtig«, fuhr ihn Stefano ungeduldig an.

So leicht ließ sich Pasquale allerdings nicht überzeugen. »Was wollen Sie von ihr? Hat sie etwas angestellt?«

»Nein. Ich will nur wissen, wie ich das Mädchen erreichen kann. Sie hat vielleicht etwas beobachtet, das meiner Freundin das Leben retten könnte.«

»Dann sagen Sie mir, um wen es geht. Wer soll diese Freundin denn sein?«

»Francesca Tosoni.«

»Ach, Signora Tosoni«, kam es gedehnt. »Die *Ehefrau* von Tomaso Tosoni ist also *Ihre* Freundin?«

»Ja, ja.« Stefano war aufs Äußerste angespannt. »Das spielt doch jetzt keine Rolle. Sie ist seit fast drei Tagen unauffindbar.«

»Und was hat die Kleine damit zu tun?« Der alte Mann starrte ihn neugierig an.

»Sie weiß vielleicht etwas.« Stefano hielt inne und überlegte, wie er den Alten überzeugen konnte, ihm die Adresse zu verraten. Er *musste* ihn irgendwie überzeugen. Das Mädchen war seine einzige Spur. »Bitte glauben Sie mir, Signor Pasquale. Ich weiß nicht, was ich sonst tun soll, um Francesca zu finden. Sie hat bereits einen wichtigen Krankenhaustermin verpasst und braucht dringend medizinische Hilfe.«

»Es bringt nichts, Ihnen zu erklären, wo sie wohnt, ich werde Sie hinbringen.« Der alte Mann rief über seine Schulter: »Carlo, du hältst hier die Stellung! Ich komme gleich wieder.« Dann bedeutete er Stefano mit einem Nicken, ihm zu folgen.

Zum zweiten Mal an diesem Tag holte der alte Mann seinen in die Jahre gekommenen weißen Aston Martin aus dem Hof der Bäckerei. Lautstark über das Wetter murrend, aber mit einem dankbaren Stefano auf dem Nebensitz, fuhr er am Hafen entlang zum alten Strand.

Gegenüber dem Mietshaus stellte er sein Auto unter dem Schutz der Bäume ab. »Die Kleine wohnt im dritten Stock rechts. Läuten Sie bei Manzoni.«

Stefano wäre dem verwitterten Reptil mit den buschigen Augenbrauen am liebsten um den Hals gefallen. »Danke.«

»Nichts zu danken. Ich warte hier auf Sie. Es wird ohnehin nicht lange dauern. Laura ist krank, und ich glaube nicht, dass sie etwas weiß.«

Stefano überquerte im Laufschritt die Straße und hastete das Treppenhaus hinauf. Sein Herz trommelte schmerzhaft gegen seine Rippen.

Da. Den Finger auf dem Klingelknopf der Manzonis, lehnte er erschöpft an der gekalkten Wand des Flurs.

»Ja?« Eine kleine, mollige Frau mit schwarzem Haar, in dem schon einige graue Strähnen zu sehen waren, sah ihn abwartend an.

»Guten Tag, Signora Manzoni. Mein Name ist Stefano Capellari. Könnte ich bitte kurz mit Laura sprechen? Sie wohnt doch hier?« Stefano versuchte, über die Schulter der Frau in die Wohnung zu sehen.

»Was wollen Sie von meiner Tochter?«

Er machte einen Schritt vor. Als würde sie ahnen, was ihm durch den Kopf ging, versperrte sie ihm den Weg in die Wohnung.

»Signor Pasquale hat mich hergebracht, er wartet im Wagen vor dem Haus. Bitte, Signora Manzoni, ich müsste kurz mit ihr reden. Es ist wichtig.«

»Das ist unmöglich. Meine Tochter hat hohes Fieber. Und was, um Himmels willen, könnte ein erwachsener Mann von einem Kind wollen? Sie machen mir Angst.«

»Signora, bitte, es gibt keinen Grund, sich zu fürchten, ich …« Weiter kam er nicht.

Hinter Signora Manzoni ertönte eine krächzende Stimme, und Laura tauchte neben ihrer Mutter auf. »Mama, das ist doch der nette Mann aus dem Café am Hafen.«

»Geh sofort zurück in dein Bett, Laura.«

»Signora Manzoni, lassen Sie mich ihr bitte nur eine einzige Frage stellen.«

Laura blickte ihre Mutter bittend an, und deren Widerstand schwand. »So kommen Sie schon herein. Sonst holt Laura sich wegen Ihnen noch den Tod.« Sie hielt ihm die Tür auf, und Stefano schlüpfte an den beiden vorbei in die dunkle Wohnung.

Mit einem Kopfnicken wies sie ihn an, ihr in die Küche zu folgen. »Setzen Sie sich«, sagte sie knapp.

Mit mürrischer Miene rückte sie ihm einen Stuhl zurecht und schob eine Teetasse auf dem Esstisch beiseite. Die unaufgeräumte Küche roch nach altem Fett.

Signora Manzoni bemerkte Stefanos Blick und murmelte etwas Unverständliches vor sich hin.

Stefano legte die Handflächen auf seine Oberschenkel und sah Laura an, die ihm gegenüber Platz genommen hatte. Das Kind schien vor Fieber zu glühen. »Laura, du lieferst doch den Kunden der Bäckerei Pasquale Morgen für Morgen ihr Frühstück«, begann er. »Ist das richtig?«

»Ja«, kam die scheue Antwort.

»Kennst du Francesca Tosoni? Sie wohnt im grauen hohen Haus am Meer.«

»Natürlich.« Die Kleine nickte eifrig. »Die Signora ist immer freundlich zu mir. Ich war sogar einmal in ihrer Wohnung und habe Kakao getrunken.«

Lauras Mutter wollte etwas einwerfen, entschied sich aber dagegen.

»Was ist denn mit ihr?«, fragte Laura und begann zu husten. Ihre Mutter war zum Kühlschrank gegangen, hatte eine Zitrone aus dem Gemüsefach geholt und in zwei Hälften geschnitten. Mit geübten Bewegungen presste sie sie aus und schüttete den Saft in ein hohes Glas. Nachdem sie einen Löffel Zucker hineingerührt und warmes Wasser darübergegossen hatte, hielt sie dem Mädchen das Getränk hin. »Da. Trink das.«

Laura verzog das Gesicht und leerte folgsam das Glas.

Stefano beugte sich über den Tisch leicht zu Laura hin. »Es ist so: Francesca ist seit drei Tagen verschwunden. Niemand weiß, wo sie ist. Deswegen bin ich jetzt hier bei dir. Hast du etwas bemerkt?«

Laura holte tief Luft und biss sich auf die Lippen. Sie sah erschrocken aus. »Das ist ja schrecklich. Ich habe sie nicht mehr gesehen seit ... seit Donnerstag, obwohl sie mir noch Geld schuldet. Am Freitag wollte sie es mir geben, aber sie hat nicht geöffnet. Sogar das Frühstück hat sie vor der Tür liegen lassen. Am Samstag bekommt sie keine Croissants, da geht sie immer auf den Wochenmarkt und frühstückt dort.« Auf den Armen der Kleinen hatte sich Gänsehaut gebildet, und ihre Wangen leuchteten rot.

»Ist das alles?« Er ärgerte sich über seinen drängenden Tonfall, aber er konnte nicht anders. Er wusste, ihm lief die Zeit davon.

»Die Sache mit dem Mann kam mir komisch vor«, erwiderte Laura zögerlich. »Aber das hat wohl nichts mit Signora Francesca zu tun.«

»Von wem redest du? Welcher Mann? Was war mit dem Mann?«, fragte Stefano eine Spur schärfer, als er wollte. Signora Manzoni sah ihn strafend an.

»Der Schauspieler, er ist auf mich losgegangen, weil ich ihm in die Wohnung gefolgt bin. Dabei wollte ich doch nur abkassieren, und die Tür stand offen. Er war so wütend. Und dann ist er einfach abgereist, ohne seine schöne Freundin. Die war nicht da, und ich habe sie auch nirgends mehr gesehen. Sicher ist sie ihm davongelaufen, weil er so schlechter Laune war. Aber gezahlt hat er und mir auch ein großes Trinkgeld dagelassen.«

Signora Manzoni strich ihrer Tochter beruhigend über das Haar. Laura plapperte unbeirrt weiter. »Ich wollte Francesca davon erzählen. Aber sie hat mir leider nicht aufgemacht.«

Stefano war verwirrt, er konnte mit dieser Information nichts anfangen. Möglicherweise war sie auch belanglos.

»Wo wohnt dieser Mann?«

»Im Stockwerk über der Signora. Apartment zwölf.« Sie schluckte, begann an ihren Nägeln zu kauen und fuhr mit weinerlichem Unterton fort: »Es wird ihr doch nichts passiert sein?«

»Nein«, antwortete ihre Mutter. »Es wird sich schon alles aufklären, nicht wahr?«

»Natürlich«, erwiderte Stefano schnell.

»Laura muss jetzt zurück ins Bett. Sie holt sich sonst noch eine Lungenentzündung. Sie hat Ihnen genug erzählt.«

»Wenn Sie erlauben, Signora Manzoni, schreibe ich Ihnen meine Handynummer auf, damit Sie mich verständigen können, falls Ihrer Tochter noch etwas einfällt.«

»Das ist nicht notwendig«, sagte sie unwillig, aber sie reichte ihm eine Papierserviette und einen Stift. »Schreiben Sie die Nummer da drauf.«

Nachdem Stefano sich bei beiden bedankt und Laura eine gute Besserung gewünscht hatte, ging er noch eine Spur ratloser als zuvor über die Straße zum Auto.

»Na?«, fragte der Bäcker. »Hält die kleine Laura Signora Tosoni da oben irgendwo versteckt?«

Obwohl ihm das Lachen schon lange vergangen war, musste Stefano schmunzeln. In Pasquales Stimme lag keine Spur von Zynismus oder Ironie, er klang jetzt überaus freundlich. »Nein. Aber ich musste flüchten, sonst hätte ihre Mutter mich womöglich hinausgeworfen.«

»Sie wird wohl nur besorgt um ihre Kleine gewesen sein. Ich habe Ihnen ja schon vorher gesagt, dass Laura krank ist.«

Während sie schweigend durch den Regen fuhren, spürte Stefano einmal mehr seine Hilflosigkeit. Er starrte, die monotonen Bewegungen der Scheibenwischer im Blick, zur Windschutzscheibe hinaus. Mit unverminderter Stärke trieb der Sturm Blätter und Nadeln durch die Luft, und die Straße schien im Wasser zu versinken. Wo war Francesca?

13

Franziska fuhr erschrocken hoch.

Es war, als wäre sie einem Geist begegnet.

Ihr toter Großvater hatte sich liebevoll über sie gebeugt und ihr verschwitztes Gesicht mit sauberem Quellwasser gereinigt.

»Wo bist du?«, flüsterte sie in die Dunkelheit.

So sehr sie sich auch bemühte, ihre Stimme wollte ihr nicht mehr gehorchen. Außer einem Wispern brachte sie keinen Ton heraus.

Alles tat weh.

Kopf. Hals. Brust. Haut. Gelenke. Knochen. Magen. Bauch. Nacken. Arme. Beine. Der Durst quälte sie so unerträglich wie nie zuvor.

Franziska begann zu würgen. Sie drehte sich auf den Bauch, um nicht am eigenen Erbrochenen zu ersticken. Ihre Nase berührte den glatten Boden und sog einen säuerlich scharfen Geruch ein. Mühsam zog sie die Hand unter ihrem Oberkörper hervor und wischte über ihren Mund. Da war nur Schaum. Sie versuchte sich aufzustützen, aber es gelang ihr nicht. Das Blut rauschte in ihren Ohren.

Sie brauchte Wasser.

Zum Waschbecken konnte sie es so unmöglich schaffen. Die einzige Möglichkeit, an Flüssigkeit zu gelangen, war das Bidet.

Plötzlich war ihr, als würde jemand nach ihr rufen. »Francesca! Franziska!«

»Großvater?«

Aber es war Stefano, der sprach.

»Hier, nimm meine Hand. Ich ziehe dich heraus.«

Doch es war so dunkel.

»Stefano.« Da war nicht mehr als ein heiseres Krächzen. Er konnte sie nicht hören, sie ihn nicht sehen.

Franziska spürte, wie sich ihre Augen schmerzhaft zusammenzogen. Aber die erlösenden Tränen kamen nicht. Ihre Ober- und Unterlider bebten. Doch so sehr sie sich auch anstrengte, die undurchdringliche Schwärze wollte nicht weichen.

Plötzlich durchdrang ein matter Schein die Dunkelheit. Ihre Augen irrten suchend über den Boden.

War da ein Lichtschein unter der Badezimmertür?

»Franziska.« Da war sie wieder, die liebevolle Stimme ihres Großvaters. Voller Sorge um sie.

Ich werde etwas trinken, beruhigte sie ihn in Gedanken, dann geht es mir wieder besser.

»Francesca.« Jetzt war Stefano da.

Mit den Fingerspitzen berührte sie die kühle Rundung des Bidets.

Zog sie jemand hoch und beugte sie über das Becken? Hielt ihr den Kopf und strich ihr behutsam das Haar zurück?

Oder war das ein weiterer Fiebertraum?

Sie spürte kaltes Wasser auf ihrem Gesicht.

Und trank.

»Franziska«, sagte ihr Großvater ernst, »schlaf jetzt.«

Und Franziska schlief ein.

14

Laura wartete, bis ihre Mutter das Kinderzimmer verlassen hatte. Sie konnte nicht aufhören, an den Mann aus dem Café am Hafen zu denken. Auch wenn Mama den Mann nicht mochte, hätte sie ihm so gerne geholfen.

Nachdem er gegangen war, hatte Mama sie ins Bett gebracht und ihr Hustentropfen gegeben. Laura sollte schlafen, um schnell wieder gesund zu werden. Einerseits wollte sie ihrer Mutter folgen, andererseits dem Mann helfen.

Ihr Hals brannte von der sauren Zitronenlimonade, und ihr Kopf brummte.

Mama nahm an, dass sie jetzt schlief. Sie konnte also endlich nach dem Foto des Schweizers in den Magazinen suchen, ohne dass sie es merkte. Laura war sich sicher, ihn schon einmal gesehen zu haben.

Ächzend hob sie den Stapel Zeitschriften auf ihr Bett und durchforstete beharrlich Seite um Seite. Vorsichtshalber hatte sie das Deckenlicht ausgeschaltet, ebenso die kleine Lampe auf ihrem Nachtkästchen. So war sie nur mit der Taschenlampe bewaffnet, die ihre Mutter neben ihrem Bett vergessen hatte. Bis auf den matten Schein des runden Lichtkegels war es finster im Zimmer.

Vor den Fenstern pfiff der Wind.

Laura wusste, dass sie irgendwo hier auf den Seiten ihrer Magazine ein Foto von dem Mann gesehen hatte. Deswegen war sie sich ja auch so sicher gewesen, einen Star vor sich zu haben. Denn nur wirklich berühmte Leute waren in ihren Zeitungen abgebildet.

Emsig blätterten ihre kleinen Finger im raschelnden Papier. Zwischendurch befeuchtete sie ihre Fingerkuppen, um die Seiten schneller umschlagen zu können.

Bilder von Stars, Berichte über Naturkatastrophen, spektakuläre Verbrechen und sensationelle Krankheitsgeschichten lösten einander ab, dazwischen gab es Kochrezepte und Modetipps. Als sie den Stapel durchforstet hatte, lehnte sie sich enttäuscht zurück. Das Foto des Schweizers hatte sie nirgends gefunden.

Möglicherweise war sein Bild nicht bei den Stars, sondern in einer der Reportagen abgedruckt?

Laura fing bei der zuunterst liegenden Zeitschrift noch einmal von vorne an und hatte sich bis zur fünften durchgearbeitet, als sie die richtige Seite fand.

Sie hatte also doch recht gehabt.

Im Licht der Taschenlampe starrte sie auf das Foto neben einem längeren Artikel.

Da war der Schweizer.

Eindeutig.

Auch wenn er auf der Abbildung nicht blond war, sondern langes dunkles Haar hatte. Aber das Muttermal über seiner linken

Augenbraue war ihr sofort aufgefallen. Sie überflog den Bericht und las ihn dann noch mal genauer durch, die Zunge zwischen die Zähne geklemmt.

Wer kennt diesen Mann?, lautete die Überschrift.

Der von der Schweizer Polizei fieberhaft gesuchte Serienbankräuber hat innerhalb weniger Monate sieben Banken im Schweizer Seengebiet mit großer Brutalität überfallen. Seit dem jüngsten Überfall in Thun liegt nun dieses Bild einer Überwachungskamera vor, und die Bevölkerung ist zur Mithilfe aufgerufen: Wer hat diesen Mann gesehen oder kann Angaben zu seinem Aufenthaltsort machen? Für Hinweise, die zur Ergreifung des Mannes führen, wurde eine Belohnung in Höhe von zehntausend Franken ausgesetzt. Der Täter ist einen Meter achtzig groß und von schlanker Statur, Augenfarbe unbekannt. Auf dem Foto trägt er vermutlich eine Perücke. Nach Aussagen von Zeugen ist an den Überfällen eine jüngere Frau beteiligt, die das zuvor gestohlene Fluchtauto fährt. Für Hinweise und Angaben zur Person wenden Sie sich bitte unmittelbar an die nächste Polizeidienststelle. Greifen Sie unter keinen Umständen selbst ein. Es ist anzunehmen, dass der Täter bewaffnet und gewaltbereit ist.

Laura stieß die Bettdecke zurück, und die Zeitungen fielen krachend zu Boden. Sie sprang aus dem Bett, das Magazin mit dem Artikel fest unter ihren Arm geklemmt, eilte zur Tür und rief nach ihrer Mutter.

Im Vorzimmer prallte Laura auf ihre Eltern.

»Was ist denn, du bist ja ganz rot im Gesicht? Hattest du einen Alptraum?«

»Nein.« Laura schnappte nach Luft und zeigte auf die Zeitung. »Ich habe das Foto von dem Mann im Zipser-Haus gefunden. Er ist ein Bankräuber und kein Schauspieler, wie ich zuerst dachte. Und ich wollte schon von ihm und seiner Freundin ein Autogramm haben. Sie war so schön wie eine Prinzessin und hatte wunderbar langes, schimmerndes Haar. Als sie mich gesehen hat, ist sie ganz schnell in die Wohnung zurückgehuscht. Ich dachte mir ja zuerst nichts dabei. Berühmtheiten sind wahrscheinlich so. Aber jetzt kommt es mir so vor, als wollte sie verhindern, dass jemand sie sieht.« Sie hielt inne und musste an das Bild von der Meerjungfrau denken, das in Francescas Wohnung auf der Staffelei gestanden hatte. Jetzt wusste sie wieder, was sie so nachdenklich gemacht hatte:

Die Arielle auf dem Bild sah aus wie die Freundin des Schweizers. Nein, sie *war* es. Francesca hatte die Freundin des Bankräubers gemalt.

Bevor sie jedoch weiterreden konnte, nahm ihre Mutter sie fest an der Hand. »So, Laura. Für heute ist es genug mit deinen Abenteuergeschichten. Du hast Fieber und gehörst ins Bett. So fängt man keine Verbrecher. Dazu muss man frisch, gesund und ausgeruht sein.« Ihr Vater, der noch kein Wort gesagt hatte, sah sie streng an. Er strich über seinen Dreitagebart und sagte: »Folg deiner Mutter. Wir besprechen das morgen. Du versuchst jetzt zu schlafen. Verstanden?«

»Aber so hört mir doch zu! Wir müssen sofort die Polizei anrufen. Die Freundin vom Schweizer ist auch eine Bankräuberin. Und Francesca hat sie gemalt. Wirklich. Ich habe es gesehen. Die Meerjungfrau auf ihrem Bild ist das Mädchen mit dem silbernen Haar. So glaubt mir doch!« Laura warf ihrer Mutter einen Hilfe suchenden Blick zu, begann zu husten und setzte weinerlich nach: »Wir müssen dringend zur Polizei. Der Mann ist gefährlich, das steht auch in dem Bericht ...«

»Laura«, unterbrach ihre Mutter sie ungeduldig, »das hat alles Zeit bis morgen. Jetzt wird erst mal geschlafen.«

»So lass uns doch wenigstens den Mann aus dem Hafencafé anrufen. Er hat doch extra seine Nummer dagelassen, falls mir noch etwas einfällt.«

»Das ist eine gute Idee. Das machst du morgen gleich als Erstes. Mama und ich lesen den Bericht, aber du schläfst jetzt, ohne Widerrede. Du hast hohes Fieber, und damit ist nicht zu spaßen.«

Laura wollte etwas erwidern, überlegte es sich dann aber anders. Zurück in ihrem Zimmer, stellte sie sich unschlüssig ans Fenster. Ihr Herz klopfte vor Aufregung ganz schnell. So konnte sie sicher nicht einschlafen. Die Haarsträhne in ihrem Mundwinkel schmeckte salzig. Trotzdem kaute sie weiter darauf herum.

Die Dunkelheit hatte sich jetzt wie ein Samtmantel über das Unwetter gelegt. Durch die Äste der Pinien hindurch konnte sie verschwommen das mattgelbe Flackern der Lichter im gegenüberliegenden Haus erkennen.

Laura verschränkte ihre Finger ineinander und versuchte, die Unruhe, die sich wie Nadelstiche in ihrem Körper ausbreitete, zu besänftigen.

Was sollte sie jetzt bloß machen?

»LAU«, die Verträgliche, war dafür, den Eltern zu folgen, wogegen »RA«, die Widerborstige, dagegen ankämpfte. »LAU« und »RA«, die zwei Wesen in ihrer Brust, zogen nun gegeneinander in den Krieg und fochten mit scharfen Schwertern. Schließlich, nicht ganz unerwartet, trug »RA« den Sieg davon.

Laura würde heute nicht gehorsam sein.

Sobald sie die Geräusche des Fernsehers hörte, schlich sie vorsichtig in die Küche. Die Telefonnummer des Mannes vom Hafen musste auf dem Küchentisch liegen. Sie würde ihn heimlich von ihrem Zimmer aus anrufen und ihm erzählen, was sie entdeckt hatte.

Wo lag bloß die Serviette mit der Nummer?

Wo hatte Mama sie hingetan?

Laura begann zu weinen.

15

Maddalena hatte immer angenommen, tobende Chefs mit zornig aufgeblähten Nüstern kämen nur in drittklassigen Kriminalfilmen vor. Wie ein wilder Stier war ihr Boss ins Büro gestürmt und hatte sie ganze zehn Minuten, ohne auch nur ein einziges Mal innezuhalten, beschimpft.

Maddalena, die einiges gewohnt war, zitterten die Knie, wenn sie an dieses unerfreuliche Intermezzo dachte. Ihr Chef war ungerecht, machte gehörigen Druck und ging ihr damit ordentlich auf die Nerven.

»Unternehmen Sie endlich etwas. Sonst lasse ich euch faule Puppen im Dezernat so lange tanzen, bis euch allen die Füße abfallen. Das verspreche ich Ihnen, Degrassi!«

Maddalena hatte sich wie das Kaninchen vor der Schlange gefühlt. Dann war sie zornig geworden.

Was bildete der Alte sich eigentlich ein, sie so anzuschnauzen? Was konnte sie dafür, dass ihm höchstwahrscheinlich der Bürgermeister im Nacken saß?

»Ja, was glauben Sie denn, was wir hier tun?«, hatte sie ihn angefaucht, sich mit zornesroten Wangen gebückt, einige Ordner aus den Laden gezogen und auf den Schreibtisch geknallt. »Sind wir jetzt zur Sonderkommission ›Wasserleiche‹ befördert worden? Und wenn ja: Es ist eben erst passiert, und wir tun hier alle unser Bestes. Außerdem wollen andere Arbeiten auch noch erledigt werden.« Sie hatte vorwurfsvoll auf die Diebstahlsakten geklopft.

»Jetzt beruhigen Sie sich, Degrassi. Ich habe ja nicht behauptet, dass Sie eine schlechte oder nachlässige Polizistin sind.«

»Nein, nur faul haben Sie mich und mein Team genannt, das ist richtig, kein Grund zur Aufregung.«

»Spielen Sie hier nicht die Mimose, Degrassi. Die Sache hat oberste Priorität. Bedenken Sie doch, wir sind ein sehr bekannter und beliebter Ferienort. Da kommt so etwas nicht unbedingt gut.«

Den von Zoli angebotenen Espresso hatte er mit einer knappen Kopfbewegung abgelehnt und war grußlos hinausgeeilt.

Maddalena schüttelte jeden Gedanken an diesen unerfreulichen Auftritt ab und öffnete die Tür zum Gymnastikstudio. Im mattgelben Vorzimmer wehte ihr ein Schwall Pfirsicharoma von einer der Duftlampen entgegen. Sie zog ihre Stiefel aus und schlüpfte in ein paar weiche Stoffschuhe.

Unter anderem mochte sie diesen Abend, der einmal die Woche stattfand, weil sie mit vielen unterschiedlichen Frauen zusammenkam. Frauen, die sie sonst wahrscheinlich nicht kennengelernt hätte. Und keine von ihnen arbeitete bei der Polizei.

Im Gymnastikraum roch es nicht mehr wirklich nach Pfirsich, sondern wie in allen anderen Sporthallen. Der Holzfußboden war mit Bienenwachs frisch gebohnert, die hohen Wände waren in einem zarten Grün ausgemalt, und überall schimmerten pastellfarbene Duftkerzen. Trotzdem konnte nichts über den unterschwelligen Schweißgeruch hinwegtäuschen.

Ein Glas mit Sesamstangen und ein Teller voll mit biologischen Dinkelplätzchen standen auf einem Messingtisch unter dem Fenster neben einem Krug Wasser, auf dessen Boden ein Kristall glitzerte.

Angeblich neutralisierte oder ionisierte der Stein die Flüssigkeit. Maddalena wusste es nicht mehr so genau.

Heute würde sie turnen, bis sie vor Müdigkeit umfiel. Sie wollte ihren Körper an seine Grenzen treiben, um an nichts mehr denken zu müssen, weder an ihren Job noch an Franjo. Ein wenig schwierig könnte ihr Vorsatz bei den bedächtig kalkulierten Pilates-Übungen wohl werden, aber ihr würde schon etwas einfallen. Schließlich hatte sie eine CD in der Tasche ihrer Lederjacke, und einige der Frauen hätten sicher ebenfalls Spaß daran, nach der gemütlichen Stunde mit ihr wild abzurocken.

Außer ihr waren schon fünf Teilnehmerinnen da.

Maddalena lächelte in die Runde und wurde von allen freundlich begrüßt. Obwohl sie neu in der Stadt war, hatte der eingeschworene Kreis sie herzlich aufgenommen. Wahrscheinlich deshalb, weil man sich mit der Polizei besser nicht anlegt, dachte sie ironisch.

Eigentlich hatte sie damit gerechnet, heute Abend Bibiana zu treffen. Die Maklerin war, wie sie wusste, eine enge Freundin von Tomasos Frau. Dennoch war sie Maddalena gegenüber höflich, wenn auch sehr zurückhaltend.

»Lara, Cinzia, wisst ihr, wann Bibiana kommt?«

»Vielleicht gar nicht.« Cinzia schmunzelte geheimnisvoll und stieß Lara in die Seite. Dann drehte sie sich immer noch lachend zu Maddalena. »Bibiana ist schwanger.«

Bevor Maddalena antworten konnte, öffnete sich die Tür, und Signorina Zamparutti, ihre sizilianische Pilates-Lehrerin, betrat den Raum. Sie hielt große Stücke darauf, diszipliniert zu arbeiten.

Maddalena setzte sich auf den Boden und zog die angewinkelten Beine unter ihren Körper.

Während der nun folgenden Dehn- und Streckübungen wollte es ihr jedoch nicht gelingen, sich auf ihren verspannten Körper zu konzentrieren. Immer wieder wanderten ihre Gedanken zu der ertrunkenen jungen Frau. Die Rechtsmedizinerin aus Triest nahm an, dass sie sich selbst oder jemand anders ihr einen Medikamentencocktail verabreicht hatte, da im Blut neben einer nicht geringen Menge Alkohol Beruhigungs- und Schlafmittel gefunden worden waren. Als die verheerende Wirkung einsetzte, hatte die junge Frau im Meer gebadet und es wohl nicht mehr geschafft, an Land zurückzuschwimmen.

Wo die Tote gewohnt hatte, wie und weswegen sie nach Grado gekommen war, welcher Nationalität sie angehörte, das alles war weiterhin unklar. Maddalena, die nach der erfolglosen Befragung der Bewohner an der Promenade vermutete, dass die Ertrunkene eine Touristin war, hatte ihre Jungs darauf angesetzt, alle Pensionen, Hotels und Ferienwohnungen nach ihr zu durchforsten. Bisher ohne Erfolg.

Und dann war da noch das Verschwinden von Francesca Tosoni, das ihr nicht mehr aus dem Kopf ging. Abermals hatte Maddalena die Strandverwaltung aufgefordert, die Bademeister und Rettungsschwimmer nach einer Wasserleiche Ausschau halten zu lassen.

Stefano Capellari hatte sie mit seinem Auftritt auf dem Polizeirevier heute Nachmittag schwer beeindruckt. Wie das Unwetter selbst war er in die geschützte Atmosphäre ihres Büros eingebrochen. Wäre sie vermisst, würde sie sich genauso einen unermüdlich und verbissen nach ihr suchenden Freund wünschen. Er schien außer sich vor Sorge zu sein, was sie von Tomaso nicht unbedingt behaupten konnte. Aalglatt und smart hatte er auf ihre Fragen geantwortet und erstaunt seine Augenbrauen hochgezogen.

Er wusste nichts, hatte nichts beobachtet und glaubte, dass seine Frau lediglich eine Freundin im Ausland besuchte. Er fand Stefanos Verhalten überspannt, hysterisch und schlichtweg peinlich.

Sie sah das ein wenig anders. Denn nach dem, was Tomaso ihr widerwillig erzählt hatte, musste Francesca an jenem Abend nach dem Streit mit ihrem Ehemann das Restaurant fluchtartig verlassen haben.

Als Maddalena sie dann bei Gianni gesehen hatte, war sie bereits stark alkoholisiert gewesen und erneut davongelaufen.

Dann war sie irgendwann in Stefano Capellaris Bar am Hafen aufgetaucht. Seine Aushilfskraft hatte später behauptet, Francesca habe sich »in einem Ausnahmezustand« befunden. Danach hatte sie niemand mehr gesehen.

Schuldgefühle hatten bei polizeilichen Ermittlungen nichts zu suchen. Dennoch musste sich Maddalena eingestehen, dass sie nicht ganz frei davon war. Möglicherweise sollte sie den Fall abgeben. Am liebsten hätte sie Franjo angerufen und ihn um Rat gefragt.

Sie hatten den ersten Teil ihrer Pilates-Übungen gerade hinter sich gebracht, da tauchte Bibiana auf, mit einem breiten Grinsen in ihrem hübschen Gesicht und regennassem Haar. Sie machte, nachdem sie allen zugewinkt hatte, bei den Übungen mit. Allerdings nicht bei allen, und Maddalena war belustig darüber, wie früh Bibiana damit anfing, sich zu schonen. Sie hätte sie eigentlich nicht als den klassischen Muttertyp eingeschätzt.

Aber was hieß das schon?

Signorina Zamparutti war heute mit keiner von ihnen sonderlich zufrieden. Eine halbe Stunde früher als sonst klatschte sie in ihre schlanken weißen Hände und rief:»Meine Damen. Mit dieser letzten Übung beenden wir unser heutiges Treffen. Niemand von Ihnen hier scheint diesmal so richtig bei der Sache zu sein. Es mag am Unwetter liegen. Doch für die nächste Sitzung erwarte ich mehr Motivation. Schließlich sind es Ihr Körper, Ihr Geist und nicht zuletzt auch Ihr Geld, worum es hier geht.«

Kaum hatte die sauertöpfische Sizilianerin mit den vielen braunen Sommersprossen auf der blassen Haut den Gymnastikraum verlassen, begannen Cinzia und Lara zu lachen.

»Wie in der Schule«, gluckste Lara, und Bibiana warf ihre Turnmatte mit einem lauten Knall auf den Boden.

»Wenn wir schon früher aufhören, wollen wir wenigstens etwas für uns tun!«, rief sie fröhlich. »Ich lade euch alle auf eine Runde zu Stefano ein. Wir müssen aufs Baby anstoßen. Ihr habt es doch sicher schon gehört?« Sie lachte, als sie die anderen synchron nicken sah.»Und dass mir keine kneift.«

Im Umkleideraum ging Maddalena zu Bibiana. »Gratuliere«, sagte sie lächelnd und streckte ihr die Hand entgegen.

»Oh. Danke.« Bibiana strahlte noch immer über das ganze Gesicht. Sie knöpfte ihre Bluse zu und schlüpfte in die hochhackigen Schuhe.

»Warte«, sagte Maddalena schnell zu ihr, als sie sich gerade umdrehen wollte, um ihre Sachen zusammenzupacken.»Hier, schau. Ich habe etwas für dich. Auf der Straße zwischen Grado und Aquileia wurde ein Schlüssel gefunden und bei uns abgegeben.

Und heute Nachmittag sehe ich, dass da ein Anhänger deiner Immobilienagentur dran ist.«

»Danke, das ist nett von dir, ich werde ihn dem entsprechenden Mieter zurückgeben.« Erfreut nahm Bibiana den Schlüssel entgegen. Als sie den Anhänger sah, runzelte sie die Stirn und sah Maddalena fragend an. »Wo wurde der Schlüssel gefunden? Auf der Straße nach Aquileja?«

Als Maddalena zustimmend nickte, fuhr sie mit einem verwirrten Ausdruck im Gesicht fort: »Das ist aber merkwürdig. Der Schlüssel gehört zu Apartment zwölf im Zipser-Haus.«

Maddalena bückte sich, um in ihre Stiefel zu steigen. »Und? Was soll daran komisch sein?«

»Ach, da war so ein Typ, der hatte die Wohnung über den Sommer gemietet und ist dann wohl einfach abgehauen, sagt mein Onkel. Ich bin noch nicht dazu gekommen, nachzusehen, er hatte auch alles im Voraus bezahlt. Trotzdem ist das nicht gerade die feine englische Art … Er hat weder den Schlüssel abgegeben noch sich von mir verabschiedet. Mitunter gibt es schon eigentümliche Kunden. So, und jetzt lass uns zu Stefano gehen.« Sie schmiss sich ihren Beutel mit dem Gymnastikzeug über die Schulter und strahlte Maddalena an. »Glaubst du, ich muss ab sofort auf Prosecco verzichten?«

16

Stefano ritt wie die wilde Jagd durch die Nacht. Zumindest kam es ihm so vor, als er auf seinem Motorrad durch die Lagunenlandschaft raste. Der Regen prasselte auf seinen Helm, und der Wind presste ihn in den Sattel der Ducati. Sich jeden weiteren Gedanken an Francesca verbietend, fuhr er viel zu schnell durch das Unwetter.

Wut, Angst, Zorn, Empörung und das Gefühl der Hilflosigkeit hatten ihn heute Nacht in einen Verzweifelten verwandelt. In der Bierkneipe hinter der nächsten Kurve würde er den Kummer hinunterspülen.

Dann stand Stefano auch schon mitten im Pub, und obwohl er

zuletzt mit seinem Bruder hier gewesen war, erinnerte ihn alles an den Abend mit Francesca. Machtlos gegen die sich ihm aufdrängenden Gefühle und Gedanken, bemerkte er, dass der Vorsatz, sie für wenigstens eine Stunde auszublenden, sinnlos gewesen war. Heute war keiner hier, den er kannte, und das war ihm nur recht so. Vorsichtig stiefelte er über die Erdnussschalen auf dem Boden, setzte sich auf einen Barhocker und beobachtete angespannt, wie die Kellnerin hinter dem Tresen langsam das schäumende Bier aus der Zapfsäule in den Krug fließen ließ. Als er fast voll war, zog sie ihn mit einem Ruck zur Seite und wischte mit einem Tuch über das beschlagene Glas. Sie schob einen Bierdeckel über die Theke und stellte den Krug darauf.

Stefano versenkte seinen Blick in der goldbraunen Flüssigkeit und beobachtete, wie die feinen Bläschen zur Oberfläche drängten. Gedankenverloren schenkte er sich ein Glas ein.

Als er mit Francesca hier gewesen war, hatte er ein prickelndes Gefühl der Nähe gespürt. Er nahm einen kräftigen Schluck und wischte mit dem Handrücken den Schaum von seiner Oberlippe. Wieder und wieder ließ er die Geschehnisse der letzten Tage an sich vorbeiziehen.

Irgendetwas musste ihm entgangen sein. Was hatte er übersehen?

Francesca war krank und hätte von ihm in die Klinik gebracht werden sollen. Am Abend davor hatte sie Tomaso zum Essen getroffen, sich mit ihm gestritten und war betrunken in der Bar aufgetaucht. Am nächsten Morgen erschien sie nicht zum vereinbarten Treffen und war seither wie vom Erdboden verschluckt.

Er trank, fuhr mit der Zunge gedankenverloren über seine Oberlippe und ging noch einen Schritt weiter zurück. Da war Francesca mit ihrem neuen Haarschnitt und der blutenden Nase im »Patriarchen«. Deutlich konnte er ihr Flüstern vernehmen: »Es gibt da seit einigen Wochen eine junge Frau. Ich habe sie abends oft beobachtet, wie sie durch die Delphinskulptur getaucht ist. Es wird ihr doch nichts passiert sein?«

Hatte Francesca da etwas beobachtet, ohne die Bedeutung unmittelbar erfasst zu haben?

Auf seiner rastlosen Suche nach ihr war er auf die Staffelei in der Wohnung gestoßen. Das Gemälde darauf zeigte eine Meerjungfrau im Meer unter Francescas Terrasse. Inspiriert von jener Schwimmerin, die später ertrunken aufgefunden worden war.

Das stand jetzt für ihn fest. Möglicherweise war Francesca irgendwann klar geworden, dass es sich bei der Meerjungfrau auf ihrem Bild um die Tote im Meer handelte.

Und weiter? Was hatte das mit ihrem Verschwinden zu tun? Siedend heiß fielen ihm Lauras Worte über den unheimlichen Mann im Zipser-Haus wieder ein: »Er ist auf mich losgegangen. Dabei wollte ich doch nur kassieren. Daher bin ich ihm in die Wohnung gefolgt. Er war so wütend. Und dann ist er einfach abgereist, ohne seine schöne Freundin. Sicher ist sie ihm davongelaufen, weil er immer so schlechter Laune war.«

Vielleicht war Francesca diesem Nachbarn, dem die Freundin weggelaufen war – »Ertrunken! Ertrunken!«, schrie es in Stefano –, vor dessen Abreise ebenfalls über den Weg gelaufen? Spätnachts und vom Alkohol beeinträchtigt …

War er der Letzte, der sie gesehen hatte?

Auf einmal wusste Stefano, dass es um die Freundin des Mannes im Ferienapartment ging.

Sie war der Schlüssel zur Lösung des Rätsels um Francescas Verschwinden.

Schnell stellte er das Glas zurück auf den Tresen.

Wie unendlich blind er doch gewesen war, wie verstockt!

Die Meerjungfrau auf dem Bild war die ertrunkene Freundin des Schweizers. Und sicherlich war sie nicht vollkommen grundlos ertrunken.

Das Läuten seines Handys ließ ihn auffahren. Hektisch fingerte er es aus seiner Hosentasche.

»Sind Sie der Mann aus der Bar am Hafen?«, krächzte eine Stimme in sein Ohr.

»Ja. Stefano Capellari. Wer ist dran?«

»Ich. Laura Manzoni. Sie waren heute bei uns zu Hause. Wir haben geredet.«

»Du bist doch krank. Solltest du nicht schon längst schlafen?«

»Der Mann aus dem grauen Hochhaus am Meer ist ein Bankräuber«, schoss es aus der Kleinen heraus. »Und seine Freundin auch. Aber die ist ertrunken. Sie ist die Meerjungfrau, die Signora Francesca gemalt hat.«

»Laura! Was sagst du da? Er ist ein Bankräuber? Woher weißt du das?«

»Aus einem Journal. Ich bastle Puppen aus alten Zeitungen, und in einer fand ich sein Bild und einen Bericht über ihn und seine Freundin.« Seine Gedanken vorwegnehmend, fuhr Laura in kläglichem Ton fort: »Ich sage die Wahrheit. Meine Eltern wollen bis morgen warten und dann erst zur Polizei gehen. Aber ich habe Ihre Nummer in der Küche gefunden. Sie müssen das sofort melden. Der Mann ist gefährlich, steht da.«

Auf einmal wurde Stefano ganz ruhig.

Alles fügte sich zusammen. Die verlorenen Puzzleteile waren gefunden. Und nun konnte er das gesamte Bild erkennen.

»Laura, hör mir zu, du machst jetzt gar nichts. Nimm das Telefon und den Zeitungsausschnitt und leg dich damit ins Bett. Verliere ihn bloß nicht. Alles Weitere erledige ich. Ich melde mich bei dir.«

Die Geräusche um Stefano schienen zu verstummen. Nicht einmal mehr das Knacken und Knirschen der Erdnussschalen unter den Füßen der Gäste erreichte sein Ohr.

Er wusste jetzt, wo er nach Francesca suchen musste.

17

Angelina Maria schob den schmutzig weißen Vorhang beiseite und starrte aus dem Fenster ihres Krankenzimmers in die Finsternis hinaus.

Tief unter ihr flimmerten Lichter über dem sturmgeplagten Meer. Dort tanzten die verlorenen Seelen Verstorbener ihren Unglücksreigen. Schutzlos der Vergangenheit ausgeliefert, irrten sie durch die Zeit.

Grelle Blitze erhellten den Himmel. Die bizarren Formen ängstigten Angelina Maria. Weiße Krater taten sich unter den gleißenden Lichtspuren auf, und goldene Zeichen erschienen. Doch sie ließ sich von diesen anmutigen Symbolen nicht täuschen. Sie wusste, wohin sie nun geführt und geleitet wurde. Direkt hinein ins Inferno. Milde Götter gab es dort keine. Bloß Rachegöttinnen, Erinnyen und Furien. Jahrzehnte wurde sie schon gejagt und gehetzt. So lange war sie auf der Flucht.

Angelina Marias Blick streifte das tiefschwarze Wasser. Wäre sie in ihrer Jugend bloß einem Meeresungeheuer begegnet! Vieles wäre ihr erspart geblieben.

Heute Nacht war sie klar im Kopf. Sie wusste, wo sie war, was sie war und was sie getan hatte.

Seit jener stürmischen Winternacht vor achtunddreißig Jahren hatte sie weder an den Karst gedacht, noch war sie jemals wieder dorthin gefahren. Schlafende Hunde, so hieß es, sollte man nicht wecken.

Nun aber waren die bissigen Köter alle aufgewacht. Und auch die Dämonen hatten nur vorübergehend geschlummert. Jetzt standen sie bereit.

Ohne hinsehen zu müssen, nahm Angelina Maria wahr, dass die Quälgeister einen Kreis um sie bildeten und immer näher rückten. Entkräftet schloss sie ihre Augen und verharrte eine Weile blicklos im Dryaden-Ring. Schließlich drang das Raunen, Flüstern und Wispern mitten in ihren Kopf. Durchsichtig und fluoreszierend wie Libellenflügel schwebten die Dryaden um sie herum. Es hätte schön sein können, diese Zauberwesen zu beobachten, wären sie nicht so gefährlich.

Angelina Maria verbarg ihr Gesicht in den Händen. Auf einmal spürte sie eine Berührung und sah hoch. Zu ihrer rechten und linken Seite standen die Erinnyen und Furien mit einem hinterlistigen Grinsen in den fahlgelben Gesichtern. Sie hielten ein glänzendes Schild in ihren Klauen. Blutrot leuchteten die Buchstaben auf weißem Grund: V E R L U S T.

Mit den Handflächen stützte sie sich am kalten Glas des Fensters ab und starrte über Triest hinaus aufs Meer.

Ihr Kind hatte sie damals im römischen Krankenhaus geboren. Bis alle Wunden verheilt und die Brüche zusammengewachsen waren, hatten die Jahreszeiten einander abgewechselt. Erst war der Sommer, dann war der Herbst vergangen, und irgendwann war es

Winter geworden. Zum Begräbnis ihrer Zwillingsschwester und ihres Schwagers hatte man sie im Rollstuhl gefahren.

Damals war die Luft noch warm gewesen. Alle hatten sich gewundert, warum sie so heftig darauf bestanden hatte, dass die beiden, ihr Ehemann und seine Schwägerin, zusammen in ein Grab gelegt werden sollten.

Als Ehepaar. Vereint im Leben und im Tod. Doch das hatte nur sie gewusst.

Eine der Krankenschwestern, eine junge Französin, hatte sich besonders um sie bemüht. Und als das Baby eines Morgens unversehens, fünf Wochen vor der Zeit, geboren wurde, war die Schwester mit auf die Geburtenstation gekommen.

Angelina Maria biss in ihre geballte Faust, sonst hätte sie vor Schmerz laut aufgeschrien, als sie an den Anblick ihrer winzig kleinen neugeborenen Tochter dachte: Wie eine Puppe aus Porzellan hatte sie in ihren Armen gelegen. Wunderschön sah sie aus mit ihrer alabasterfarbenen Haut, dem dunklen Wimpernkranz und dem zartrosa Mündchen.

»Angelina«, hatte sie geflüstert, »du sollst Angelina heißen.«

»Wie ihre Mutter«, hatte die Hebamme gesagt und gelächelt.

Die junge Krankenschwester hingegen hatte mit Rührungstränen in den Augen gemurmelt: *»Elle est belle, ma chère. Angelina est très jolie.«*

»Ja!«, hatte der Arzt gejubelt, der ein Auge auf die junge Schwester geworfen hatte. »Ich habe es verstanden. Das kleine Mädchen ist sehr hübsch.«

Und aus *»Angelina est très jolie«*, war »Angelina Jolie« geworden, der Name ihres Kindes, ihrer geliebten Tochter, zu der sie während ihrer Schwangerschaft keine Verbindung hatte herstellen können, dafür war der Schmerz über den begangenen Verrat und Betrug zu groß gewesen. In der Sekunde jedoch, da sie ihre Tochter zum ersten Mal im Arm hielt, hatte sich alles geändert, und ein Gefühl bedingungsloser Liebe war entstanden.

Sie war so zerbrechlich, so klein und so schwach gewesen. Nach der ersten Freude hatten die Ärzte und Schwestern bedenkliche Gesichter gemacht und Angelina von ihr fortgenommen, sie auf die Frühgeborenenstation gebracht.

»Was ist mit meinem Kind?«, hatte sie bangen Herzens gefragt. »Die Lunge. Ihm fehlt die Lungenreife. Es kann noch nicht selbstständig atmen.«

So oft sie wollte, wurde sie in den folgenden Wochen von einer der Schwestern zu ihrem Baby gebracht. Stundenlang saß sie in ihrem Rollstuhl vor dem Glaskästchen und beobachtete ihr Kind. Manchmal schrillte ein Alarm, und aufgeregte Menschen in weißen Mänteln schwirrten um sie herum und schoben sie von ihrem Mädchen weg. Zitternd betete sie dann, dass ihrem Baby nichts geschehen, dass das Blau seiner Lippen sich wieder in ein Rosa verwandeln möge, und ihre Bitten wurden erhört.

Es kam der Tag, an dem sie beide für gesund erklärt wurden. Nach monatelangem Klinikaufenthalt mussten sie den Hort ihrer Geborgenheit verlassen.

Wieder daheim in Grado, nach einer anstrengenden Reise mit dem Neugeborenen, war sie einen Tag lang voller Angst gewesen. Frierend und verwirrt hatte sie in der großen Villa am Meer gesessen. Alles war ihr auf einmal so unwirklich erschienen. Zwischen bitteren Tränen und schmerzenden Erinnerungen war sie durch die Zimmer geirrt und hatte nach ihrer Schwester und Giuseppe gerufen.

Als es dunkel wurde, waren die Dämonen das erste Mal aufgetaucht.

Sie war zutiefst erschrocken gewesen, als der oberste Dämon vor sie trat, seine spitzen Krallen zeigte und nach dem Säugling an ihrer Brust verlangte.

»Wenn du das Kind nicht fortbringst, holen wir es uns. In jeder Ecke dieses Hauses wartet nichts als Unheil auf dich, denn du hast deine Schwester betrogen und sie und Giuseppe in den Tod getrieben. Und jetzt wagst du es, ihr Leben zu leben, mit ihrem Namen, den du zu deinem gemacht hast, und seinem Kind, das ihr gehören sollte. Deshalb wirst du kein Glück finden auf dieser Welt. So rette wenigstens die Tochter deiner Schuld.«

Angelina Maria war bebend vor Furcht aufgesprungen, in ihre Schuhe geschlüpft, hatte ihr Kind in ein Wolltuch gehüllt und sich selbst in einen Fellmantel. Mit dem Baby unter dem schützenden Fell an ihre Brust gepresst, war sie in die Winternacht hinausgelaufen, die fordernde Stimme des mächtigen Dämons kreischte in ihren Ohren. Eine Mütze von Giuseppe hatte sie tief in ihre Stirn gezogen, und so, von niemandem erkannt, war sie in den ersten Autobus in Richtung Triest gestiegen. Irgendwann, sie wusste nicht, nach wie langer Fahrt, war sie ausgestiegen und die dunkle Küstenstraße entlanggelaufen, den schlafenden Säugling fest an ihr schmerzhaft trommelndes Herz gepresst.

Als es zu schneien begonnen hatte, war ihr auf einmal klar geworden, dass jetzt der Zeitpunkt des Abschieds gekommen war. Längst schon hatte sie die Orientierung verloren, war, flackernden Irrlichtern hinterherstolpernd, einem schmalen Pfad auf einen Berg hinaufgefolgt, durch Gestrüpp geirrt und schließlich unter einem verdorrten Rosenstock stehen geblieben. Zerkratzt von Dornen, hatte sie ihr Gesicht zum Nachthimmel erhoben, aus dem ihr weiße Schneeflocken entgegenschwebten, und den allmächtigen Gott angefleht, ihr und ihrem Kind zu helfen. Sie vor den Dämonen zu schützen, die sie jagten, die sie lockten und beschimpften.

Gott hatte sie erhört und war gnädig gewesen. Er hatte ihr den Weg gewiesen und Hilfe geschickt. Kru war erschienen, eine alte, gütige Gottheit mit violettem Haar, und hatte Chipoku, den obersten Dämon, der sie in die Irre leiten wollte, vertrieben.

Auf einmal war ein Dorf in der karstigen Landschaft, hoch über dem Meer, vor Angelina Maria aufgetaucht. Ihr kleines Mädchen an sich pressend, war sie die schmalen Gassen entlanggelaufen. Irgendwann hatte sie erschöpft innegehalten. Und da hatte sie es gesehen: Durch das immer heftiger werdende Schneegestöber nahm sie einen warmen Schein wahr. Hinter dem Fenster zwei Menschen, die sich liebevoll umarmt hielten.

Die Gottheit Kru hatte geflüstert: »Hier ist der Ort.«

Zitternd vor Schmerz und Glückseligkeit, hatte sie das Kind von ihrer Brust gerissen und es dem Paar vor die Haustür gelegt. Dann war sie zum Fenster geschlichen. Ihr kleines Mädchen war doch nur in ein Wolltuch gehüllt, und damit es nicht frieren musste, hatte Angelina Maria wie wild mit einem verschneiten Ast gegen das Fenster des Liebespaares gepocht, bis sich drinnen etwas rührte und ein Schatten am Fenster erschien.

Dann erst war sie davongehumpelt. Verborgen unter einer Dryaden-Eiche hatte sie mit rasendem Pulsschlag beobachtet, wie die Haustür aufging und ihre Kleine von weichen Händen aufgehoben und ins Haus getragen wurde. Mit Tränen, die in ihrem Gesicht zu Eis gefroren, war sie besinnungslos herumgeirrt. Sie hatte weder gewusst, wo sie sich befand, noch, wie es weitergehen sollte mit ihr. Das hatte sie schon gar nicht gewusst. Ohne ihr Kind war dies wohl auch ihr Ende. Viel später war in der Dunkelheit eine Kapelle vor ihr aufgetaucht. Eine Gestalt löste sich von der Mauer und schwebte auf sie zu. Angelina Maria sank zu Boden.

»Signora! Was machen Sie hier draußen? Kommen Sie ins Haus herein, sonst erfrieren Sie.«

Ein Priester hatte sie gefunden und ins Warme geführt. Die heiße Teetasse war ihr aus den klammen Fingern gerutscht, und dann waren da andere freundliche Menschen gewesen, die tröstend auf sie eingeredet hatten. Angelina Maria war ruhig geworden und mit ihnen gegangen.

Sie hatte ihre Aufgabe erfüllt. Ihr Kind war gerettet worden.

Bald darauf war sie zum ersten Mal in einer psychiatrischen Klinik aufgewacht, und alle Angst war weg gewesen. Furcht und Grauen hatten einer stillen Freude Platz gemacht, denn ihre Tochter Angelina Jolie war zurückgekehrt und besuchte sie seither Nacht für Nacht. Doch auch die Dämonen kamen irgendwann zurück, hockten in den Ecken der Villa am Meer und flüsterten miteinander.

Es war die grausame Strafe eines rächenden Gottes, der ihr das Kind genommen und es ihr zugleich wiedergeschenkt hatte.

»Signora Cecon, kommen Sie zurück ins Bett. Hier habe ich eine Schlaftablette für Sie. Die wird Ihnen helfen, ruhiger zu werden.«

Eine junge Krankenschwester fasste sie unter der Achsel und begleitete sie zu ihrem Bett. Weiß und einladend leuchtete ihr das Leintuch entgegen. Eine plötzliche Schwäche ließ sie taumeln und auf die Matratze sinken.

»Signora, was ist mit Ihnen?« Ein freundliches Gesicht beugte sich über sie.

»Ich bin so müde, so unendlich müde und unendlich kraftlos.«

Die Schwester ergriff mit einem besorgten Ausdruck ihr Handgelenk und begann zu zählen. »Ich muss wohl den Arzt rufen.« Sie überlegte kurz und drückte dann entschlossen auf den Klingelknopf.

»Warten Sie.« Angelina Maria hatte jetzt große Mühe, sich verständlich zu machen. Ihr Atem ging rasselnd, und ihre Brust hob und senkte sich rasch. »Ich kann nicht von hier weg, denn meine Tochter findet mich sonst nicht. Bitte lassen Sie mich hier.« Sie bekam kaum noch Luft, und in ihren Ohren sang das Blut.

»Das wird der Arzt entscheiden. Aber sorgen Sie sich nicht, Signora, sollte Ihre Tochter kommen, bringen wir sie selbstverständlich sofort zu Ihnen.«

Angelina Maria spürte einen Luftzug. Während sie an eine Infusion angeschlossen wurde, hörte sie aufgeregte Stimmen. Mehrere Leute standen neben ihrem Bett. Ein Wort durchdrang das Rauschen in ihren Ohren: »Intensivstation.«

Sie nahm all ihre Kraft zusammen und flüsterte: »Meine Tochter.«

Die junge Schwester streichelte begütigend ihre Hand, und Angelina Maria schlug ihre Augen auf. »Meine Tochter wird bald kommen. Schicken Sie sie wirklich zu mir? Bitte.«

»Natürlich, Signora, wie sieht sie denn aus, Ihre Tochter?«

Angelina Maria fiel es immer schwerer, sich zu konzentrieren. Farben schwirrten durch ihren Kopf.

»Schlank ist sie und groß. Sie hat langes dunkles Haar, Locken, und hübsch ist sie, sehr hübsch«, brachte sie nach einer Weile schleppend hervor.

Sie wollte nur noch schlafen und von ihrem Kind träumen, von Angelina Jolie, die berühmt geworden war und dennoch Nacht für Nacht zu ihrer Mutter kam, um sie in ihre weichen Arme zu nehmen. Mit Hilfe der jungen Krankenschwester würde ihre Tochter sie finden.

Angelina Maria konnte alles überwinden.

Krankheit. Die Nacht. Die ihr Gift verspritzenden Dämonen.

Sogar Untreue, Verderben und Verlust.

Und auch den Tod.

18

Franziska lächelte.
Der Durst war gestillt.
Sie lag auf einer Wiese mit schwarz-weißen Blumen.
Das Reh labte sich an der roten Quelle.
Stefano und ihr Großvater spielten im Schatten einer alten Linde
Schach.
Schwarzer König gegen weiße Dame.
Stefano gab ihr einen goldenen Ring.
Und alles war gut.

19

Stefano fluchte in seinen Helm, als er in der Kurve auf der regennassen Fahrbahn ins Schlittern kam. Er musste so schnell wie möglich zurück nach Grado.

Bevor er losgefahren war, hatte er auf dem Polizeirevier angerufen und ungeduldig nach der Commissaria verlangt. Ein Polizist mit verschlafener Stimme hatte ihm widerwillig die Handynummer der Degrassi gegeben, nachdem Stefano ihm mit dem Bürgermeister gedroht hatte.

Die Polizei musste jetzt handeln und nicht erst morgen.

»Commissaria Degrassi! Sind Sie das?«, hatte er gegen den Lärm im Pub angebrüllt.

»Ja, und wer sind Sie?«

»Capellari. Stefano Capellari.«

»Ach so. Sie?« Ihre Stimme klang überrascht.

»Wir müssen uns sofort treffen. Hören Sie? Es geht um Francesca.«

Bevor er den Grund seines Anrufs weiter ausführen konnte, hatte sie ihn mürrisch unterbrochen: »Woher zum Teufel haben Sie meine Nummer? Von Zoli? Na, der kann was erleben.«

»So hören Sie mir doch zu! In einem der Apartments im Zipser-Haus wohnte bis vor Kurzem ein Bankräuber. Das Kind, Laura

Manzoni, das die Frühstücksbrötchen für die Bäckerei Pasquale ausliefert, hat ihn erkannt. Sein Fahndungsfoto war in einer Zeitung. Francesca ist in allerhöchster Gefahr. Außerdem ist sie schwer krank, das wissen Sie. Wir müssen sofort ins Haus und in seinem Apartment nachsehen. Sicher hat er sie dort eingesperrt. Nach Aussagen des Kindes liegt seine Wohnung einen Stock über Francescas. Apartment zwölf.«

»Zwölf?« Die Stimme der Commissaria hatte einen ungläubigen Ton angenommen. »Capellari, jetzt hören Sie mir zu«, entgegnete sie nach einem Moment des Zögerns. »Sie haben da wichtige Informationen zusammengetragen. Wo befinden Sie sich gerade?«

Stefano, dem flau im Magen geworden war, stotterte: »In, äh, San Lorenzo, im Pub.«

»Wie schnell können Sie beim Hochhaus sein?«

»In fünfzehn Minuten.«

Ich muss das schaffen, dachte er beklommen.

»Gut. Wäre es Ihnen möglich, auf dem Weg dorthin bei Laura vorbeizufahren und sich von ihr die Zeitung mit dem Artikel über den Bankräuber geben zu lassen? Nur für den Fall, dass wir sein Foto brauchen. Ich könnte auch einen meiner Beamten schicken, aber so ginge es vermutlich schneller. Sie wissen doch, wo sie wohnt?«

»Ja, natürlich. Ich kenne Lauras Adresse. Das Haus liegt quasi auf dem Weg.«

»Perfekt. Und eines noch, Capellari, falls Sie vor uns dort sein sollten: Bitte warten Sie auf das Einsatzteam. Betreten Sie das Haus unter keinen Umständen allein. Klar?«

»Abgemacht.«

Stefano hatte aufgelegt und Bibianas Nummer gewählt.

»Bibiana, lauf sofort zum Zipser-Haus. Frag nicht, warum, tu es einfach.«

»Ich weiß Bescheid, Stefano, ich bin in deiner Bar, und Maddalena Degrassi steht neben mir und setzt gerade Himmel und Hölle in Bewegung. Mein Gott, Stefano, Francesca wird doch nichts zugestoßen sein?«

Er hatte nicht länger gezögert und war auf seine Ducati gesprungen.

Das Grün der Pinien schillerte im Regen. Die Straße glänzte wie eine Spiegelfläche.

Stefano erhöhte das Tempo.

20

Laura konnte nicht einschlafen. Ständig ging ihr das Gespräch mit dem Mann vom Hafen durch den Kopf. Wie gut, dass sie ihrer inneren Stimme nachgegeben und ihn angerufen hatte! Ihre Stirn und die Wangen glühten. Der Hals brannte wie Feuer, und sie hustete die ganze Zeit. Das Schnurlostelefon hatte sie mit unter ihre Decke genommen, falls der Mann sie anrief oder ihr noch etwas einfiel.

Sie hatte recht gehabt, etwas Schreckliches war geschehen.

»Auch wenn die Meerjungfrau ertrunken ist, heißt das noch lange nicht, dass auch Francesca etwas Schlimmes zugestoßen sein muss«, flüsterte sie.

Sie zuckte zusammen, als das Telefon unter ihrer Decke zu läuten begann. Rasch nahm sie das Gespräch an.

»Hallo?«, krächzte sie in den Hörer.

»Laura, bist du das? Hier spricht Stefano Capellari aus der Bar am Hafen. Ich habe eine große Bitte an dich.«

»Ja?«

»Kannst du mir den Zeitungsausschnitt geben? Die Polizei braucht das Foto.«

»Natürlich.«

»Ich bin in fünf Minuten bei dir.«

Lauras Herz klopfte stürmisch. Das war aufregend! Kopfschmerzen, Halsweh, Husten und Fieber waren im Nu vergessen. Vorsichtig stieg sie aus dem Bett und schlüpfte in ihre flauschigen Stoffpantoffeln.

Nachdem sie den Zeitungsausschnitt vom Schreibtisch geholt hatte, nahm sie den rosa Morgenmantel vom Haken an der Wand neben dem Bücherregal und öffnete lautlos die Kinderzimmertür. Im Vorzimmer blieb sie kurz stehen. Als alles still blieb und weder ihre Mutter noch ihr Vater um die Ecke kamen, drehte sie geräuschlos den Schlüssel im Schloss. Behutsam drückte sie die Klinke hinunter und drückte sich durch den Türspalt ins Treppenhaus. Dort schlich sie die Stufen hinab.

Als sie ins Freie trat, erblickte sie sogleich Signor Capellari, der gerade sein Motorrad abstellte.

»Laura. Hier bin ich!«

Nervös nahm er ihr den Zeitungsausschnitt aus der Hand und zog sein Handy aus der Jeanstasche.

»Degrassi. Sind Sie schon im Haus? Ich habe den Zeitungsartikel. Das Mädchen steht neben mir.«

Er hörte der Polizistin aufmerksam zu und reichte Laura sein Telefon. »Die Commissaria möchte kurz mit dir reden.«

»Ja?«, hauchte Laura in den Apparat.

»Du bist ein kluges Mädchen«, sagte die Polizistin, und Laura errötete vor Stolz. »Du hast uns sehr geholfen.«

Und schon saß der Mann aus der Hafenbar wieder auf dem Motorrad und fuhr davon.

Obwohl Laura vor Aufregung heiß geworden war, begann sie auf einmal zu zittern. Sie wickelte den Morgenmantel enger um ihren Körper und huschte zurück in die Sicherheit und Geborgenheit des Treppenhauses.

21

Stefano hielt direkt vor dem grauen Haus am Meer. Rasch stellte er die Ducati unter einer der Pinien ab und zog den Helm von seinem Kopf.

Der Mond kam kurz hinter den tiefgrauen Wolken hervor und tauchte den Himmel in ein unwirkliches Licht. Das Zipser-Haus wurde von Scheinwerfern angestrahlt.

Stefano fühlte sich wie in einem bösen Traum gefangen, benommen und seltsam verzögert in seinen Bewegungen. Es war, als würde ihm seine Phantasie ein trügerisches Bild vorgaukeln. Er schüttelte sich, um den Bann zu brechen. Und es funktionierte.

Voller Angst ging er die paar Schritte zum Eingang, und da waren sie alle: Maddalena Degrassi, Bibiana, ein paar Frauen, die er vom Sehen kannte, und einige uniformierte Polizisten. Ein Rettungswagen und ein weiteres Einsatzfahrzeug näherten sich mit heulender Sirene und Blaulicht.

»Signor Capellari!«, rief die Commissaria und winkte ihn zu sich. »Alles okay mit Ihnen?«

»Ja, klar.« Stefano bückte sich und zog den Bericht mit dem Foto aus seinem Stiefel. Er reichte ihn der Commissaria. »Da ist der Schurke.«

Maddalena Degrassi überflog den Artikel, sah sich das Foto an und zeigte es Bibiana.

Deren blasses Gesicht wurde knallrot, und sie begann aufgeregt zu nicken. »Das ist er. Der Schweizer. Eindeutig. Oh, mein Gott!«

Stefano spürte, wie seine Ungeduld unerträglich wurde.

»Dann los. Zoli, Lippi, folgen Sie mir. Bibiana, du kommst mit uns. Wir nehmen den Lift, die anderen die Treppe«, befahl die Commissaria und ging allen voran ins Haus.

Die beiden Polizeibeamten, die gerade angekommen waren, blieben beim Auto. Drei weitere stürmten gefolgt von Stefano, einem der zwei Rettungssanitäter und einem Arzt die Treppe hinauf zum Apartment Nummer zwölf.

Außer Atem kam Stefano oben an. Am Ende des Flurs sah er Bibiana und Maddalena Degrassi vor der Wohnungstür stehen.

Bibiana hatte wegen ihrer zitternden Finger Probleme, die Tür aufzusperren, und die Commissaria nahm ihr unsanft den Schlüssel aus der Hand. Am liebsten hätte Stefano selbst nachgeholfen und die Tür eingetreten. Ein Gefühl unerträglicher Panik erfasste ihn.

Was würden sie drinnen vorfinden?

Auf einmal fühlte er sich Francesca sehr nahe.

»Schnell«, schnaufte er, »schnell, bevor es zu spät ist.«

Die Tür ging auf, und sie betraten die Wohnung. Eine muffige Dunkelheit hatte sich darin ausgebreitet. Es war drückend heiß, und Bibiana jammerte: »Wäre ich doch nur selbst hergekommen und hätte nicht Rabottini geschickt.«

Wie von einem Magneten angezogen, steuerte Stefano geradewegs auf die Tür des Badezimmers zu.

»Hier«, sagte er undeutlich und drückte die Klinke herunter. Die Angst hatte seine Kehle zugeschnürt. »Abgesperrt.«

Aufs Höchste alarmiert, schob Maddalena Degrassi ihn beiseite. »Zoli! Öffnen Sie sofort die Tür. Lippi, unterstützen Sie ihn.« Gemeinsam mit Stefano warfen sich Zoli und Lippi gegen die Badezimmertür, die unter ihrem vereinten Gewicht aus dem Schloss gerissen wurde und ruckartig aufflog.

Der Raum war in ein mattes wassergrünes Licht getaucht. Degrassi trat ein und beugte sich über ein Bündel Stoff.

Zu spät! Sie waren zu spät gekommen.

Die Commissaria drängte Stefano, der ihr über die Schulter schauen wollte, weg. »Zoli! Rasch! Holen Sie den Notarzt herein. Wir brauchen sofort die Rettung.«

»Jawohl«, erwiderte der Polizist mit fester Stimme und lief zurück in den Hausflur, wo Sanitäter und Notarzt auf ihren Einsatz warteten.

Stefano gab der Commissaria einen Stoß und kniete sich neben Francesca auf den Boden.

»Signor Capellari«, ermahnte ihn Degrassi empört.

Francesca schien nur noch aus Haut und Knochen zu bestehen. Trotz des Lichtscheins, der vom Wohnzimmer hereindrang, konnte er nicht ausmachen, ob sich ihre Brust bewegte. Vorsichtig berührte er ihr wächsernes Gesicht, hielt sein Ohr dicht vor ihre Nase und meinte, einen Hauch zu spüren, der die feinen Härchen auf seinem Ohrläppchen streifte.

»Sie lebt!«, schrie er auf.

Er wurde von mehreren Händen gleichzeitig fortgeschoben. Füße trappelten durch den Raum, die Geräuschkulisse schwoll an, und endlich war der Arzt da. Seine Taschenlampe warf einen scharfen Lichtkegel. Eine schwere Tasche wurde auf den Boden geknallt. Instrumente klirrten. Ein ätzender Geruch nach Desinfektionsmittel stieg Stefano in die Nase.

»Weg da! Sie stören. Schaffen Sie doch den Mann hier fort!« Der Arzt beugte sich über Francesca, und Stefano wurde aus dem Badezimmer geführt.

»Kommen Sie«, sagte die Commissaria fürsorglich und setzte sich neben ihn auf die Couch, wo Bibiana zitternd wartete.

Inzwischen war auch Fabrizio gekommen, stürzte auf seine verstörte Frau zu und nahm sie in die Arme. Jemand musste Tomaso und Daniele verständigt haben, denn beide standen mit blassen Gesichtern ans Fenster gelehnt und unterhielten sich flüsternd. »Stefano.« Tomaso machte einen Schritt auf ihn zu. »Du hattest recht. Verzeih mir.«

Das erwartete Gefühl der Genugtuung Tomaso gegenüber wollte sich nicht einstellen. Das Einzige, woran Stefano denken konnte, war: Francesca lebt.

Nachdem sie im Badezimmer notärztlich versorgt und auf eine Trage gebettet worden war, wurde Francesca von den beiden Sanitätern aus der Wohnung geschoben. Unter der Maske des Beatmungsgerätes war ihr blasses Gesicht kaum zu erkennen. Stefano nahm seine ganze Kraft zusammen und drückte die Commissaria fest am Arm. »Bitte veranlassen Sie, dass Francesca sofort nach Triest ins Ospedale kommt und der Hämatologe verständigt wird. Dottor Batistutta, er muss sich unmittelbar um sie kümmern.«

Die Commissaria sah ihn ernst an. »Ich verspreche es Ihnen.«

Sie hob wie zum Beweis ihr Telefon und folgte den Sanitätern zum Fahrstuhl.

Montag

1

Maddalena saß erschöpft, aber zufrieden an ihrem Schreibtisch. Es war sieben Uhr morgens. Sie hatte die letzte Nacht keine Sekunde geschlafen. Guido Lippi stand neben ihr, und Piero Zoli goss Kaffee aus seiner Thermoskanne in drei Tassen. Das ganze Revier hatte, nachdem Francesca Tosoni gefunden worden war, fieberhaft weiterermittelt. Ein Anruf aus Zürich hatte endgültige Gewissheit gebracht. Rolf Sprüngli alias Claudio Mayer war am Freitag beim Versuch, in Ronchi dei Legionari für einen Flug nach London einzuchecken, geschnappt und in die Schweiz überstellt worden. Maddalena hatte die zuständige Behörde um Amtshilfe gebeten, und nach einem längeren Verhör durch die Kollegen vor Ort hatte Sprüngli vor einer halben Stunde gestanden, Francesca Tosoni in seiner Wohnung überwältigt und eingesperrt zu haben. Anscheinend war sie zum falschen Zeitpunkt am falschen Ort gewesen. Nachdem sich Sprünglis Komplizin und Freundin Anette Stab – *ihre* ertrunkene Unbekannte – seinen Angaben zufolge nach jahrelanger Drogenabhängigkeit einen Medikamentencocktail verabreicht hatte und daraufhin beim Schwimmen ertrunken war, spielte die Zeit gegen ihn. Sprüngli musste damit rechnen, dass man ihre Leiche früher oder später finden und ihm unliebsame Fragen stellen würde. Francesca Tosoni hatte den Schweizer bei seiner Flucht einfach nur gestört.

Das Telefon läutete. Zoli hob ab. »Für Sie, Commissaria. Dringlichkeitsstufe eins.«

»Danke, Zoli.« Maddalena nahm den Hörer entgegen.

»Degrassi. Sie sind unsere Beste. Auf Sie ist Verlass. Sie sind ein wirklich guter Cop. Alle Achtung.«

Sicherlich wächst dem Boss auf Dauer ein Magengeschwür, wenn er so offensichtlich lügt, dachte Maddalena belustigt.

»Danke. Ich weiß Ihr Kompliment zu schätzen.« Sie zwinkerte Zoli und Lippi zu und nahm einen großen Schluck Kaffee. »Wunderbar. Einfach köstlich«, lobte sie.

Maddalena stand auf und sah hinaus in einen rosafarbenen Morgen. Der Himmel spannte sich zartblau über ein beruhigtes Meer. Es würde ein schöner Tag werden.

Sie könnte auf der Fahrt nach Triest bei Franjo vorbeisehen. Oder auch nicht. Sie sollte die Dinge ihren Lauf nehmen lassen. Franjo hatte sich endlich gemeldet und sie in einer SMS gebeten, ihm Zeit zu geben.

Maddalena öffnete das Fenster und atmete tief die frische Morgenluft ein. Sie zog die Lederjacke enger um ihre Schultern. »Ich mache mich jetzt auf den Weg ins Krankenhaus. Ihr beide haltet hier die Stellung.« Mit einer halben Kopfbewegung verabschiedete sie sich von Zoli und Lippi.

Sie lächelte in sich hinein. Irgendwann in dieser Woche würde sie ihre Jungs zu einem Umtrunk einladen, um die Stimmung auf dem Revier zu verbessern.

Die Fahrt war erfrischend. Da Maddalena einen Schleichweg durch die Lagune nahm, blieb ihr der übliche Frühverkehr erspart. Ein leichter Wind pfiff um ihren Helm, und ein wenig erinnerte sie die Fahrt an ihren Weg durch den Karst zu Franjo.

Diesmal war es keine Reise durch eine Aquarelllandschaft, nichts zerfloss in weichen Farben. Alles war heute klar und von überraschender Deutlichkeit. Die Landstraßen waren an manchen Stellen noch feucht vom Morgentau. Sie grenzten sich gestochen scharf gegen pfefferminzgrüne Wiesen und das Blau der schmalen Kanäle ab. Pinien säumten den Weg.

Hin und wieder kam ihr ein Auto entgegen. In gemächlichem Tempo fuhr Maddalena durch die Landschaft, konzentriert auf die Umgebung, um nicht an Franjo denken zu müssen.

Irgendwann erreichte sie Triest und nahm die steile, staubige Straße hinauf zum Krankenhaus. Nach Francesca würde sie später sehen, vielleicht auch erst morgen. Sie hatte kurz mit Stefano telefoniert und erfahren, dass sie inzwischen zu sich gekommen war. Aber sie war sehr schwach und durfte nicht angestrengt werden.

Maddalenas Herz hatte sich vor Mitleid zusammengezogen, als sie die junge, fast bis zum Skelett abgemagerte Frau in dem Badezimmer am Boden liegen gesehen hatte. In ihrer Panik musste sich Francesca das Haar büschelweise ausgerissen haben, und am Ende hatte sie es nicht einmal mehr bis zur Toilette geschafft.

Das waren Eindrücke, die hartnäckig bleiben würden. Aber auch die Freude auf Stefanos Gesicht, als er erkannte, dass Francesca am Leben war, würde sie nie wieder vergessen.

Sie stellte ihre Moto Guzzi auf dem Parkplatz ab und rauchte, an ihr Motorrad gelehnt, eine Zigarette. Dann suchte sie den Weg zur psychiatrischen Abteilung.

Vor dem Eingang der Station schüttelte sie ihre Locken und atmete tief durch. Sie würde der alten Frau mitteilen, dass sie etwas Entscheidendes beobachtet und dadurch wesentlich zur Aufklärung eines Verbrechens beigetragen hatte. Auch wenn keine Meerjungfrau im Meer ertrunken war.

Obwohl sie spürte, dass dieser Besuch wichtig war, fürchtete sich Maddalena ein wenig vor der Begegnung.

»Ich möchte zu Signora Angelina Maria Cecon«, bat sie die junge Schwester, die ihr die Tür öffnete.

»Ach, dann sind Sie wohl …«, begann sie, und ein Lächeln erschien auf ihren ernsten Zügen. Sie beendete den Satz jedoch nicht, sondern erklärte mit bekümmerter Stimme: »Wir mussten die Signora auf die Intensivstation verlegen. Es steht leider nicht allzu gut um Ihre Mutter. Kommen Sie, ich führe Sie zu ihr. Die Arme wartet schon sehnsüchtig auf Sie.«

»Danke. Das ist sehr nett von Ihnen«, sagte Maddalena, »aber ich bin Commissaria Degrassi und nicht die Tochter.«

Bevor die Schwester antworten konnte, erschien ein älterer Arzt auf dem Flur. »Guten Morgen, Commissaria. Sie müssen verzeihen, Schwester Aurora ist neu hier.« Er zupfte gedankenverloren an seinem rechten Ohrläppchen. »Sie kennt daher unsere Patientin noch nicht so gut.«

Maddalena warf ihm einen neugierigen Blick zu und lehnte sich abwartend an die kühle Mauer. »Bitte fahren Sie fort. Ich bin ganz Ohr.«

»Die alte Dame, wir nennen sie ›principessa‹, ist schon seit Jahrzehnten unsere Patientin. Bei einem schrecklichen Verkehrsunfall hat sie vor vielen Jahren in Rom ihren Ehemann und ihre Zwillingsschwester verloren.«

»Oh«, machte Maddalena, die das nicht gewusst hatte, betroffen.

»Aber das ist noch nicht alles.« Nun bearbeitete der Arzt sein anderes Ohrläppchen. »Signora Cecon, die mit im Auto saß, war zu diesem Zeitpunkt schwanger. Sie kam mit dem Leben davon, war aber schwer verletzt. Dadurch gebar sie ihr Kind Wochen vor dem Termin. Die Kleine, ein Mädchen, hat es wohl nicht geschafft. Sie hat das Kind Angelina Jolie getauft, so wie die berühmte Schauspielerin.«

Er sah auf und schmunzelte.

»Das muss ein grauenvoller Schock für die arme Frau gewesen sein.«

»Kann man so sagen.« Der Arzt nickte bestätigend. »Und es war wohl auch der Auslöser ihrer Psychose. Sie hat die tragischen Verluste nie verkraftet.«

»Psychose?«

»Wollen Sie das wirklich hören?« Er sah sie fragend an und begann nun, statt an den Ohrläppchen an seiner Kinnspitze zu zupfen.

»Ja, ja. Bitte fahren Sie fort«, bat Maddalena.

Sie fand den Dottore sympathisch und war neugierig auf seine weiteren Erklärungen.

»Nun, anscheinend gab Signora Cecon sich die Schuld am Tod ihrer Angehörigen. Und da dies unerträglich für sie war, begann sie, ihre Schuldgefühle abzuspalten. So traten die Dämonen auf, die sie quälen und sie antreiben, merkwürdige Dinge zu machen. So wie sie ihr zum Beispiel kürzlich befahlen, ihre Villa in Brand zu setzen.«

»Verstehe«, murmelte Maddalena bestürzt.

»Durch ein Ritual in einer Winternacht, bei dem sie selbst fast erfroren wäre, machte sie in ihrer Phantasie den Tod des Kindes ungeschehen. Ihre verstorbene Tochter wurde dadurch in ihrer Vorstellung wiederbelebt und besucht sie seither Nacht für Nacht. Aber leider kommen auch die bösen Geister, ihre Dämonen, und das immer häufiger. In unserer Fachsprache nennen wir das optische und akustische Halluzinationen.«

»Klingt alles sehr kompliziert.« Maddalena warf einen Blick auf die Uhr. Insgeheim spielte sie immer noch mit dem Gedanken, Franjo einen Überraschungsbesuch abzustatten.

»Ist es wohl auch. Aber ich sehe, Sie sind in Eile. Ich will Sie daher nicht länger aufhalten.«

»Danke, dass *Sie* sich die Zeit genommen haben.« Maddalena lächelte und gab ihm die Hand.

»Schwester, begleiten Sie die Commissaria doch bitte auf die Intensivstation.«

Fast hätte Maddalena Angelina Maria nicht wiedererkannt, als sie kurz darauf vor ihrem Bett stand. Die alte Frau war so blass und sah fürchterlich klein aus. Wie eine verwelkte Rose, die auf einem Tischtuch vergessen worden war.

Die Geräte, an die man sie angeschlossen hatte, gaben brummende Geräusche von sich, und das Zimmer roch nach Desinfektionsmittel. Maddalena spürte einen Druck auf ihrer Brust, und ihre Kehle wurde eng.

»Signora, so schauen Sie doch, wen ich Ihnen mitgebracht habe«, sagte die junge Schwester mit forscher Stimme und strich behutsam über die knittrige Haut der Alten, deren Arm kraftlos auf der Bettdecke lag. Sie warf Maddalena einen erschrockenen Blick zu und murmelte: »Fast hätte ich jetzt zu ihr gesagt, dass ihre Tochter da ist.«

Angelina Maria schlug die Augen auf und sah Maddalena ins Gesicht. »Da bist du endlich. Wie schön, dass du mich doch noch gefunden hast, mein Kind. Ich habe so lange in meinen Träumen nach dir gesucht.«

Maddalena wollte etwas sagen, brachte aber keinen Ton heraus.

»Komm näher, mein Mädchen, damit ich dich sehen kann.«

Maddalena machte einen zaghaften Schritt auf die alte Frau zu. »Signora Cecon, Sie verwechseln mich. Ich bin Commissaria Degrassi und wollte Ihnen etwas erzählen ...«

Doch die alte Frau legte ihren Finger auf den Mund. »Psst. Ich weiß, wer du bist. Du bist meine Tochter. Du bist meine Angelina Jolie. Achtunddreißig Jahre lang habe ich auf diesen Augenblick gewartet.« Sie gab ein lautes Stöhnen von sich.

»Liebe Signora Cecon, Sie irren, ich heiße Maddalena«, antwortete Maddalena sanft. Sie spürte, wie Tränen des Mitleids in ihre Augen stiegen. Ihr Blick verschwamm. Dann beugte sie sich über die zerbrechlich wirkende Frau und nahm ihre Hand. »Sie haben uns sehr geholfen, Signora Cecon, ohne Ihre Beobachtungen ...«

»Ach, meine Kleine. Das spielt jetzt alles keine Rolle mehr.« Sie rang nach Luft. »Also haben die beiden dich Maddalena getauft.

Was für ein wunderschöner Name. Wie heißt das Dorf im Karst, aus dem du kommst, mein Mädchen?« Zum ersten Mal in ihrem Leben hatte Maddalena das Gefühl, im nächsten Moment in Ohnmacht zu fallen. Der Raum begann sich um sie zu drehen, wurde immer schneller ... Dann war da die Stimme der jungen Schwester: »Tief durchatmen. Ganz ruhig. Es wird gleich wieder. Hier, Commissaria, setzen Sie sich.« Sie schob Maddalena einen Stuhl unter und rückte ihn etwas näher an das Krankenbett. Erschüttert nahm Maddalena die Hand der alten Frau. »Santa Croce«, flüsterte sie heiser.

»Ja, meine Kleine, dort habe ich dich gelassen.«

»In einer stürmischen Winternacht, eingehüllt in ein graues Wolltuch?« Maddalenas Stimme klang fremd wie die eines verstörten Kindes, sie erkannte sie kaum wieder. Salzige Tränen flossen über ihre Wangen.

»Ich hatte dich fest darin eingewickelt.«

»Mutter?« Maddalena sah Angelina Maria fragend in die Augen und versank in tiefen schwarzen Teichen.

»Komm näher, mein Mädchen. Ich habe kaum mehr Kraft. Bald werde ich bei meinen Lieben sein. Bei deinem Vater und meiner Zwillingsschwester. Sehr bald schon. Und dann für immer.«

Ein lautes Geräusch riss Maddalena in die Realität zurück, und erschrocken ließ sie die Hand von Angelina Maria los. Mit offenem Mund holte die alte Frau tief Luft. Ein Krampf verzerrte ihre Gesichtszüge, bevor sie gurgelnd ausatmete.

Dann waren da auf einmal viele Menschen.

»Schnell, schnell, machen Sie Platz!«

Sie wurde vom Bett weggeschoben und stand nun mit dem schweißnassen Rücken an die Wand des Krankenzimmers gepresst.

»Sie müssen den Raum verlassen, Commissaria. Warten Sie bitte draußen.« Die junge Schwester hielt ihr die Tür auf.

Maddalena taumelte auf den Flur und sank, da sie weder eine Bank noch einen Stuhl fand, auf den Boden. Sie zog ihre Beine an und lehnte sich an die kühle Mauer. In den nächsten Minuten konzentrierte sie sich darauf, ruhig und gleichmäßig zu atmen.

Irgendwann kam eine Ärztin mit kurzen grauen Haaren auf sie

zu und sagte ernst: »Leider konnten wir für Signora Cecon nichts mehr tun. Ihr Herz war schon sehr schwach.«

Maddalena stand auf, bekreuzigte sich und zog das Handy aus der Tasche ihrer Lederjacke.

Ich muss hier raus, dachte sie, und dann brauche ich dringend eine Zigarette.

Vor dem Eingang nahm sie einen tiefen Zug, schnipste die Asche weg und wählte mit zitternden Fingern Franjos Nummer. Doch während die Verbindung hergestellt wurde, drückte sie sie weg und begann, nochmals Zahlen einzutippen.

»Hallo«, sagte eine vertraute Stimme, und Maddalena begann zu weinen.

»Mutter«, schluchzte sie, »ich habe eben etwas Unglaubliches erlebt.«

»Maddy?«

Sie lehnte sich an ihr Motorrad, nahm einen weiteren Zug von ihrer Zigarette und versuchte, das Bild der alten Frau aus ihren Gedanken zu verdrängen.

»Darf ich dich bitte besuchen?« Traurig sah sie dem bläulichen Rauch nach, der sich vor ihr kringelte und langsam davonschwebte.

»Natürlich. Ich freu mich doch auf dich.«

Maddalena atmete durch, und auf einmal war es ihr leichter ums Herz.

Sie stieg auf die Maschine und fuhr nach Santa Croce, dorthin, wo alles begonnen hatte.

2

Franziska öffnete ihre Augen. Zuerst war da nichts bis auf einen milchigen Schleier. Ein wenig später bemerkte sie einen Schatten, der sich auf sie zubewegte.

Stefanos Gesicht schälte sich aus dem Nebel.

»Francesca.« Er drückte ihre Hand.

Seine Wangen waren stoppelig, so als hätte er sich schon seit Tagen nicht mehr rasiert. Sie strich sanft über seine raue Haut.

»Schlafe ich denn nicht mehr? Bin ich aufgewacht?«, hauchte sie.

Vielleicht war das doch nur ein weiterer Fiebertraum? Ein glücklicher diesmal. Denn sie konnte wieder ohne Druck auf ihrer Brust durchatmen. Der Durst quälte sie nicht mehr. Die Fieberschübe und der Kopfschmerz waren verschwunden.

Sie hatte die Finsternis überlebt.

Das Bild von einem gefliesten Badezimmerboden schlich sich in ihre Gedanken, und sie stöhnte auf.

»Bitte mach Licht«, flüsterte sie.

Überall waren Schläuche. Blubbernde Geräusche. Singende, gleichmäßige Töne. Einschläfernd. Sie war müde. Und schwach. Aber sie wurde von einem tiefen Glücksgefühl getragen.

Es wurde hell im Raum, und sie erkannte, dass sie in einem Bett lag. In einem sauber bezogenen, frischen, weichen Bett.

Nirgends sah sie das Reh, und die rote Quelle war auch versiegt.

Beruhigt fiel sie in einen Dämmerschlaf.

Stunden später betrat ein Arzt das Krankenzimmer.

Stefano saß immer noch auf ihrem Bettrand und hielt ihre Hand. Er stand auch nicht auf, als der Arzt sich über sie beugte.

»Willkommen zurück, Signora Tosoni. Mein Name ist Dottor Batistutta, und Sie haben großes Glück gehabt. Ihrem Mann können Sie dafür von Herzen danken.« Er lächelte Stefano anerkennend zu. »Er hat darauf bestanden, dass der Rettungswagen Sie direkt hierher zu uns bringt.«

»Mein Mann?« Verwundert sah Franziska hoch.

»Zuallererst müssen wir Sie weiter stabilisieren, und dann fangen wir sofort mit der Behandlung an. Ein paar Stunden später«, er sah ihr ernst in die Augen, »und Sie wären jetzt nicht mehr unter uns. Das Fieber hätte Sie umgebracht.«

An Stefano gewandt, sagte er: »Signor Tosoni, lebensbedrohliche Infektionen sind wesentliche Symptome der schweren Erkrankung Ihrer Frau. Diese hier haben wir jetzt zum Glück im Griff. Um das Trauma und den Schock durch das an Ihrer Frau begangene Verbrechen kümmern wir uns natürlich auch.«

»Stefano«, hauchte Franziska, »was …«

»Ich erkläre es dir später. Du wirst wieder gesund, Francesca. Nur das zählt.«

Der Arzt nickte bestätigend. »Es gibt inzwischen gute Therapieformen, um die aplastische Anämie zu heilen. Ich lasse Sie jetzt wieder allein. Sie brauchen viel Ruhe und eine Menge Schlaf.« Er zwinkerte ihr zu. »Hier sind Sie in den besten Händen, Signora Tosoni, und damit meine ich nicht nur uns.«

Dottor Batistutta verließ den Raum und zog die Tür leise hinter sich ins Schloss. Durch den Luftzug wehte der Vorhang ins Zimmer und brachte den Geruch des Meeres mit sich.

»Signor Tosoni?« Franziska sah Stefano fragend an.

Er streichelte sanft ihre Hand. »Erkläre ich dir später, ist jetzt nicht so wichtig.«

Diese Antwort genügte Franziska. Stefano würde immer noch hier sein, wenn sie wieder aufwachte, das spürte sie. Und Zeit für Erklärungen hätten sie dann genug.

Erleichtert schlief sie wieder ein.

Dienstag

Letztes Kapitel

Franziska musste eingeschlafen sein, denn sie fuhr erschrocken hoch. »Wo bin ich?«

Im Traum war sie wieder im Badezimmer gewesen und hatte unerträgliche Schmerzen gehabt.

Durch das geöffnete Fenster wehte ein lauer Wind. Die Morgensonne tauchte den Raum in ein warmes Licht.

»In Sicherheit. Du bist in Sicherheit. Es wird alles gut.« Stefano streichelte beruhigend über ihre Wange und reichte ihr ein Glas Wasser vom Nachttisch. »Hör dir das an«, sagte er dann und blätterte in den großen, raschelnden Seiten einer Zeitung. »Der gute Ausgang eines schrecklichen Verbrechens ist wohl in erster Linie einer Schülerin zu verdanken: Die neunjährige Laura M. aus Grado führte die Polizei mit ihrer guten Beobachtungsgabe auf die Spur eines Gewaltverbrechers. Francesca T. war von dem Schweizer Serienbankräuber Rolf Sprüngli mehrere Tage lang im Badezimmer einer leer stehenden Ferienwohnung in Grado gefangen gehalten worden. Laura fiel auf, dass das Verschwinden der jungen Frau mit den Bankrauben zusammenhängen könnte, als sie Rolf Sprüngli auf einem Fahndungsfoto erkannte und ihn als im selben Mietshaus wohnhaften Nachbarn von Signora T. identifizierte. Nach rund zweiundsiebzig Stunden ohne Nahrung konnte die völlig entkräftete und zudem lebensbedrohlich erkrankte Signora T. gerettet werden. Sie befindet sich derzeit außer Lebensgefahr und unter ärztlicher Aufsicht in Triest.'«

»Das klingt dramatisch«, meinte Franziska betroffen.

»War es ja auch.«

Nach einigen Minuten des Schweigens sah Stefano ihr forschend ins Gesicht. »Was ist mit Tomaso?«

Franziska erwiderte leise: »Vergiss Tomaso.«

Er lächelte sie an und hielt sie ganz fest. »So schnell lass ich dich nicht wieder los«, murmelte er.

Danksagung

Wie immer gilt mein Dank dem großartigen Team von Emons und meiner Lektorin Marit Obsen.

Grado am Meer ist für mich ein Ort, dessen Ambiente es mir ermöglicht, über Geschichten nachzudenken und sie auch aufzuschreiben. Daher gilt mein Dank neben der inspirierenden Landschaft, dem betörenden Essen, dem historischen Stadtkern, lieben Gradesern und gewonnenen Freunden: Annamaria und Roberto, Federica und Giulio, Sandro, Fabio, Maria, Christian, Massimo, Cinzia und Carlo. Und Franco.

Andrea Nagele
TOD AM WÖRTHERSEE
Broschur, 272 Seiten
ISBN 978-3-95451-288-1

»Unsentimental, glasklar und erschreckend tief führt uns die Autorin in seelische Ab- und Beweggründe.« Ekz

www.emons-verlag.de

Andrea Nagele
TOD AUF DEM KREUZBERGL
Broschur, 256 Seiten
ISBN 978-3-95451-485-4

»Andrea Nageles Markenzeichen: Die ausgefeilt gestalteten Charaktere.« Kärntner Woche

www.emons-verlag.de

Andrea Nagele
**111 ORTE IN KLAGENFURT
UND AM WÖRTHERSEE,
DIE MAN GESEHEN HABEN MUSS**
Broschur, 240 Seiten
ISBN 978-3-95451-591-2

»Mit diesem Buch findet man alles, was im mittleren Kärnten interessant, originell, in irgendeiner Hinsicht sehenswert ist: kulturelle Sehenswürdigkeiten ebenso wie naturkundliche Besonderheiten. Bekanntes und Unbekanntes abseits der bekannten Pfade – und so ist dieses Buch gleichermaßen für Touristen wie auch für Einheimische geeignet.« Pressebüro für Reisen

www.emons-verlag.de